Melhores Crônicas

JOSÉ LINS DO REGO

Direção de Edla van Steen

Melhores Crônicas

JOSÉ LINS DO REGO

Seleção e prefácio de
Bernardo Buarque de Hollanda

São Paulo
2022

© **Herdeiros de José Lins do Rego**
1ª Edição, Global Editora, São Paulo 2022

Jefferson L. Alves – diretor editorial
Gustavo Henrique Tuna – gerente editorial
Flávio Samuel – gerente de produção
Vanessa Oliveira – coordenadora editorial
Juliana Tomasello – assistente editorial
Aline Souza e Adriana Bairrada – revisão
TB studio/Shutterstock – foto de capa
Danilo David – diagramação

Dados Internacionais de Catalogação na Publicação (CIP)
(Câmara Brasileira do Livro, SP, Brasil)

Melhores crônicas José Lins do Rego / seleção e apresentação Bernardo Buarque de Hollanda. – 1. ed. – São Paulo : Global Editora, 2022. – (Melhores crônicas).

ISBN 978-65-5612-256-4

1. Crônicas brasileiras 2. Rego, José Lins do, 1901-1957
I. Hollanda, Bernardo Buarque de. II. Série.

22-105373   CDD-B869.8

Índices para catálogo sistemático:

1. Crônicas : Literatura brasileira B869.8
Maria Alice Ferreira – Bibliotecária – CRB-8/7964

Obra atualizada conforme o
NOVO ACORDO ORTOGRÁFICO DA LÍNGUA PORTUGUESA

Global Editora e Distribuidora Ltda.
Rua Pirapitingui, 111 — Liberdade
CEP 01508-020 — São Paulo — SP
Tel.: (11) 3277-7999
e-mail: global@globaleditora.com.br

(g) globaleditora.com.br   (y) @globaleditora
(f) /globaleditora   (o) @globaleditora
(▶) /globaleditora   (in) /globaleditora
(●) blog.grupoeditorialglobal.com.br

 Direitos reservados.
Colabore com a produção científica e cultural.
Proibida a reprodução total ou parcial desta
obra sem a autorização do editor.

Nº de Catálogo: **4503**

Bernardo Buarque de Hollanda nasceu em São José, na Costa Rica, em 1974, filho de brasileiros exilados. Cresceu no Rio de Janeiro e há dez anos reside em São Paulo. É professor da Escola de Ciências Sociais da Fundação Getúlio Vargas (FGV CPDOC). Sua formação acadêmica iniciou-se nos anos 1990, com o bacharelado e a licenciatura em Ciências Sociais pela Universidade Federal do Rio de Janeiro (UFRJ). Em seguida, tornou-se mestre e doutor pelo Programa de Pós-Graduação em História Social da Cultura da PUC-Rio. Desde o ingresso na vida universitária, cultiva grande interesse pela sociologia da cultura e pela história social do esporte.

Graças às aulas de Sociologia do Brasil, no Instituto de Filosofia e Ciências Sociais (IFCS) da UFRJ, passou a se aprofundar nos temas da cultura popular, da identidade nacional e do pensamento social brasileiro. Fez Iniciação Científica no Núcleo de Etnologia Indígena (NEI), vinculado ao Laboratório de Pesquisa Social, com pesquisa no Museu do Índio, outro fator que contribuiu para sua trajetória como pesquisador. O trabalho realizado nesse núcleo permitiu um extenso levantamento das dissertações e das teses defendidas no Brasil acerca da temática indígena, como parte do projeto Índios em Teses, coordenado pelo antropólogo Marco Antônio Gonçalves.

Na pós-graduação, o centro das atenções esteve voltado para a interface História/Literatura. Desenvolveu estudos sobre a relação entre o Modernismo brasileiro e a cultura brasileira, o que possibilitou o aprofundamento da leitura de escritores modernistas e regionalistas como Mário de Andrade, Oswald de Andrade, Câmara Cascudo e Gilberto Freyre, entre inúmeros outros. A dissertação de mestrado, orientada pela historiadora Margarida de Souza Neves e pelo antropólogo Ricardo Benzaquen de Araújo, foi selecionada para ser publicada em livro pela Biblioteca Nacional no ano de 2004, versou sobre a obra do romancista paraibano José Lins do Rego. Após dois anos de leituras, transcrições e consultas no setor de periódicos da Biblioteca Nacional, apresentaram-se os resultados de um estudo a respeito de uma faceta pouco conhecida do escritor: a de cronista esportivo.

Ao estudar as mais de 1500 crônicas de futebol de José Lins do Rego, inéditas em livro, publicadas pelo autor ao longo de doze anos no *Jornal dos Sports* (1945-1957), foi possível pensar sob um novo prisma tanto o fenômeno futebolístico no Brasil quanto as questões de fundo da história do movimento modernista no país. É possível dizer que a realização desse trabalho estimulou ainda mais seu interesse por arquivos, bibliotecas, centros culturais, fundações, institutos, museus e por todo o tipo de acervo público referente à área cultural, como aqueles que abrangem a literatura, as artes plásticas, o cinema, o teatro ou a música.

SUMÁRIO

De menino de engenho a cronista da cidade 11

Crônicas literárias
O pródigo 21
Santa Sofia 23
Um dicionário 25
A grande atriz 27
Sobre o humor 29
A moda literária 32
Língua do povo 33
Prefiro Montaigne 35
A casa e o homem 36
Leitura para rapazes 41
Sobre o humanismo 43
A Fazenda do Gavião 44
O homem e a mulher 47
Uma história de Natal 50
Uma história de macaco 52
O homem bom e o homem mau 53

Crônicas nordestinas
O frevo 57
Cedrinho 58
Sobre o caju 60
O rio Paraíba 62
Os jangadeiros 66
Estilo e ciência 69
[José de Alencar] 71
"Aroeira do campo" 73

Carnaval do Recife 76
As africanas de meu avô 78
Uma viagem sentimental 81
Os cangaceiros da moda e os reais 83
Natal de um menino de engenho 85
O *Menino de engenho* em quadrinhos 87

Crônicas cariocas
Música carioca 91
Monólogo de ônibus 92
Uma lata de sardinhas 94
Conversas de autolotação (I) 96
Conversa de autolotação (II) 97
Conversas de lotação (I) 99
Conversa de lotação (II) 101
Conversa de lotação (III) 102
Conversa de lotação (IV) 103
Conversa de lotação (V) 104
O lírico do Jardim Botânico 106

Crônicas políticas
O Natal de 1945 111
A palavra "povo" 113
As belas palavras 114
Por que escreves? 115
Os ossos do mundo 118
Os perigos da história 120
O humanismo francês 122
Heine salvará a Alemanha 123
O dever dos homens de letras 125
"Onde estão os nossos sonhos?" 127

Crônicas esportivas

A derrota	131
O Flamengo	132
Fôlego e classe	133
Volta à crônica	136
O bravo Biguá	137
As fúrias de um torcedor	138
Nada de Academia	139
O caráter do brasileiro	140
Romance do *football*	142
Rachel de Queiroz e o Vasco	144
O cronista, as borboletas e os urubus	145

Crônicas de cinema

Walt Disney	149
Buster Keaton	152
"Eu sou doutor"	153
Branca de Neve	154
O Zola do cinema	155
Um livro sobre Chaplin	158
Cinema e música brasileira	159
O individualismo no cinema	160

Crônicas de viagem

Paris	163
Lisboa	165
Veneza	167
Sol e Grécia	169
Terra de Deus	171
Roteiro de Israel – Israel (I)	173
Viagens no Brasil	175
O tango argentino	178
Poetas de Portugal	179
Imagens de Jerusalém	181

Imagens da Alemanha 183
Suécia, máquina sem atritos 185
Formigas e finlandeses 187
Vi Nápoles e não morri 189
A Roma que foi de César 191
Viagem à terra de Shakespeare 193
Duas faces da Itália: Pompeia e Florença 197
Não há nada de podre no reino da Dinamarca 200

Crônicas sobre personalidades

Picasso 205
Niemeyer 207
Van Gogh 208
Gide e a vida 210
O grande Lobato 212
O homem Lincoln 214
O poeta da crônica 216
O mestre Graciliano 218
O bruxo de Vila Rica 220
O túmulo de Van Gogh 221
O fado de Amália Rodrigues 223
A música brasileira e Carmen Miranda 225

Informações sobre as crônicas 227
Biografia 229
Bibliografia 247

DE MENINO DE ENGENHO
A CRONISTA DA CIDADE

> "Você tem o coração maior do que um boi."
> *Guimarães Rosa (sobre José Lins do Rego)*

A presente antologia tem o propósito de apresentar às novas gerações, bem como aos leitores mais experientes, um apanhado representativo da obra cronística de José Lins do Rego (1901-1957). Mais conhecido por seus romances regionalistas, o escritor paraibano foi responsável por um prolífico e multifacetado conjunto de crônicas, que se espraia ao longo de quase seis décadas de vida. Mesmo com o avanço dos trabalhos de localização na imprensa e com o esforço de diversos pesquisadores universitários nos últimos anos, há ainda inúmeras publicações em jornais brasileiros, assinadas pelo autor de *Fogo morto*, por serem descobertas e conhecidas.

É difícil fazer uma estimativa do número total de textos publicados em periódicos de grande circulação no decorrer de sua trajetória jornalística. Esta se inicia já em fins da década de 1910, pouco antes de seu ingresso na Faculdade de Direito do Recife, com menos de 20 anos de idade, e se estende até seus últimos dias de existência, em setembro de 1957, quando, acamado em um leito de hospital no Rio de Janeiro, ditava em voz alta sua crônica para um parente ou amigo transcrevê-la e levá-la à redação de um jornal carioca. Enquanto sua ficção concentrou-se no decênio de 1930 – praticamente um livro por ano –, diluindo-se a veia romanesca nos idos de 1940 e 1950 (apenas três romances nessas duas décadas), a crônica, por seu turno, manteve-se diária e constante por cerca de quarenta anos.

A maior parte desses milhares de textos pertence a jornais de quatro diferentes capitais do país, cidades de residência do autor no decorrer de sua vida. Primeiro, João Pessoa; depois, Recife; em seguida, Maceió; e, por fim, Rio de Janeiro, então capital da República. José Lins também foi colaborador em importantes jornais paulistanos, como a *Folha de S.Paulo* e *O Estado de S. Paulo*. Desta última cidade e dos dois veículos citados, algumas das crônicas são conhecidas ou estão acessíveis nas hemerotecas digitais. Mas uma quantidade considerável passa ao largo do conhecimento público, mesmo dos estudiosos mais atentos que investigam as colunas de jornal do escritor paraibano nos acervos dessas cidades.

Assim, a totalidade dos escritos de José Lins do Rego se encontra por ser reunida e conhecida em sua integralidade. Tal lacuna é decorrência da própria intensidade e afã com que o escritor publicava. A quantidade extraordinária se justifica, pois, em certos períodos, o autor chegou a assinar três crônicas em um só dia. Apenas para o *Jornal dos Sports*, por exemplo, contam-se mais de 1500 crônicas, ao passo que em *O Globo* esse número é superado e chega a quase 2 mil publicações do gênero.

Junto à quantia impressionante, observam-se também diferentes fases da carreira cronística, com a predominância de determinadas características em cada uma delas. Ora predominam textos de cunho político, ora literário, ora esportivo, ora filmográfico, ora de cotidiano ou de viagem. Os temas variam conforme a conjuntura histórica e o local de residência, mas também mudam em conformidade com os jornais de veiculação e com a linha editorial de cada um deles. O autor mantinha colunas como "Ligeiros traços", "Conversa de lotação", "Esporte e vida", "Homens, seres, coisas", entre outras, com específico perfil temático, que se modificou no decorrer do tempo.

Sem que essas fases fossem fixas no tempo, em certas ocasiões muitos desses temas coexistiram na pena diária de Zé Lins. A miscelânea foi, portanto, um dos traços emblemáticos do autor, a alternar assuntos e pautas muito variadas entre si, ao sabor das circunstâncias e em coerência com o registro cotidiano dos acontecimentos.

A diversidade do temário de José Lins do Rego é acompanhada de seu caráter plástico. Que quer dizer isto? Uma crônica do escritor paraibano traz consigo a plasticidade: um dia podia ter apenas dez linhas, enquanto, no outro dia, era caudalosa, composta de várias laudas. O mais das vezes adaptava-se a extensão do texto ao espaço permitido pelo jornal, com a respectiva divisão em seções, como se fosse um folhetim ou capítulos de continuação de um mesmo tópico. Via de regra, a tendência de Zé Lins era a publicação de textos curtos, com comentários colados a notícias ordinárias surgidas no dia a dia. Esta aliás é uma das hipóteses plausíveis para que as crônicas tenham permanecido em seu suporte original, sem a devida atenção dos críticos especializados nem do grande público.

A labilidade da crônica, anteriormente referida, tem a ver também com o próprio sentido flexível do gênero, cuja escala de valor se modifica na história e na crítica literárias no decurso do século XX. Já se disse que a crônica padeceu da condição de gênero menor no rol da literatura, menos valorizada que a estatura ficcional do romance ou mesmo da poesia, da novela e do conto. A desvalorização temporária por que passou a crônica é fruto igualmente da emergência das teorizações acadêmicas. Durante parte da segunda metade do século XX, a crítica de formação universitária pareceu mais preocupada com abstrações artístico-filosóficas e menos interessada na função chã de informar, de entreter e de comunicar, numa espécie de desdém perante os meios de comunicação de massa da era moderna.

Em contrapartida, houve estudiosos que procuraram inverter tal hierarquia. Os atributos do despojamento e o caráter efêmero da crônica passaram a ser vistos como uma virtude, não como um defeito. Este foi o caso do crítico Antonio Candido, em antológico ensaio "A vida ao rés-do--chão"[1], escrito originalmente no final dos anos 1980, em que procurou dignificar as propriedades da crônica moderna, a exemplo de seu caráter dialógico, com o elogio da proximidade cultivada entre autor e leitor, entre oralidade e escrita, numa leveza e cumplicidade que só tem de superficial à primeira vista.

Esses fatores contribuíram para requalificar e projetar os modernos cronistas brasileiros, de meados do século XX, dentre os quais José Lins do Rego, ao lado de seus amigos Rubem Braga, Manuel Bandeira e Carlos Drummond de Andrade. Ou ainda ladeado por contemporâneas de geração ou seguidoras do gênero, como Adalgisa Nery, Cecília Meireles e Clarice Lispector, respectivamente a jornalista, a poetisa e a romancista que se revelaram, em paralelo, excepcionais cronistas.

A liberdade coloquial ensejada pelo gênero reflete-se bem na dicção de José Lins do Rego, regionalista que no plano da linguagem se aproximou dos modernistas, superando a clivagem entre o oral e o escrito. Além do

---

[1] CANDIDO, Antonio. A vida ao rés-do-chão. In: ANDRADE, Carlos Drummond de et al. *Para gostar de ler*: crônicas. 4. ed., São Paulo: Ática, 1984. v. 5, p. 6-13.

tamanho dos textos, outro quesito se agrega à sua crônica. O autor borra, no limite, as fronteiras estabelecidas pelo cânone literário. A crônica de Zé Lins pode fazer as vezes de uma carta, de um ensaio, de uma crítica, de uma conferência, de uma resenha, de um conto, de uma poesia e até mesmo de uma crônica...

Sem respeitar formatos convencionais, de uma feita o cronista registra um fato que vivenciou; de outra, o mesmo autor vale-se de sua coluna para fazer uma microficção. Assim, a mescla do factual com o ficcional também pode ser acionada pelo dispositivo cronístico, de modo que o fator surpresa deve ser considerado quando se está em face dos escritos desse autor.

A amplitude temática é, pois, uma marca da crônica de José Lins. Curioso pelas coisas do mundo, tudo que é humano lhe interessa, nada lhe é estranho ou impertinente. Sem reverência ou indulgência, o autor não pede licença e, por assim dizer, mete o bedelho em tudo que vê pela frente.

Tal condição permite ao leitor do presente volume perceber a dificuldade de seleção das "melhores crônicas" de José Lins do Rego. Primeiro, como dito acima, em razão do ainda desconhecimento de tudo quanto o escritor veiculou nos jornais brasileiros; segundo, pela quantidade volumosa daquilo que já se conhece dele; terceiro, em função da diversidade autoral que marca a sua produção cronística, a um só tempo versátil, bem-humorada e imprevisível. Eis alguém que cultiva o diálogo com o leitor, mas que, ao fim e ao cabo, escreve sempre ao seu bel-prazer.

Outro elemento a ser considerado desafiador nessa antologia é a proposta editorial de selecionar "as melhores" crônicas. Como se sabe, o juízo de valor do que é melhor ou pior, daquilo que é bom *versus* ruim, depende inelutavelmente de um coeficiente subjetivo. O organizador de um livro dessa natureza vê-se às voltas com o dilema da objetividade e da universalidade, sendo impelido a reconhecer seus limites pessoais, por mais conhecedor que seja da matéria. O passo seguinte ao reconhecimento da própria limitação é criar critérios para estratificar e eleger textos de jornal dignos de compor a seleta que o leitor tem em mãos.

O acúmulo de duas décadas de pesquisas sobre a obra, em particular as crônicas, de José Lins do Rego fez-me aceitar tal desafio. O garimpo de artigos jornalísticos inéditos e a escolha de crônicas lançadas em livros com edições esgotadas consistem em um trabalho judicativo difícil, porém necessário. Esta antologia cumpre a função tanto de introduzir uma faceta menos conhecida de um grande romancista – ao revelar a jovens leitores o prazer e a aprendizagem proporcionada por sua leitura –, quanto de estimular pesquisadores a produzir mais trabalhos e, quem sabe, a legar mais descobertas nesse rico e inesgotável cabedal de textos.

Alguns princípios foram adotados para alcançar esse objetivo. O primeiro e mais importante deles é que procurei ser fiel a seleções prévias feitas em vida pelo próprio autor. Ou seja, valorizo aquilo que o escritor durante sua vida considerou merecer sair do suporte jornal e ir para o objeto chamado livro.

O ano de 1942 é conhecido por ser a estreia em coletâneas de José Lins do Rego. Nele se compila sua produção na imprensa, em colheita entendida como a mais significativa pelo próprio. *Gordos e magros* é o nome prosaico que dá origem à tal série de publicações. O volume reúne artigos de jornal vindos a público no Rio de Janeiro a partir de 1935, quando o escritor, egresso do Nordeste e embalado pelo sucesso literário de seus primeiros romances, decide migrar e radicar-se no centro político-cultural do país.

O segundo livro de crônicas e ensaios intitula-se *Poesia e vida* (1945). A obra norteia-se pelo mesmo critério, qual seja, pinçar aquilo que o autor considera de melhor qualidade na sua produção jornalística até então, capaz de integrar seus escritos mais expressivos. Já a antologia seguinte data do início dos anos 1950. Foi lançada após a primeira viagem do escritor à Europa é intitulada sugestivamente de *Bota de sete léguas* (1951). A quarta obra recebeu o título de *Homens, seres e coisas* (1952). Trata-se de volume homônimo ao de sua coluna nos *Diários Associados* e sugere que o escritor quis selecionar alguns dos textos de sua preferência, vindos a lume nas páginas exclusivas de *O Jornal*.

A quinta publicação foi lançada em 1954, com o título de *A casa e o homem*, secundada por mais dois livros baseados em crônicas de viagem: *Roteiro de Israel* (1955) e *Gregos e troianos* (1957). Além da Grécia e do país recém-formado no Oriente Médio, Zé Lins publica em livro textos de jornal sobre diversas cidades que visita na Europa e na Escandinávia. A oitava e última reunião de crônicas em vida do escritor intitula-se *Presença do Nordeste na literatura brasileira* (1957), com textos que retomam temática regional, algo recorrente no universo afetivo e ficcional de José Lins do Rego.

A consulta a essas coletâneas, com textos escolhidos pelo próprio José Lins do Rego, teve prosseguimento no trabalho de seleção com a adoção de um segundo princípio, que consistiu no levantamento das crônicas organizadas em livro por terceiros, isto é, por pares e estudiosos do autor. As publicações resultantes de iniciativas editoriais de renovação da obra zeliniana também foram consultadas.

Tal foi o caso, logo após o falecimento do escritor em 1958, de *O vulcão e a fonte*, uma bela seleção estabelecida pelo poeta e amigo Lêdo Ivo. Em 1981, por ocasião dos 80 anos de nascimento do escritor, o acadêmico Ivan Junqueira, da Academia Brasileira de Letras, lança a antologia *Dias idos e vividos*, acompanhada de um primoroso estudo das crônicas do homenageado.

O início do século XXI assiste a uma fornada de novos lançamentos. As publicações ensejam uma espécie de redescoberta da verve cronística do autor, pois os livros organizados em vida por José Lins nunca foram reeditados. Tenho uma hipótese para isso: enquanto os romances, com dezenas de reedições, trazem a chancela editorial da José Olympio, uma das editoras mais prestigiadas do país no século XX, os livros de crônicas foram lançados nos anos 1940 e 1950 por gráficas pequenas, obscuras ou efêmeras, sem o recebimento da devida importância.

Com efeito, em 2002, o jornalista Marcos de Castro organiza *Flamengo é puro amor*, com 111 crônicas esportivas inéditas até então em livro. Dois anos depois, em 2004, aparece o volume *O cravo de Mozart é eterno*, organizado por Lêdo Ivo, quase cinquenta anos depois da primeira coletânea póstuma dedicada ao amigo, o supracitado *O vulcão e a fonte*. Em 2007, surge a antologia *Ligeiros traços*, com artigos de jornal inéditos de juventude, escritos por José Lins em Recife e Maceió, fruto do ótimo trabalho de pós-doutorado do pesquisador César Braga-Pinto, após consulta a arquivos públicos locais e a um aprofundamento de pesquisa da fase juvenil e dos anos de formação do escritor.

Por fim, o terceiro princípio adotado para essa seleção foi consultar o material por mim mesmo levantado nas pesquisas que coordenei junto a duas fontes primárias: o periódico *Jornal dos Sports*, em que José Lins manteve a coluna "Esporte e vida", entre 1945 e 1957; e o jornal *O Globo*, em que o escritor cultivou as descontraídas colunas "O Globo nos cinemas" e "Conversa de lotação", entre 1944 e 1956, em que tece suas impressões de filmes vistos na semana e narra casos pitorescos do cotidiano carioca, respectivamente.

Nesse levantamento, destaca-se ainda o trabalho de doutorado, sob minha orientação, defendido em 2020 e conduzido pela pesquisadora Regiane Matos, com a descoberta de novos textos e informações desconhecidas da trajetória do autor nos seus périplos ao exterior: "O provinciano cosmopolita: redes internacionais de sociabilidade literária e as crônicas de viagem de José Lins do Rego nos anos 1940 e 1950".

A identificação dessas três frentes de produção deu condições para uma amostra significativa do que se pode chamar de as "melhores" crônicas, extraídas da longeva colaboração do autor na imprensa. O mapeamento desses milhares de textos leva à etapa seguinte do presente livro, com a reunião de exatos cem textos a compor o volume. Chega-se assim à versão oferecida ao leitor a seguir, com a proposta de divisão por temas, capazes de dar conta da sua riqueza e variedade. São ao todo oito seções temáticas: Crônicas literárias; Crônicas nordestinas; Crônicas cariocas; Crônicas políticas; Crônicas esportivas; Crônicas de cinema; Crônicas de viagem; Crônicas sobre personalidades.

Espero que o apanhado aqui proposto faça jus à faceta do cronista José Lins do Rego. Que este livro permita a fruição de seus saborosos escritos e contribua para estimular novos estudos de sua instigante e vasta obra. Sou grato à Global Editora, em especial a Gustavo Henrique Tuna, por me confiar a prazerosa e honrosa tarefa de organizar a presente coletânea.

Bernardo Buarque de Hollanda

CRÔNICAS LITERÁRIAS

O PRÓDIGO

É um vira-lata sem coroa, modesto mas bom, sem um ato sequer de agressão. Nunca mordeu a ninguém. Apenas de muito latir aos estranhos, embora logo depois chegue às boas. Não é arrogante, não faz barulho com o que não vê. Apenas se irrita com os gatos que aparecem e com os ratos que ousam botar a cabeça de fora. Bom amigo que me agrada sem interesse, amigo de todos da casa, ligado, há mais de dez anos, a todas as nossas alegrias. Filho deste pedaço de terra da Gávea, nunca teve desgosto profundo. E morreu-lhe a mãe e chorou. Em mãos da minha filha Cristina cresceu pisando aquela beleza que se desfigurou com o tempo. Em mãos de minha neta Cláudia seria um brinquedo de carne e osso. Muita gente temia aqueles seus uivos. Mas eram tristezas de solidão. Quando se sentia só com a cozinha sem ninguém, chorava como menino sem mãe. Bastava ouvir uma voz da casa e passavam seus lamentos. Queria somente saber que havia gente na casa. Então distraía-se para um canto e esperava a volta dos conhecidos. É um intrometido, incapaz dos silêncios compridos. Vi-o sempre bom, nunca arriou-se com as donas de cachorros de coleira e prêmios. Várias vezes nos abandonou. Eram suas fugas de rapaz, as aventuras perigosas em terra de automóveis que nem respeitam os humanos. Temia pela sua vida e certa vez, após duas noites de correrias, apareceu-me ferido, quase morto!

Pagara caro pelo gosto de andar pelos lugares ínvios atrás de amores duvidosos. Apareceu-me, como pródigo, todo sujo de lama das sarjetas, de olhos mortiços de febre, de pernas trôpegas. Revi-o com a alegria de quem recuperava o amigo julgado perdido. Pobre amigo que realiza, na carne ardente, os marcos dos que não conheciam as suas bondades. Aos poucos voltou ao que era. Seria o mesmo que recebia a minha neta Cláudia como se ela fosse uma princesa da Inglaterra, todo efusivo a saltar de alegria indomável. Desgraçadamente se foi outra vez. Já não é um menino para estes folguedos de boêmio. Já não saberá correr com a sua antiga agilidade. Os anos pesam em suas costas frágeis. Há três dias que não dá sinal de vida. Deixo escancarado o portão, tenho os ouvidos atentos a todos os latidos de cachorro. E não encontro o seu latir que, há dez anos, me é uma espécie de voz amiga. Pobre amigo, onde te achas perdido por este mundo que não respeita nada?

És um vira-lata sem coroa, mas nós aqui no General Garzon, 10, te amamos de verdade. Prontos estamos para te perdoar tudo. Se voltares será para nós uma festa geral. Porque não é preciso a coroa e a raça apurada para tocares os nossos corações. Apenas queremos que venhas para o teu lugar!

Será que nos darás essa imensa alegria?

SANTA SOFIA

Quando o trem parou em Silveira Lobo tive medo que a realidade não correspondesse ao sonho. Mas desde que pus os pés na terra que tudo começou a se mostrar tal qual imaginara. Aquela seria a terra dos parentes de Minas, as fazendas tão faladas, tão descritas, tão louvadas pelos que dali voltavam para nos contar tantas grandezas de posses e de gente.

E fui olhando os morros, a terra vermelha, as águas que corriam pelas encostas. E, naquele dia de fevereiro quente, o ar era puro e leve como uma manhã de junho dos engenhos da várzea do Paraíba.

Confesso que tinha o coração ansioso. O que imaginara desde menino, o que compusera em relação ao país de povo nosso, enraizado em montanhas mineiras, se aproximava. Vi, da volta que o caminho dava, as palmeiras imperiais, que subiam para o céu a indicar casa-grande por perto. E, de fato, a sede estava tão próxima que se descobrira, tão bela, aos viajantes, como se tivessem levantado um pano de boca.

O grande portão do pomar dava entrada para a casa-grande. E as senhoras antigas ali estavam para a recepção aos parentes da Paraíba, já que o chefe da família não se encontrava presente. Conhecia-as pelos retratos, conhecia, uma por uma, pelas referências, pelos louvores, pelo que delas gabavam. Eram moças de muito saber, de muitas prendas, de muito coração. Os seus nomes estavam gravados na minha memória, e, nos álbuns de família, viviam para nós, doces e carinhosos.

A grande casa de quatorze quartos ali estava, com toda a sua grandeza antiga. Os pianos de cauda, os retratos na parede, a cara austera do Conde de Prados e, por todos os recantos, o espírito familiar, aquela bondade de séculos que o tempo não comera.

Aos poucos fui tomando pé na realidade. O terreiro de café da velha fazenda de 20 mil arrobas, a aleia de açaí do jardim, a conversa mansa do primo Baltazar e a paz de um silêncio, que parecia uma dádiva do céu, me prendiam às coisas que a imaginação do menino concebera. E tudo era verdade.

Aquela era a Santa Sofia, que a minha tia Maria conhecera e de que me falava com tanta minúcia. Os velhos troncos familiares pendiam da parede e se comprimiam nos álbuns de capa de madrepérola. Os Lins que vieram da Paraíba se encontraram ali, em Minas Gerais, com os Arnoude, de Barbacena, para se fixarem em gente que é uma autêntica flor da civilização brasileira.

Santa Sofia é tudo o que eu imaginava e queria que fosse.

UM DICIONÁRIO

Perguntou-me, outro dia, um estrangeiro, que dicionário ele poderia usar para o seu estudo de português, e eu indiquei, sem medo de errar, o *Pequeno Dicionário Brasileiro da Língua Portuguesa*.

Por que este? – perguntou o estrangeiro.

Eu lhe dei as minhas razões. Um dicionário deve ser um ser vivo, uma súmula da vida, mais um instrumento de aprendizagem que um objeto de luxo. O chamado "pai dos burros", da expressão do povo, tem de ser mesmo paternal, simples, dando-nos o valor e o significado das coisas, sem pretensões, capaz da mais franca intimidade, generoso, probo, fácil. Os nossos velhos dicionários sempre foram assim, patriarcais, enormes casas--grandes, de mesa sempre posta para todos. Eram, de fato, pais, donos de conhecimentos, mas dando-nos tudo que tinham, de mão beijada. Mas foram envelhecendo, criando uma casca grossa que os separava da vida que vivíamos. Precisávamos de dicionários que fossem capazes de nos fazer companhia, que tivessem os nossos hábitos, que conhecessem de nossas precisões. A língua crescera, criara outras cores, ganhara em força de expressão; subira em modalidades. O homem tinha outra alma, outra forma de pedir e mandar. O português, de língua da metrópole, passara a língua de um império. Era preciso que tivéssemos um dicionário que fosse um amigo íntimo, capaz de nos seguir nas nossas atividades, com força de nos ensinar, de ser humano, e não um indiferente à vida que circula. Os grandes e velhos dicionários eram como monumentos da língua. Mas nós não podíamos carregar os monumentos para nos servir. Eram solenes demais, grandes demais para o serviço quotidiano. O Brasil sempre andou à procura de um "pai dos burros" que fosse cômodo, sem carranca, um mestre camarada, que soubesse de nossas particularidades, que tivesse registado a língua que se criou aqui, do outro lado do mar, o português macio, mais plástico, mais humano dos trópicos. É verdade que um senhor de engenho de Pernambuco, o velho Morais, dera à nossa língua um de seus monumentos. Mas Morais é monumento, coisa difícil para uma consulta. O estrangeiro me pedia um dicionário que lhe fosse útil, um livro capaz de lhe dar do português uma ideia clara, sem exclusivismo de região, um léxico que tanto fosse de Portugal como do Brasil. Os nossos filólogos, os mestres do idioma, não quiseram baixar ao terra a terra dos dicionários para o povo. Ainda seriam os velhos que nos serviam mais a contento. Vi um destes grandes dicionários, dos mais falados, na Casa de Rui Barbosa. O velho mestre enchera as margens do grande livro de anotações, de acréscimos, de novidades. Já não era um dicionário capaz de contentar aos homens de hoje o monumento que o mestre Rui consultava.

Livros que são do mundo como uma necessidade de todas as horas, os dicionários terão que acompanhar o homem em sua carreira. Parar, para eles, é como morrer. Quando o estrangeiro me indagava pelo livro que lhe pudesse ser útil, eu não me lembrei de Frei Domingos de Morais, dos outros. São grandes, mas perderam para quem é um aprendiz, um homem dos nossos dias, para quem quer a língua para viver e não para gozá-la como um sibarita, a sua viva utilidade. Falei ao estrangeiro do dicionário modesto, porque queria que ele aprendesse mais depressa, sentisse com mais rapidez, com mais simplicidade, o português do Brasil. Um dicionário para o povo não pode se dar ao luxo de exibições eruditas. Deve ser fácil e bom como a água da fonte.

A GRANDE ATRIZ

Na noite calmosa, sem vento frio, para mais de 10 mil pessoas, uma grande artista dava o seu grande espetáculo. De nada valiam os seus comparsas. Cavalos arreados como nos tempos de Joana d'Arc, declamadores, vestuários de efeitos magníficos, figuras humanas com responsabilidades de condutores do drama, tudo ficava num plano secundário diante da figura majestosa da Senhora dos acontecimentos. O que valia era a Catedral, com o mistério de suas pedras. Bem razão tivera Rodin para tomar as catedrais de França como mestres de desenho. As pedras sagradas ensinam aos homens não só os caminhos da fé; ensinam a amar a vida nas suas manifestações superiores.

*

Milhares de pessoas se aglomeravam nas arquibancadas de ferro e nas cadeiras forradas de estofos para ouvir os atos da vida e paixão de Cristo. A música dos trovadores medievais soava através do órgão da Notre-Dame. Os clarins dos guardas montados enchiam a praça de uma ordem de guerra. Era o poder da terra que queria se mostrar bem vivo ao jovem profeta que trazia uma mensagem de Deus aos homens. Aos poucos tudo passava a viver da Catedral. Nada daquela brutal imagem de Hugo, descobrindo o disforme para engrandecer o feio. A presença da Igreja de Paris se fixava na multidão elevando-a aos supremos anseios de amor. Via-se a Catedral tal um mundo onde coubesse toda a Humanidade em seu seio amantíssimo. E, enquanto os pequenos atores falavam, ela se iluminava. As suas pedras adquiriam uma linguagem que era mais expressiva que a dos homens. Anjos e demônios se digladiavam no patamar, e a grande artista absorvia as lutas pequenas dos comparsas e passava a agir com toda a força da sua linguagem. Gritava de um lado Lúcifer, belo e soberbo; do outro, lá de cima do campanário, um anjo desembainhava a espada refulgente e impunha a revelação da verdade aos homens. E a Catedral punha-se a agitar, através das pedras e das rosáceas que se cobriam de reflexos que vinham das profundezas. O órgão gemia tal qual as vozes secretas de Deus e os sinos dobravam para o Rei que nada queria do mundo em que pisava.

*

A figura de Cristo era como se tivesse brotado do colosso de pedras. Os seus gestos e as suas falas eram falas e gestos da massa escultural que se grudava às torres rendilhadas. A atriz do auto sagrado passava a comandar as ações. Tudo vinha de sua formação levantada sobre a história da França. Arte e história numa linguagem única. Quando a luz se expandia pelas pedras de mil anos, sentíamos no coração e na alma que o Filho Primogênito da Igreja tinha mais que falar que os atores cá debaixo. As pedras falavam aos nossos ouvidos e aos nossos olhos. O Cristo padecia as dores da paixão. Pilatos lavava as suas mãos carnudas de romano pelo crime monstruoso contra a inocência. Tudo, porém, estava escrito. A profecia era aquela na narrativa pungente. A Catedral absorvia tudo, tudo estava gravado nas suas pedras e ela podia ser a síntese de tudo. Quando o drama chegou ao fim, a escuridão se fez na maravilhosa casa de Deus. Nem a luz, nem a sonoridade do órgão e dos sinos. Só o silêncio que era o fim. A grande artista recolhia-se à noite para sentir o mistério da Criação, no faiscar das estrelas.

SOBRE O HUMOR

Louis Depret no seu ensaio sobre Charles Lamb fala do humor para abrir um curioso debate entre o que é humor propriamente dito, e espírito.

O ensaio do crítico francês põe a questão nos seus limites porque toma os dados sem pretender forçar uma solução. Começa ele falando da história da palavra que *"n'est pas moins compliquée et moins longue que la philosophie elle-même de ce mot, enigmatique dans la menace rayonnante de son sourire, comme le portrait de la Joconde"*.

M. L'Etrange, depois de escrever dois volumes chegou à conclusão melancólica de que todos os grandes filósofos não souberam o que era o humor. Todos concordaram que uma definição para este estado de inteligência do homem era impossível. De fato, nem os homens que foram especialistas em definição, os homens que pensavam que sabiam melhor dar os nomes às coisas, souberam definir o humor. Quero referir-me aos homens muito sabidos, muito claros, muito lógicos do século XVIII. Voltaire falou na arte de separar duas coisas que são iguais ou de ligar duas outras que são diferentes. Deste choque sairia o humor. Para ele o humor deveria ser uma espécie de metáfora, um sucedâneo do espírito. Para Voltaire tudo se reduzia à claridade, à absorvente ordem clássica. Boileau não chegou a tomar o humor como uma categoria da inteligência. Era todo do espírito. E para o espírito, queria que ele só se mantivesse com a verdade. A dificuldade estaria no critério que se tomasse para saber o que era verdade. O que era verdade para Boileau podia não ser para o resto dos homens. E com toda a sua verdade o crítico do século XVIII foi o homem mais triste, o outro lado do humor.

Na Inglaterra, Dryden achava que o espírito estava no melhor ajustamento das palavras ao assunto. O que levou Addison a dizer que no caso seria o geômetra Euclides o homem mais espirituoso do mundo. O que na realidade não foi.

Para Addison a prova melhor para se dizer que há espírito num homem, uma frase, uma história, é mandar passar a coisa para outra língua.

Se a história do inglês não fizer o russo sorrir, mesmo ao modo russo, é que não há espírito na história. O espírito tem que ter um caráter universal.

Não acredito também no processo de Addison. Há particularidades, tom de roupa, jeito de andar, maneira de comer, sistemas de vida, que condicionavam uma natureza peculiar a cada povo. O que faz a delícia de um carioca não é o que arrancaria gargalhadas de um chinês amadurecido na civilização da porcelana. Traduzir uma graça de um paraibano das secas é perder a sua realidade local, é tirar o seu rumo da terra.

A grande dificuldade está em ver o que é o humor e o que é espírito. Burgh não teve medo de afirmar: o espírito é o que há de mais fácil; o humor, o que há de mais difícil. Talvez o que se possa traduzir seja o espírito. O humor seria o intraduzível. O espírito nos parecia uma ginástica de inteligência, e o humor uma natureza do homem. Ou melhor, um comportamento do homem.

O espírito pode se transformar num vício, numa deformação da inteligência. O humor sendo de carne e de alma, sendo de homem completo, tem que ser uma superioridade da criação. O espírito pode estar perto da vulgaridade, nunca o humor que é um dom de eleição. Voltaire pode ser o homem mais espirituoso do mundo, mas será Rabelais o que mais exprime a elevação da França. Um era como um vidro por onde passava a luz do sol. O outro, cheio de escuridão, de lama, de terra, de palavrão, de força bruta, tem o humor que o grande Voltaire não sabia o que era.

Os ingleses, que são os homens menos voltairianos do mundo, mergulharam na Bíblia para serem como os donos da vida e não escravos da vida. A tristeza da Bíblia dera-lhes a maior alegria deste mundo, aquela que está no homem acreditar que, embora do barro, em que foi feito, é parente de Deus. Mas quando ele se sente nesta altura divina, quando ele se apalpa para sentir a carne que lhe deu o Criador, o inglês não perde a cabeça, não sofre a vertigem das alturas. Pelo contrário, vê que o paraíso está perdido e que tem que se contentar mesmo com a terra. É aí que intervém o humor, é quando a virtude "caridade" toma conta de sua alma. O humor é o contrário do orgulho.

O espírito é que se serve do orgulho como de uma atitude venenosa. O humor não peca nunca contra o Espírito Santo, porque ele é, intimamente, sabedor dos limites do homem. É assim que o inglês se defende da rebelião contra o seu Criador. No alemão, a segurança de parente de Deus faz com que ele se sinta Deus, da cabeça aos pés. É porque não existe nele o humor purificador. Os alemães não têm o poder de olhar para dentro de si mesmos, poder que faz do inglês um sujeito forte porque teme. Quando um inglês começa a sentir que é Deus, há sempre outro inglês para lhe mostrar que ser Deus não é uma sinecura qualquer. E o orgulho se dissolve em humor. O que queria ser anjo rebelado olha para as asas com que queria ferir os pés de Deus e vê que as suas asas são de pobre papel. É da sua fragilidade que o inglês tira os sumos de seu humor. Um homem que quer competir com Deus, assim como Nietzsche, não terá nunca "senso de humor". É o "senso de humor" que faz Dickens ser ele próprio como um herói de seus romances. Escritor e leitor choram e sorriem sem vergonha, sem medo, com dignidade. A vulgaridade em Dickens não suja a humanidade. Dickens é a encarnação do humor. Os que acham que os seus livros são armazéns de sentimentalidade são os que têm o coração seco, a inteligência saciada.

Para estes nada como Bernard Shaw, que é o outro lado do humor.

A MODA LITERÁRIA

A moda em literatura, como em vestidos de mulher, tem os seus caprichos que nos perturbam. Às vezes, é um nada que pega e se propaga como uma doença microbiana. Por toda parte surge uma palavra, uma cor de vestido, uma pena de chapéu, e a maioria consagra e elege o gosto adotado como a última palavra. O que era esquisito ou vulgar se transforma em suprema elegância e passa a dominar em todos os círculos, a ser procurado ou desejado com avidez. Todos os olhos, todas as opiniões, todos os apetites se concentram sobre o que a moda lançou como a última palavra. E não há que resistir. É adotar ou calar, até que a fúria esmoreça e outra moda tome o lugar da que vai passando. E então aquilo que nos seduzia, com o correr do tempo, nos parece de uma triste velhice sem dignidade, desbotada, coberta de um ridículo de doer.

Há fotografias de dez anos atrás que nos aterram, que nos dão uma enorme pena dos homens e das mulheres que lá aparecem.

Em literatura é a mesma coisa. Há palavras, há atitudes, há gestos, há livros, há poemas que surgem como se carregassem o peso de todos os tempos, um peso de eternidade. Todos nós nos voltamos para estes prodígios e nós entregamos a sua voga.

Uma vez, falando destas maravilhas que abafam como tiranias, não sei quem se referiu às tais verdades eternas que duram dez anos.

Os jornais de ontem falavam da morte de Marinetti. Este foi o criador de uma moda literária e andou pelo mundo afora com a sua poesia de truque e arranjos verbais a estarrecer as academias apavoradas e os pacatos burgueses que se espantam com tudo. Na Bahia, como prêmio maior à sua glória, deram o seu nome aos ônibus. Depois, o fascismo tomou o poeta do futurismo para um de seus instrumentos de propaganda. A poesia, que pretendia libertar o homem, passou a ser uma voz estridente da escravidão ignóbil. O Marinetti, que foi o Virgílio do pobre Augusto do palácio de Veneza, gritara demais pela liberdade dos ritmos, enquanto o seu César sangrava o povo da Itália como a desgraça do cordeiro de sacrifício.

LÍNGUA DO POVO

Sempre se agitou o problema da língua escrita.

Os críticos de Homero, os que lhe estudaram as origens e o gênio, pararam defronte a este debate.

Homero é o criador de uma língua nova, de um grego mais livre, mais rico, mais substancioso, ou é o próprio gênio grego posto em escritura. O fato é que os puristas da Renascença, sobretudo em França, puseram Homero de lado. Não era ele o poeta que pudessem ler, o poeta da língua escorreita e limpa.

Mais uma vez a gramática quis sobrepujar a vida, mais uma vez o carro quis andar adiante dos bois. Homero esmagou todos os gramáticos e puristas da Renascença. A sua língua, que trazia no arrastão árvores, blocos de mármore, carne humana, carne dos deuses, vozes da terra e do céu, abafou o gemido de gata dos críticos mofinos. Escuta-se Homero como o cair das cachoeiras. Ele exprimiu humanidade. E isto é sair das regras, dos sinais das vírgulas, da sintaxe lógica, da retórica defumada.

A língua de Homero foi tão grande que seria a língua de seu povo. Dela sairiam as gramáticas.

É aí que a guerra dos gramáticos contra a vida se exacerba mais. É quando um escritor se faz de mediador de forças que pareciam ocultas mas que são as forças reais, forças invencíveis. E o povo quando se exprime o faz com o calor do corpo, com a espontaneidade, com o que os técnicos de linguística chamam de *expressivo*.

A língua que se cria no povo quando procura dar uma imagem da vida, de uma dor, de uma alegria, brota como água do rio. É impetuosa às vezes, e às vezes tem a doçura das fontes de pé de serra. É a língua da natureza.

A superstição de língua clássica imutável, imposta como modelo para a posteridade, se opõe a esta língua da natureza, que é a língua falada.

Charles Baly, que é um mestre de linguística, se expande em seu admirável livro *A linguagem e a vida* sobre o rigorismo dos puristas. É contra o fetichismo da língua escrita, é contra o desprezo pelo que os puristas chamam de língua vulgar (a única original), que Baly faz o seu livro de erudito e criador. Baly penetra o assunto com a superioridade de quem é dono de uma sabedoria, sabedoria sólida. Fala de cadeira, como o povo diz para substituir o "ex-cathedra".

É esse livro substancioso e livre que eu desejaria lido pelos tais que no Brasil se tomam de dores pelo rigor purista no escrever e até no falar. Tudo despeito de impotentes, dos que se amedrontam com a vida. Diz Baly, falando admiravelmente, como se estivesse falando para nós, para os que tiveram a coragem de receber do povo o que o povo tem de grande: "Ninguém poderá deter o movimento irresistível de um curso vital e social, que determina a evolução da linguagem. O idioma vulgar continua a sua marcha. Quanto mais segura esta marcha quanto mais subterrâneo. E rebentará como água viva por debaixo de todo o peso da língua escrita e convencional. Quebram-se as represas de aço e a onda tumultuosa da língua popular invade a superfície imóvel e ela aparece nova, em pleno movimento." E Baly conclui: "A história do latim, na sua viagem às línguas romanas, é um aspecto típico desse fenômeno. É uma marcha de águas desencadeadas. Passada a enxurrada, as terras da aluvião começarão a produzir com o vigor de terra virgem."

As literaturas que recebem contribuição popular são as vivas, as grandes. Goethe ia ao povo para sentir a força dos *lieds*, a música que dorme na alma popular. É um gênio, um criador como Tolstói, carecendo também da seiva da terra. Sem o barro humano, sem a massa espessa do povo, não faria nada.

São assim as literaturas que pretendam sobreviver. Terão que ligar-se às dores da terra. Terão que adotar as invenções e as descobertas do irmão-povo, senão se transformarão em pobres damas enfermiças, com medo do sol, da chuva, da vida.

É na língua onde o povo mais se mostra criador. Mais do que cantando, é falando que o povo nos ensina coisas extraordinárias. Por que então desprezar a contribuição que ele nos oferece a cada instante? Por que nos metermos em câmaras antissépticas para escrever?

Os puristas que vão àquelas batatas do personagem de Machado de Assis. Nós queremos viver.

1942

PREFIRO MONTAIGNE

Escreve-me um leitor amigo para pedir que cuide mais de meu estilo.

Acha-me por demais simples, terra a terra, e me diz que escrever não é falar, é uma arte, um gosto, uma forma de superar a natureza, pelo requinte da frase, pela maneira da expressão, pelo tom do estilo.

E manda-me exemplos para que siga, e cita-me nomes ilustres para modelo.

Toda a carta é gentil, e chega, às vezes, a tocar-me pelo interesse que revela pelo pobre cronista da servidão da coluna diária.

Afinal de contas o leitor amigo não quer outra coisa que os punhos de rendas de Buffon, o ar senhorial de um Júlio Dantas, ou mesmo, a correção magra e dura de quem tomasse a gramática como guia único do bom escrever. Reflito sobre os conselhos, faço o meu exame de consciência, e prefiro continuar como sou, incorreto, mas claro, sem a riqueza vocabular dos estilistas, mas fácil, e capaz de chegar ao entendimento de todos.

Acredito que o leitor pretenda que me civilize, que me faça de escritor próprio para o sábio convívio acadêmico. Lamento que não me sobre a coragem para as podas que me sugere. E para me ajudar a não ceder a pedidos desta natureza, eu me valho dos mestres que foram os grandes da verdadeira literatura. E me amparo no mestre Montaigne, que confessa: *"le parler que j'aime c'est un parler simple et naïf, tel sur le papier qu'à la bouche"*.

Este era o Montaigne de um tempo que exigia do homem de letras o tom doutoral, ou, o que ele próprio chamava de *"style plaideresque"*, próprio para as tribunas de foro, com as suas *"longueries d'apprêt"*.

O grande Montaigne fugia da pedanteria da época para ser, como ele mesmo dizia, *"soldatesque"*. Isto é, brusco, sobretudo áspero, mas a cada passo, com a imagem, que era um exemplo da vida.

Ao leitor que me chama para a boa cadência acadêmica, para o escrever como uma arte de fazer rendas, eu lhe digo, com toda a minha rude franqueza, que melhor vale o escrever com a minha alma e a minha língua carregadas de impurezas, mas o meu escrever, do que a correção gramatical que me faria escrever tão bem quanto escreve o sr. Claudio de Sousa.

E, apesar de toda a sua glória acadêmica, eu ainda prefiro Montaigne ao sr. Sousa.

A CASA E O HOMEM

No começo a casa foi construída contra a floresta e assim o homem refugiava-se mais do que morava. Daí tudo ser como se fosse obra do medo. Fugia-se das árvores e dos bichos, derrubava-se a mataria em derredor, evitavam-se os rios, opunha-se o homem à natureza com o pau a pique das primeiras choças. Depois, com a pedra e cal das obras de duração. A árvore era o inimigo mais próximo a aniquilar. Dela podia sair a morte. Um tapuia espreitava lá de cima o homem desprevenido para a flechada mortífera. Das ramagens, insetos partiriam em enxames, de casas de maribondos, e pássaros de rapina armariam bicadas contra as criações domésticas. E as águas dos rios cresceriam em enchentes devastadoras. Era preciso fugir do rio como se fugia dos índios traiçoeiros. De súbito, o homem acordaria com a sua casa afundada nas águas barrentas das cheias que desciam em avalanche. E como não se podia destruir o rio como se destruíra a floresta, fugia-se para os altos. Batiam casas nos cocurutos das serras, nas lombadas dos morros. Os mestres de obra procuravam as alturas para ficar a cavaleiro dos inimigos inclementes. Quando não era o índio que irrompia das brenhas, eram navios corsários com as suas bocas de fogo devastadoras. E para tanto a casa carecia de horizontes limpos para que se pudesse olhar tudo. Barras a descoberto e fendas de capoeiras batidas. Nada de árvores que tapassem a vista. A tal "casa branca da serra" tinha que ser mais uma fortaleza de paredes largas, de vigias abertas às surpresas da terra e dos homens, como olhos escancarados. Assim teríamos que viver contra a paisagem, a paisagem nos aterrava. A casa brasileira a princípio não foi uma mansão, mas espécie de trincheira batida com pedras e óleo de baleia. Os padres jesuítas construíram as suas reduções em quadrados de formação militar. As nossas primeiras aldeias eram como moradas de castores, casas grudadas umas às outras, em paredes-meias, tudo feito para a hora do perigo. Os portugueses que vieram das quintas patriarcais da "terrinha", com as suas castanheiras, com as doces sombras de suas árvores, teriam que ser nos trópicos uns derrubadores impenitentes, homens de machado em punho, de fachos nas mãos para as queimadas.

Tratariam a natureza a ferro e fogo para poderem fincar o pé na terra nova. Só lhes serviam as árvores que eles plantassem, as que lhes dessem os frutos, as que fossem de sua serventia imediata. Árvores domésticas como os bichos, árvores para serem coradouros de roupas, galinheiro, cercas humildes, à altura do braço. Quando precisavam de madeira de lei, sabiam aventurar-se à mata virgem e arrancar de lá os paus lenheiros, madeirame com que cobrissem as casas, forrassem as salas, levantassem púlpitos, construíssem os seus barcos. Nada de carinho com a terra. Nada de amolecer o coração duro para o selvagem que irromperia da floresta para matar. E quando a floresta foi dominada ficaria no homem que a vencera um certo sentimento de hostilidade atávica. Os avós dormiram com o pavor das incursões tapuias, o pavor das onças, das cobras, de todos os rumores das noites tropicais. E quando o homem, senhor de tudo, pôde viver como gente, após séculos de lutas cruentas, a casa que escolheria para morada não seria íntima da paisagem. As casas-grandes dos engenhos e das fazendas e os sobradões da cidade não procuraram nunca uma intimidade fraterna com o mundo em derredor.

Os mestres de obras, os urbanistas, os arquitetos que vieram após os séculos da conquista fizeram esforço para vencer as deficiências herdadas. Abrandaram o coração, foram mais líricos do que funcionais. Aqueles que nos pareceram tão funcionais nas casas construídas para a defesa do homem contra o meio agressivo, não souberam atingir as nascentes poéticas da terra virgem. Alguns chegaram às grandezas delirantes das igrejas barrocas, aos conventos maciços, como os da Metrópole. E puderam aliar-se um pouco à paisagem. Nos claustros dos franciscanos, pássaros podiam fazer ninhos em galhadas que davam sombra. E fontes, como nos pátios árabes, davam água para beber. Os irmãos de Francisco de Assis tinham trazido da Úmbria e da Toscana mais doçura, nas relações íntimas entre o homem e a natureza. O barroco nos trópicos arrancou dos padres franciscanos mais ternura de seus corações, que não eram de pedra. Os arquitetos dos conventos e igrejas de São Francisco não trabalhavam para isolar as criaturas de Deus das coisas de Deus. As fontes, os pomares, as imagens da terra transferidas às pedras, às portadas, faziam esforço para humanizar os contatos entre gente viva e a natureza.

As lições dos franciscanos não se difundiram, como deviam, entre os nossos mestres de obras coloniais. O horror à paisagem continuou a predominar em suas casas, nos seus sobrados, nas suas igrejas. E quando D. João VI fundou o nosso Jardim Botânico, trouxe das Antilhas uma espécie vegetal que seria como a marca de fábrica de uma nova era. A palmeira que se chamaria imperial, solene e sobranceira, se propagaria pelos quatro cantos do país. Era assim a paisagem que o homem impunha, à sua maneira. Nada de paus d'arco, de arneira, de jacarandás. Os mestres paisagistas que a corte de Lisboa trouxera ao Brasil plantavam nas praças públicas, nas entradas de fazenda, nas proximidades dos edifícios, aleias de palmeiras, querendo assim dominar pela disciplina marcial as nossas exuberâncias tropicais. Mas já era uma natureza. As cidades brasileiras faziam praças, campos, jardins, os quintais se enchiam de variedades vegetais novas, as cerâmicas do Porto espalhavam deusas por cima dos portões e escadarias. As fontes públicas derramavam água doce atrás de bocas de faunos e de pernas abertas de ninfas. Já podiam os pássaros cantar nos arvoredos de bosques plantados pela mão dos homens. As casas brasileiras das fazendas e engenhos cercavam-se de árvores exóticas importadas. O parque da Fazenda Secretário, em Vassouras, parece uma mata indiana. Há árvores chegadas da África, da Ásia, da Austrália. Tem-se a impressão de que as nossas árvores não valiam nada para os urbanistas e jardineiros. Ou seria ainda medo da floresta virgem, o pavor dos conquistadores? O nosso Segundo Reinado se requintou em jardins, mas quase sempre pôs de lado o que era realmente original na nossa paisagem. Depois de ter vencido a mata bravia, o homem queria impor outra mata, como se escolhesse escravos para a sua serventia e deleite. Procurava-se uma solução de cima para baixo, quando a solução racional devia ser a da terra dominada, uma solução das raízes.

É quando surge a nossa escola de arquitetura brasileira. Le Corbusier tinha feito discípulos no país do sol. A invenção da sua sabedoria provinha de um movimento de libertação do homem. O mestre francês viu o homem dentro da casa e queria ligar esta casa ao universo. A casa para ele não era um isolamento, um refúgio contra a natureza, tal qual um lazareto. Ao contrário, ele pretendia uma solução mais ecológica para a arquitetura. E, sendo assim, mais humana, mais prática, mais profunda. Le Corbusier não é só um arquiteto; é quase um moralista, um filósofo. A sua concepção não se apresenta como uma utopia em concreto armado, em alumínio, em material de construção, mas tem a substância de uma concepção das mais realistas de nosso tempo. Tomando este mestre para ponto de partida, a nossa nova escola de arquitetura chegou a uma realidade vigorosa. Como na música de Villa-Lobos, a força de um Lucio Costa, de um Niemeyer, de um Mendlin, proveio da nossa vida, de nossas próprias entranhas. A volta à natureza, o valor que se dá paisagem como elemento substancial, salvou alguns dos nossos artistas daquilo que se poderia chamar de formal em Le Corbusier. O grande mestre francês, depois de ter avançado poderosamente no sentido da libertação dos processos de composição, se deixaria seduzir pelo que há de exterior nas suas invenções, assim como um poeta de força extraordinária que se encontrasse com o que há de estéril na métrica. No Brasil o instinto poético nos conduziria a uma intimidade mais lírica com a casa. O arquiteto novo foi atrás do que havia de vivo nas casas antigas, do que havia de funcional nas soluções de mestres de obras que se orientavam, como os navegadores primitivos, pelos dados da natureza. E conseguiram corrigir desvios monstruosos para integrar a pedra, a cal, o cimento, o ferro, todos os elementos de construção, na intimidade da paisagem. Aconteceria então uma coisa extraordinária: as caatingas sertanejas, a floresta amazônica, as montanhas mineiras, os pampas gaúchos entram cidades adentro, sobem para os arranha-céus e vão ajudar o homem moderno a ser mais humano, a ser mais da sua terra, a ser mais gente do que somente uma pobre máquina de viver. As casas, os palácios, as igrejas, serão assim como uma aroeira da mata, uma obra de raízes no solo, em vez de agredirem a natureza em derredor, compõem uma sinfonia completa. Homem e casa, homem e mata, homem e bichos não se encontram como inimigos a se defenderem uns dos outros. As paisagens das praias de coqueiros, das serras floridas de ipês e quaresmas, das margens dos rios, dos cimos dos morros, dão aos mestres arquitetos elementos para que eles possam servir ao homem com mais beleza, com mais utilidade e, portanto, com mais espírito humano. Pode hoje um brasileiro dormir, no rigor do verão, de portas abertas, com o quarto rodeado de plantas do sertão, lá em cima do décimo andar de um edifício. O perfume do campo entra-lhe casa adentro e ele há de se sentir mais ligado ao mundo, mais criatura da terra. A casa se transforma num poderoso elemento vital, a casa não é mais fortaleza contra o meio, mas uma câmara de redução da natureza. Ela abre janelas, defende-se da luz, serve-se dos rios, sobe e desce montanhas. E será a casa brasileira a que tira da paisagem todos os elementos para ser mais bela e mais original, sem ser exótica. Os europeus que se assombram com a selva, imaginam que tudo é perigo de morte na selva. No brasileiro que a dominou ficaram restos de rancor contra ela. Não queríamos saber das nossas maravilhas vegetais. Mas todo este terrível mal-entendido se acabou. As pazes se fizeram através de contatos procriadores. O homem e a paisagem já não se hostilizam. Os nossos pintores já não têm vergonha das nossas cores cruas e da nossa luz brilhante. Um Cícero Dias, mesmo longe de seu país, mete nas suas telas abstratas o verde do mar de Boa Viagem, os azuis e os encarnados das flores pernambucanas. É, a milhares de quilômetros da terra nativa, um homem que conduz no sangue a autenticidade do seu pedaço de terra. E desde que o homem se põe, assim, a serviço de suas forças demiúrgicas, terá que ser, não direi um escravo das forças telúricas, mas o que não pode passar sem elas. Burle Marx, o grande artista dos nossos jardins, não faz outra coisa que procurar a terra para ser original e humano. Por isto, embrenhou-se pelas matas e trouxe de lá os seus jardins, manchas das caatingas, das plantas, das praias. Antigamente dizia-se, quando a cidade do Rio de Janeiro começava a adotar costumes europeus: "O Rio civiliza-se". Mas não era propriamente civilização aquilo que se fazia contra a paisagem, que era a nossa originalidade. Não era civilização entupir baías, cobrir morros, pentear árvores. A civilização que era a nossa força estava justamente no que desprezávamos. Os modernos artistas querem salvar a nossa paisagem. O homem para bem viver não pode ser conduzido contra a paisagem. Ele não deve ser nunca um assassino de paisagens. Para ser mais humano tem que confundir-se com a natureza para amá-la como amante e fecundá-la como gênio procriador.

LEITURA PARA RAPAZES

Escreve-me uma senhora, mãe de três filhos, pedindo-me conselhos sobre a leitura que poderia dar aos seus rapazes, e ao mesmo tempo que me pede conselho, sugere-me uma crítica aos livros que andam por aí, em mãos juvenis.

"Sinto-me incapaz de escolher os livros para os meus rapazes. Algo que não fosse tão infantil quanto Monteiro Lobato, nem tão sórdido quanto Emilio Zola. Não sei; talvez o gênero policial ou um pouco de educação sexual, através do livro do padre Negromonte."

De fato, para o adolescente não chegam os livros de Lobato a interessar, e nem tampouco Zola, que não acho sórdido, é capaz de prestar serviço algum. O infantil de Lobato e a crueza de Zola não seriam alimento para a idade dos que entram na vida querendo ver as coisas como homens, mudando o tom da voz e de buço a crescer. Nem Lobato nem Zola. E nem tampouco esta história de educação sexual que apresentada como uma lição, poderá pender para uma perigosa aventura com o instinto, força da natureza que precisa ser tratada como tal.

Eu, se tivesse um filho, não me meteria a chefiá-lo, como se fosse ele um soldado de chumbo. Teria que lhe dar uma certa autonomia, para que pudesse livremente escolher o seu clube de *football*, procurar os seus livros, opinar na mesa, sem que esta aparência de liberdade fosse além dos limites. Não queria que parecesse um ditador e nem tampouco um escravo. Os meninos mandões e os meninos passivos demais, são duas deformações desagradáveis.

A senhora que me mandou a carta teme pelos livros dos seus filhos e quer orientá-los nas boas leituras. Estes cuidados maternos são os mais justificáveis, mas exercidos com autoridade excessiva poderão, em vez de orientar, deformar, criando na sensibilidade de seus filhos falhas lamentáveis.

O mestre verdadeiro não é o que faz o discípulo à sua imagem, e sim o que sabe conservar no discípulo a personalidade que ele tem. Se há, então, um desvio patológico, aí entra mais o médico, que é, no caso, um auxiliar precioso da natureza, nas corrigendas e curas que opera.

Se me viesse um filho pedir livros para ler, eu lhe indicaria os livros de aventura, como os de Robert Louis Stevenson, livros que carregam, nas suas narrativas, o que há de maior na natureza humana: a coragem de superar, pelo arrojo, pela vontade de viver, o que é a mesquinharia do cotidiano. E lhe entregaria o Quixote e lhe diria: meu filho, este herói não queria descobrir uma mina de ouro nem conquistar uma cidade, apenas almejava o direito de sonhar acordado. Você há de achar graça no descompassado de suas maneiras. Pode rir do Quixote. Não faz mal. O ridículo do herói faz parte das loucuras fecundas da humanidade.

Minha cara senhora, da Ilha do Governador, dê aos seus rapazes que gostam de livros policiais o Quixote, que nele irão encontrar também rasgos tão fantásticos como os dos heróis dos quadrinhos.

SOBRE O HUMANISMO

Para muita gente o humanista é aquele que sabe latim, que sabe grego, que tem um íntimo conhecimento da antiguidade clássica e que foge para esses mundos como para refúgios invioláveis. Neste sentido o humanista se contenta com as letras e se desinteressa da vida. Passa a ser uma criatura fora da realidade porque tudo o que faz e o que sente só tem relação com os textos que manuseia. Então estes homens que se julgam sábios parecem sombras de outras épocas, quando não se transformam em "cassandras" dos novos tempos.

Contra esta contrafação do humanismo se insurgem os humanistas verdadeiros. "As novas formas de cultura humanística serão sempre apoiadas no progresso do conhecimento científico." São palavras de Nilton Campos, quando pretende estabelecer as bases de uma educação fundada no cultivo dos mais altos valores morais, artísticos e religiosos, sem que a ciência perca, com isso, o seu posto de honra. E assim os fundamentos da ética e da estética terão o seu lugar no mundo dos fatos, como concepções da Verdade, do Belo e do Bem.

Processa-se a humanização da cultura, arrastando-a do orgulho da técnica, ou da pedantaria da erudição. E o homem culto não será o que adquiriu muitos conhecimentos, nem o que somente sabe predizer ou medir os fenômenos da natureza. Culto deve ser aquele homem da definição socrática, o que reconhece que nada sabe. Mas que se investigou a si mesmo como queria Heráclito.

Montaigne seria então o herói do grande humanismo. Porque em Montaigne existiu como em ninguém a sabedoria dos antigos e as realidades do seu "hoje".

E aí está a raiz da grande ciência humanística, na participação do homem no seu mundo. Nem o latim nem o grego deram ao homem dos *Ensaios* nojo pelas coisas do seu tempo. Pelo contrário, mais o ligaram à vida que viveu.

A FAZENDA DO GAVIÃO

A anã barata "Ford", de 20 anos, corria pelas ladeiras da estrada. Pelos altos descampados o capim-gordura floria um roxo sem tristeza. O gado leiteiro, lá por cima, aprumava-se no pasto ralinho. Aquilo eram terras da opulência antiga.

E, em pouco, a opulência do mundo do café morto apareceu-me, à vista, com verdadeiro dó de peito. Era a casa-grande da Fazenda do Gavião, sede do comando geral de todas as outras fazendas do Conde de Nova Friburgo.

Não fica bem chamar-se de casa-grande ao palácio que nos surge, no alto, com as suas colunas, como de templo romano, maciça construção de pedra, com aquelas duas estátuas, no patamar, severa, arquitetura de linhas clássicas, sem o menor relevo barroco, ou sem o chão, o simples, o trivial das casas portuguesas.

A Fazenda do Gavião foi, como o Palácio do Catete, um delírio de grandeza do Conde, possuído de verdadeira loucura pelo fausto.

Os planos arquitetônicos de Nova Friburgo não chegaram ao fim. Basta dizer-se que o Palácio do Catete atual nada mais era que uma ala do palácio imaginado.

Na casa do Gavião os planos ficaram pela metade. Lá estão as colunas de granito da planta frustrada, umas ainda de pé, outras pelo chão, como em ruína grega. Mas o que há de casa atual é ainda qualquer coisa de espanto. O palácio erguido em cima da terra rude, a dominar as várzeas que se enroscam pelo sopé dos morros, nos dá a impressão de um sonho. Tudo se podia esperar daquela terra, menos que ali brotasse o que os nossos olhos veem, aquela forma estranha de outro mundo, tal qual, se no gelo polar, se erguesse uma casa de caboclo.

O Conde de Nova Friburgo não era um homem de imaginação, era um homem de fantasia ardente, capaz de sobrepor-se a todas as realidades para satisfazer um sonho de megalomaníaco. Daí a sua constante fuga da realidade, a sua preocupação de construir sem levar em conta os meios, à procura de gente de fora para os seus planos. O Palácio do Gavião, como o

Palácio das Águias, é dado para o estudo de uma época que daria depois na jogatina do encilhamento.

Atravesso as salas imensas, os quartos gigantes, vejo os móveis italianos, a cama onde dormiu o Imperador, as paredes de pedras, a varanda que é uma avenida. E após olhar para os vidros, as riquezas, as colunas, olho a terra pobre dos altos e imagino o Conde, no meio de tudo aquilo, como um Vautrin, a jogar, em desespero de causa, com ouro que não era realmente ouro.

*

Vi a tarde de maio, lá de cima da varanda do Palácio do Gavião. Um céu róseo para o verde geral da terra. Só o telheiro velho das dependências da fazenda dava uma cor suja ao quadro maciço de clorofilas. Mais para longe, a estrada realenga rasgava o morro, mostrando o vermelho do barro.

A grandeza do Conde de Nova Friburgo se concentrava naquele luxo de uma fazenda que não era para produzir coisa nenhuma. No Gavião não havia um pé de café, um curral de gado. Ali era somente a residência do Conde. Trezentos alqueires para a sede de um ducado. Mas a crise do café arruinou os planos nababescos do homem parente próximo dos marajás. E tudo ficaria pela metade. O pomar, que seria um parque com árvores exóticas, não chegou a ser plantado. Só um pé de tangerina amadurece os seus frutos, junto às quatro colunas gregas de granito.

Depois que o Conde morreu, o Gavião caiu em desgraça. O novo proprietário não quis continuar a loucura. Os morcegos fizeram concentração pelos telhados, os móveis se dispersaram, os vândalos andaram destruindo o que puderam destruir. A uma das estátuas imponentes arrancaram a cabeça, porque se espalhara que por dentro delas havia dinheiro de ouro.

Mas houve, para salvar a grandeza do Conde, o bom senso, a fibra, a coragem do filho do luso que sucedera ao grão-senhor. O Dr. Pedro Pita tomou conta do Gavião para restituir-lhe a importância, dar-lhe a vida que merece.

Aí começa uma obra de reajustamento do palácio degradado ao seu meio. O jovem fazendeiro teria que desprezar os excessos do Conde para colocar o palácio no seu verdadeiro destino. A terra teria que produzir para merecer a imponência daquelas colunas, o esplendor daquelas salas, o luxo daqueles móveis. O Gavião de hoje vende leite, produz milho, feijão, já não é a ociosa fazenda da pacholice do Conde.

Pedro Pita deu ao palácio de hoje uma realidade fora de todo o bovarismo. As salas de assoalho espelhando, o piano de cauda, a maravilhosa secretária do Conde, a cama de jacarandá, com incrustações de imbuia, o relógio de pêndulo, tudo aquilo vive numa casa viva.

As vacas holandesas, as várzeas plantadas, o trator, que virá, são dados concretos para garantir o palácio que ressurgiu das ruínas para mostrar que o Brasil do luxo asiático da fantasia do Conde pode ser maior ainda pelo trabalho, pelo esforço, pela tenacidade de homens que saibam valorizar os seus autênticos valores. Lá está em Cantagalo o sonho de um condado de conto de fada, reduzido a uma realidade que não é a dos pomos de ouro, mas das espigas de milho.

O HOMEM E A MULHER

Em qualquer outro país o novo livro de Gilberto Freyre, *Sobrados e mucambos*, já estaria provocando comentários de todas as espécies. Porque ele toca em assuntos tão íntimos e tão fundamentais para o brasileiro, para a sua vida íntima e exterior, para a sua formação moral, cultural e econômica, que num país de regular nível mental teria provocado, não digo os estudiosos, mas o nível médio, o grande público.

Uma coisa interessante é que, sendo Gilberto Freyre tão rigorosamente científico nas suas interpretações, seja tão ligado ao público pela sua exposição clara, pelo vigor de seu estilo, que é um verdadeiro achado literário. Por isto os seus livros só faltam falar, como o povo diz dos retratos fiéis. *Casa-grande & Senzala*, um monumento, é um livro hoje vendido como qualquer romance dos mais vendidos no Brasil.

E está aí *Sobrados e mucambos*, livro que é um manancial. Todo o Brasil do século dezoito e dezenove, interpretado, virado pelo avesso, remexido na suas entranhas, medido nos seus valores, avaliado nas suas fraquezas e nas suas forças, por um processo de ver e expor inéditos em nossa literatura e em nossa sociologia. O escritor e o poeta não se escondem com medo do professor de sociologia, ou não se encontram, chocando-se. Não. Tudo em Gilberto é sentido e criado como numa composição de poema. Uma força poderosa atravessa o seu livro da primeira à última página, uma força que o teria levado ao romance mas que o auxilia a ver a vida com uma clarividência e uma profundidade espantosa. Ele não sacrifica o fato, o dado histórico, a contribuição prosaica. Apenas olha para tudo isto com a penetração de quem vê, indo além das superfícies. O psicólogo que há nele conduz o sociólogo ao mais íntimo das coisas.

Veja-se como ele fala da mulher e do homem no Brasil, indo descobrir na nossa formação e na nossa vida uma fraqueza fundamental: a fraqueza de quem age e cria sem um coeficiente essencial, o da mulher. O homem é no Brasil um mutilado, um ser sem a metade de sua alma, porque a falta da mulher como colaboradora psicológica do marido, do irmão, do amante, "sente-se no muito que há de seco, de incompleto e até pervertido em alguns dos maiores homens do patriarcalismo no Brasil. Em Álvares de Azevedo, em Feijó, em Gonçalves Dias, em Tobias, em Raul Pompeia. Homens em quem a ausência da colaboração inteligente da mulher ou da simpatia feminina pelo seu trabalho ou pela sua pessoa, parece ter desenvolvido verdadeiro narcisismo".

A tese de Gilberto Freyre para compreender o brasileiro é neste ponto, como em outros, tomada pela primeira vez. Ele foi encontrar a maior fraqueza do nosso homem nesta separação do homem e da mulher na criação literária e política. O homem escrevendo e lutando sem a boa quentura da colaboração feminina. A não ser as sugestões do instinto e da sensualidade, os dois sexos nunca se juntaram, entre nós, nunca se uniram numa colaboração eficiente. Não sei se o caso de Machado de Assis e de Oliveira Lima fazem exceções.

Mas pelo que dizem, tanto a doce Carolina como a inteligente D. Flora comunicaram aos dois grandes brasileiros impulsos de vida para o trabalho, para a criação. Mas são exceções. No mais a tese de Gilberto é verdadeira. E com isto muito perderam os homens no Brasil, "deixando de lado as qualidades agudíssimas de tato, de intuição, de realismo que são fundamentais do temperamento feminino".

Houve na obra do brasileiro este lado murcho, esta deformação que a tornou desprovida daquela simpatia e daquela beleza que nós encontramos em França, na Inglaterra, na Itália, onde o homem não esconde a mulher dos seus livros, dos seus quadros, de suas sonatas. Um Delacroix viveu quase que à sombra de uma mulher que deu fogo ao seu gênio. Anatole France era obrigado ao trabalho pela solicitude de uma amante carinhosa. E o próprio Baudelaire quando não era animado pela mãe infeliz seria pelo gênio da sua grande amiga, a amante ideal.

No Brasil a mulher seria quando muito uma geradora de sonetos. Isto porém até o casamento. Depois marido e mulher viveriam em lados opostos. Os novos sonetos escondidos nos fundos das gavetas com medo da bisbilhotice ciumenta. Marido e mulher como gato e cachorro. Nada da mulher saber os versos do marido, nada do marido sentir na mulher uma força de criação. E em política e em tudo mais a mulher seria para o marido uma coisa sem maior importância ao seu espírito. Cuidasse ela da casa. E nada mais. "Nada que se aproximasse de inteligente ação extradoméstica da mulher através do marido, do filho, do irmão, com quem ela colaborasse ou a quem estimulasse por meio de uma simpatia docemente criadora." Nunca, diz Gilberto Freyre, numa sociedade aparentemente europeia os homens foram tão sós no seu esforço como os nossos, no tempo do Império, tão unilaterais na sua obra política, literária, científica. E continua a ser assim ainda hoje.

1936

UMA HISTÓRIA DE NATAL

A lapinha estava arrumada há mais de quinze dias. A velha Chiquinha dos Anjos tudo tinha feito para que o presépio daquele ano fosse mesmo o mais bonito de todos. As pedrinhas do rio, o algodão dos carneirinhos, os bichos de barro do mestre oleiro Fausto, tudo estava num brilho de festa. O Menino de Deus saíra do oratório e lá de cima sorria para o seu mundo, enquanto os pastores olhavam no céu a estrela maior do que uma lua, a resplandecer sua luz de prata que ainda cheirava a óleo novo. A velha Chiquinha caprichara na estrela que tudo tinha da "papa-ceia" daquela Vênus da boca da noite. Toda a casa era a lapinha. Posta na sala de visita, no chão de barro batido, montada em caixões de querosene, dominava como se fosse a casa do Menino de Deus, o filho de Nossa Senhora, que tivesse descido à terra somente para encher de felicidade os corações de criaturas humildes, de pobres criaturas sem glória no mundo.

Antônio dos Anjos, filho da dona da casa, não tinha nada, era somente um filho de Deus. De madrugada saía para o eito do engenho, com o café e a batata-doce forrando-lhe o estômago, para as doze horas de cabo de enxada. Enquanto lá estava, na dureza do sol tinindo-lhe nas costas, ele podia imaginar, sem que o fio de suas imaginações se quebrasse nas pedras, nos espinhos, no caminho ou na chuva. Antônio dos Anjos só fazia imaginar. E por isso os outros tinham-no na conta de leso. "Para de cismar", gritava-lhe um. E ele sorria, só fazia sorrir. E assim ia no pesado do eito, até que o sol se punha, e voltava para casa, só, sem uma palavra que lhe saísse da boca. Mas por dentro de sua cabeça as coisas andavam, os mundos corriam, os sonhos entravam e saíam. Naquela tarde de dezembro vinha de rota batida pela estrada erma. Ainda pássaros ruflavam as asas, fugindo do barulho de seus pés no chão. Vinha vindo o homem Antônio dos Anjos, e nem olhava para a terra, que cheirava toda a manacá, nem para a boca da noite que chegava devagarinho para comer o último clarão do dia morto. O corpo de Antônio estava moído de trabalho. Mas a cabeça, não. A cabeça de Antônio fulgia como uma clara madrugada, com todas as flores cheirando, com todos os pássaros cantando. E assim ele viu que o Menino de Deus, aquele roliço menino da lapinha de sua mãe, queria falar com ele.

— Para onde vais, Antônio, com tanta pressa? Para aí, deita-te aí nesta relva e me conta as histórias que tu sabes, as histórias que a tua mãe Chiquinha te contou.

— Mas, menino, tu sabes mais histórias do que eu. Não é o teu pai Nosso Senhor, não é tua mãe Nossa Senhora?

— Sim, Antônio, tudo isto é verdade. Nosso Senhor é meu pai, Nossa Senhora é minha mãe. Tudo é verdade. Conta histórias, Antônio. Conta a história da Moura Torta, conta a história dos anões, conta a história do livro, Antônio. As histórias do céu, eu já sei todas.

— Menino, era um dia uma família que não tinha filhos. O pai se chamava José e a mãe se chamava Maria. Pois não é que Nosso Senhor chamou o Espírito Santo e disse para ele: Vai lá na terra e ilumina o mundo todo. Procura Maria para que ela venha a dar à luz ao meu filho. Eu quero salvar o homem das caldeiras dos infernos. Eu quero que nasça um Deus para padecer pelos homens! E foi assim que nas terras da Judeia nasceu o menino que os pastores viram, que a estrela iluminou, que os bichos esquentaram do frio. Era um menino do teu tamanho, mas podia com o mundo inteiro na mão. E era tão lindo que a estrela-d'alva apagou-se com o seu resplendor. E sabia ler e contar, sabia mais que os doutores e os reis que lhe beijaram os pés e lhe deram ouro e cheiro. O menino falou com os bichos. Disse aos bichos tanta coisa que o galo deu para cantar, o boi para mugir, os carneirinhos para chorar. Ah!, menino, o mundo virou santo naquela hora. Era o mundo para o filho de Deus brincar com ele.

E mal Antônio dos Anjos acabou a sua história o menino Deus do presépio dormia na relva macia da grama.

Antônio dos Anjos largou a enxada, largou tudo o que era da terra e foi carregando nos ombros o filho de Deus para dormir na sua casa de chão de barro, mas onde cabia aquele que é o rei dos reis.

UMA HISTÓRIA DE MACACO

O macaco e o papagaio serão os bichos mais falados de nossa fauna. O macaco, pela sua argúcia, pelas suas artimanhas, pelo seu sistema de vida, conquistaria fama de sabido. Sempre há um macaco esperto para zombar da brabeza e violência de uma onça.

Eu mesmo, num conto para meninos, tive que recorrer ao nosso folclore para transformar um macaco em autêntico Orfeu, mágico a encantar pela música as forças da Natureza.

Agora, porém, não se trata de macacos de história e de contos, mas de autênticos macacos da floresta amazônica.

Conta o americano Neville B. Craig, no seu livro sobre a expedição de engenheiros à construção da estrada de ferro Madeira-Mamoré, o seguinte episódio que parece um lance de narrativa de caçador de imaginação.

Falava Craig das castanhas-do-pará que a expedição faminta encontrara no meio da mata virgem:

"Encontram-se as castanhas em árvores altas, uma dúzia ou mais delas encerradas dentro de uma casca do tamanho de um coco. Os macacos apreciam muito as castanhas, mas, na impossibilidade de partir a casca que as envolve, lançam mão de um inteligente estratagema. Vários macacos atiram ao chão os frutos que desejam partir e se escondem no topo das árvores até que os porcos do mato surjam e rebentem a casca externa; então, num abrir e fechar de olhos, os macacos atiram-se sobre eles, apanham todas as castanhas e retornam aos seus esconderijos até que os queixadas reiniciem o trabalho."

Como história de macaco é de primeira ordem. Craig anotou uma manobra de mestre dos malandros da mata.

É verdade que a intervenção do porco do mato, em história de macaco, não fora anotada pelo nosso grande Sylvio Romero. A grande vítima dos símios era sempre a onça, espécie de ditador da floresta, a força estúpida dominada por instintos sanguinários.

O americano viu, no entanto, queixadas, em serviço de copa, a descascar castanhas para macacos trepados em árvores como senhores de engenho em casas-grandes, com escravos no eito.

O HOMEM BOM E O HOMEM MAU

Estamos às portas do Natal de 1952. Há árvores enormes armadas pelas ruas, há estrelas nos altos dos morros, como se tudo isto pudesse abafar as mágoas que andam nos nossos corações de homens perseguidos pelos perigos mortais da desagregação de todo o mundo. O poeta Schmidt, com o seu fabuloso poder de espanto, já nos falou de agonia do cristianismo. E, falando assim, talvez quisesse fixar as desgraças de um período que aos poetas parece de fim do mundo. Talvez se engane o mágico cantor da cegueira dos pássaros, dos navios perdidos, mas poeta também da estrela que brilha no céu, como mensagem de um Deus que não pode abandonar o filho aos negrumes da noite.

Mas que parece, de fato, agonia, parece. Por toda parte o que se sente é a fraqueza do homem bom e o poder mais agressivo do homem mau. E o que é do homem bom, posto de lado, esquecido, sem valia alguma nos sistemas de dirigir, de governar, de produzir. A grande figura do homem bom, igual a uma quase caricatura da vida, apenas com a vontade de alguma coisa fazer pelo homem. Enquanto isto, o homem mau, o caliban infernal, se concentra nos seus laboratórios, acirra-se nas suas ideias, impõe os seus mandados, abafa os surtos de rebelião pelo espírito e cada vez mais se fortalecem suas ordens e soluções. Governa ele os povos, divide os homens em zonas, domina nos conselhos de Estado e fabrica todas as armas que são invencíveis contra tudo o que o pobre Ariel de asas cortadas concebeu em noites de vigília. Homem bom é sinal de fraqueza, de pieguismo, de ausência de poder criador. O homem bom não passa de um bocó, enquanto todos os Mr. Hyde sobem para os governos e ditam as suas palavras de ordem, com mais infalibilidade que aquela que o dogma quis atribuir ao Vigário de Roma. Bem que nos diz Nicola Chiaramonte que esta nossa época não é nem de incredulidade, nem de fé. É antes uma época de má-fé, isto é, de crenças impostas pela força e pela raiva contra outras crenças. Melhor dito, a esta nossa época falta uma crença verdadeira. É a época das mentiras úteis, das ficções fabricadas para tomarem o lugar da verdade, porque são fáceis de ser usadas e impostas. O homem bom não poderá resistir. Terá que ouvir a palavra de ordem que se defende pelas bocas dos *tanks*, e calar e consentir. E morrer. Sim, morrer, é ainda morrer a única força que lhe resta. Morrer para sobreviver, para mostrar aos duros e cruéis que além da grandeza dos titãs há a grandeza de um canto de poeta, um sopro de vida de passarinho, tão débil e tão tenro, mas invencível como se fosse uma partícula da onisciência de Deus. E aquele que parece não ter nada é o que tem tudo, porque a eternidade é dos justos, dos corações que batem ao compasso dos sonhos de felicidade.

CRÔNICAS NORDESTINAS

O FREVO

Uma de minhas vantagens que sempre gosto de contar é a de ter sido introdutor do frevo em Alagoas. Contei para isto com amigos decididos e a colaboração do velho major Bonifácio, o homem de mais sangue carnavalesco que já conheci. O major era especialista em "pastoras" (falava-se, no fim do ano, das pastorinhas do Major, como do grande número dos festejos em Bebedouro), mas no carnaval de 1933 e 1934, o major aderiu ao frevo, e o fato é que o povo acreditou no major, e o frevo pegou fogo nas ruas de Maceió.

Porque, coisa curiosa, o frevo era só de Recife, só da massa avassaladora de Recife. Muita gente tem estudado o fenômeno, tem até aparecido folcloristas que dão palpites eruditos, mas a realidade supera aos sábios, vence os graves homens de ciência e toma conta de tudo. Sabe-se que o mestre Mário de Andrade saiu de São Paulo com intuitos de registar a criação pernambucana. E ficou em Recife, munido até de instrumentos modernos, de fonógrafos especializados, para captar as mais finas variações da música.

Estava o grande Mário cheio destas intenções quando certa noite, na Pracinha, em frente ao *Diário de Pernambuco*, viu a massa na agitação infernal. Eram os "Vassouras" e os "Lenhadores" que vinham para a saudação ao velho jornal, costume da terra. Dizem que o professor Mário se esqueceu do folclore, de todas as suas ambições de erudito e caiu no frevo de corpo e alma. E virou assim uma folha seca naquela ventania indomável. E o fato é que o homem que fora "provar o gosto que o frevo tem" se transformou em agente condutor da dança mágica.

Hoje, Mário de Andrade pode escrever tudo o que entender sobre o frevo. Nada, porém, representa, em sua literatura, e nem na literatura de mortal algum, o que seja o frevo de verdade. Augusto Rodrigues, que nasceu com frevo no sangue, ensaiou uma figuração pelo desenho da dança. É ainda a melhor coisa que há sobre o frevo.

Mas, afinal, o que é o frevo?

Eu não sei dizer. Só se dançando é que se sabe.

CEDRINHO

Eu me lembro muito bem. Ele era louro, de uma beleza de cromo, de faces rosadas como as dos *babys* que tomam para propaganda de talcos. Lembro-me de vê-lo debaixo de uma mangueira, no carro de rodas, naquela tarde macia da Madalena.

Lá dentro de casa o pai me lera umas páginas de sua boa literatura, e depois no piano da sala de visita tocara as valsas de Chopin que sabia. Ali estava a felicidade de um homem de bem, a doce ternura de uma casa pernambucana, no todo de sua fidalguia, e na paz de uma intimidade, que o estudante, que era eu, fora desfrutar com tamanha alegria.

Depois fomos para debaixo da mangueira, e o pai ficou comigo a conversar sobre as coisas que nos entusiasmavam. Falávamos de poesia, de música, enquanto o menino louro dormia. Os cabelos em ondas douradas davam àquele retiro um jeito de quadro do Quatrocentos.

Havia ali um bambino de Botticelli, e aquela luz terna da tarde pernambucana não tinha tons agressivos de colorido tropical. Tudo era calmo e macio na casa do meu amigo Luís Cedro. As valsas de Chopin, o Nordeste que morria, as folhas das árvores e a beleza do menino que dormia como num sonho.

Os tempos se foram, os anos correram, terrivelmente, para todos nós que marchamos para o fim.

Para o menino louro, o tempo seria porém uma dádiva do céu. E era agora o adolescente belo que me apareceu na Livraria José Olympio, para falar com o amigo do pai. Grande e forte, com aqueles olhos claros, e aquele moreno queimado dos Carneiro da Cunha, e alegre e generoso a me falar das lutas de Recife, a me pedir conselhos para compra de livros.

O pai estaria muito cheio com o esplendor daquele filho que era de fato uma glória da sua paternidade.

E todo aquele Cedrinho, de olhar vivo, de físico que era uma maravilha, de inteligência sôfrega a pretender sentir o mundo, de um fôlego, cairia varado por uma bala, vencido por um golpe de traição do destino.

Vejo-o louro na tarde da Madalena, vejo-o belo na conversa da Livraria e aquela notícia tremenda me abalara e não me convencera.

E é para Pernambuco que me volto, para registar a desdita de uma geração, que ontem perdia Demócrito, abatido pelo crime, e agora perde Cedrinho, outra flor de uma civilização que se consome.

SOBRE O CAJU

Nas manhãs de dezembro, no Nordeste, os caminhos do litoral paraibano são como se atravessássemos um jardim silvestre. Os cajueiros floridos espalham um perfume que nos envolve de um sabor esquisito. O perfume tem tanto gosto que nos enche a boca d'água. Assim operam as mangueiras nos sítios e nos quintais. Mas o cheiro do cajueiro é como se viesse também do fundo da terra. Você não pode identificar de onde parte. É como o cheiro de corpo de uma mulher depois do banho. É o estado geral de glândulas sadias que se expandem por toda a parte. O cajueiro carregado de flores faz o ambiente desabrochar para o nosso enlevo. Foi por isso que, depois da viagem de avião, no percurso da estação para o centro da cidade, com os cajueiros em dezembro, Assis Chateaubriand dizia ao amigo que o acompanhava: "Trago um caju no coração". O perfume do cajueiro não nos deixa jamais. Sempre que sigo de João Pessoa a Cabedelo na época da floração, sinto-me ligado à Paraíba pelo corpo. Cheiram por ali os cajueiros de Mandacaru, do Bessa, do Poço. O chão coberto de folhas secas conserva o cheiro mágico e os restos, que penetram no automóvel, vêm saturados de perfume inconfundível. No engenho do meu avô havia uns aceiros demarcados pelos cajueiros que, às primeiras chuvas, se cobriam de flores. Nas noites, a casa-grande recebia o banho das emanações dos cajueiros. Dormia-se com perfume novo que abafava o do jasmim-laranja das estacas do cercado. Tenho, assim, a minha meninice ligada aos cajueiros dos aceiros do canavial. Por isto tudo é que o ensaio de Mauro Mota, editado pelo nosso Simeão Leal, no Ministério de Educação, me tocou de muito perto. A monografia me parece mais do que um estudo de tese de concurso. Ali senti o lírico Mauro Mota com um assunto maior do que o da especialização. O poeta foi mais do que geógrafo. Apesar de toda a sabedoria, o autor conseguiu apresentar a imagem do cajueiro na sua presença idílica. Árvore que não se conforma com a forma rígida, mas que se deita na terra, que se contorce em variações imprevistas, mereceu do pernambucano todos os cuidados de artista. Viu Mauro Mota o cajueiro em todas as suas manifestações. O cajueiro fermentando vinho, inspirando artistas, dando paisagem àquela beleza que já impressionara os holandeses de Maurício de Nassau. A monografia é completa. E mais do que monografia caprichou o poeta nas sugestões que a nós nordestinos nos tocam profundamente. Bem que sabiam os índios cariris o que era o caju para por ele guerrearem como os gregos pela sua Helena.

O RIO PARAÍBA

Tive dois grandes espetáculos na minha última viagem ao Nordeste: o enterro do velho Cazuza Trombone, senhor do engenho de Moçangana, e uma cheia no Paraíba.

O Paraíba, numa tarde de sol, de céu limpo, apareceu violento, com águas barrentas, cobrindo canaviais, carregando pontes, roncando como o dono absoluto da Várzea. Vi-o, como em 1924, fazendo espanto, arrastando cacarecos, árvores frondosas, subindo pelas ribanceiras, enchendo o povo de alegria.

Coisa singular: o povo pobre gosta do Paraíba mesmo nos seus arrancos devastadores. Ficam à margem do rio, numa torcida ansiosa para que suba mais, devaste mais. Pouco se importam que lhes entre pela casa adentro. O que querem é ver a força de Deus maior que a força do usineiro, do senhor de engenho, do feitor. E ficam tristes quando as águas começam a baixar. Aparece sempre um com um boato que anima:

— Vem outra cheia. Vamos ter muita água ainda. O bicho arrancou a ponte do Cobé, tirou até os trilhos da estrada de ferro. Entrou água nas fornalhas da usina Santa Rita. O doutor Flávio vai ficar sem um pé de cana.

Riem-se, divertem-se com as ruínas. Alguns trazem os seus búzios e tocam, tocam como se quisessem animar o rio a subir.

As águas se arrebentam em ondas, fazem barulho com os redemoinhos furiosos. Chega a noite de escuro e só se escuta o rio, solto de canga e corda. Ele geme, bufa como um animal acossado. E a cantoria dos búzios de várzea afora vai tornando mais lúgubre a cantoria dos sapos assanhados com as águas novas.

Ali bem perto da casa-grande do Itapuá construíam uma ponte de concreto armado, obra de vulto das contra-as-secas. Um bate-estaca enorme, na margem do rio, como uma torre de aço que parecia um mastro de navio ancorado. Os cabos sustentam o colosso de ferro que tremia, que oscilava como ao jogo de ondas do mar. O monstro com o martelo de oito toneladas parecia mesquinho, um nada diante da força da correnteza. Havia gente desejando a queda do gigante:

— Eu só quero ver é o estouro do bicho dentro d'água.

O rio roncava em cima da maquinaria submersa. Moleques no outro dia de manhã fariam daquilo trampolim para os seus saltos. O pilar de pedra, de cimento e ferro, da fundação da ponte, aguentava no tombo as lapadas tremendas da enxurrada.

Ouvi bem um preto dizendo para outro:

— Aquilo vai ficar em farinha.

Não ficou, a força do homem se opôs à natureza com sucesso.

O mestre Bacuara, homem de muitas experiências, não acreditava no pilar da ponte nova. Ouvia o barulho das águas e me dizia:

— É força muita. O rio desceu com todo o fogo. Já vi este bicho fazer desgraças maiores.

E depois, como querendo exprimir numa imagem forte a sua admiração:

— Seu doutor, o homem desta terra é o Paraíba.

Ele queria dizer com isto que tudo mais era pequeno, frágil, sem importância diante do seu rio vingador. Não havia senhor de engenho, não havia usineiro que pudesse com ele. E olhava para as águas, cheio de orgulho, de confiança na força do rio:

— Ele é assim. O senhor vê o pobre na seca e tem pena dele. Fica por aí, coberto de mato, correndo num fio; partido ali, acolá. Chega até a feder. E quando ninguém espera é isto que está aí.

E me apontava para o Paraíba volumoso e terrível.

— E eu dizia todos os dias ao doutor Gioia: "Doutor, tome cuidado com o Paraíba", e o homem teimoso não me dava ouvido. E eu dizendo: "Doutor, isto aqui não é a várzea do Goiana." Agora o bicho está aí de barreira a barreira.

E Bacuara, muito satisfeito, sorria.

Soprava um vento bom na noite escura. O céu estrelado e pelo mundo o surdo gemer do rio enchendo. De quando em vez um pedaço de árvore batia forte no pilar da ponte. E estrondava.

— É força muita – continuava o mestre Bacuara. — Avalie se o Crumataú descesse também.

Havia gente calada pelo barranco. Os operários das "contra-as-secas" cuidavam do bate-estacas em perigo. Amarravam cabos de aço nas árvores de perto, e a torre balançava. E oscilava o martelo de oito toneladas como um pêndulo de carrilhão. Só estava de fora a chaminé da caldeira.

— É maior que a de 24.

Outros achavam que não. A outra cortara a bagaceira do engenho, e passava canoa por cima da porteira do sítio. Roncavam os búzios e todos os sapos do mundo entravam no coro sinistro.

— Ainda vem muita água – dizia Bacuara.

A pobreza descia de seus casebres para olhar o gigante solto. Havia uma alegria geral. Ouvi um dizendo para um grupo:

— O gringo do Cobé está acuado.

Referia-se ao dinamarquês construtor da ponte da estrada de ferro.

— Está subindo, está crescendo!...

Pela madrugada, porém, começou a secar. Houve consternação:

— Está baixando.

— Qual nada! Isto é água que vem atrás!

De manhã, via-se o imenso corpo amarelo espichado, coleando pela várzea seca. Espelhava o sol, e a lama da vazante fedia. O bate-estacas todo enfeitado de garranchos, de folhas de mato, todo embandeirado em arco. O gado olhava desconfiado e urrava para o volume grosso das águas. O engenho parado, como em dia santo.

O Paraíba descera. Chegavam notícias dos estragos nas terras das usinas na vila do Espírito Santo. Nas obras da ponte do Cobé arreara todo o madeirame, a linha de ferro no Pilar se partira em duas.

Era o mesmo Paraíba da minha infância, do meu avô, das histórias que nos contavam como se fossem histórias de Trancoso. Agora quem olhava para tudo com aqueles olhos serenos do velho José Lins do Corredor era a minha tia Marta do Itapuá.

O correio do inverno, como os antigos chamavam às primeiras águas do Paraíba, descera com as suas novas. Que preparassem terra para os roçados de algodão, para os partidos de cana, porque chuva haveria na certa para criar lavoura com fartura.

O mestre Bacuara, no outro dia, ainda me dizia:

— É pena que o meu padrinho Cazuza Trombone tivesse morrido a semana passada, podia ter visto esta cheia do Paraíba. Mas ainda vem muita água. Relampejou muito nas cabeceiras.

E sorrindo, para mim:

— Seu doutor, o homem é o Paraíba.

1941

OS JANGADEIROS

Jangadeiros do Ceará estão vindo em *raids* de Fortaleza ao Rio.

É uma aventura perigosa para esses homens simples que se dirigem pelas estrelas, pelos ventos, pela lua. Vêm assim eles navegando com o instinto que Deus lhes deu, com a coragem, a paciência, a fleuma que o trato com a vida do mar lhes consolidou.

Mais uma vez tenho para mim que Euclides da Cunha deformou a realidade no interesse de seu temperamento. Mais uma vez a força de poeta viu à sua maneira os homens e as coisas. O gênio do criador dos *Sertões* sentira o homem do litoral como um pobre doente, em quadro desolador. Para ele, aquele era de "raquitismo exaustivo", o "raquitismo exaustivo dos mestiços neurastênicos do litoral", em comparação com o sertanejo: antes de tudo um forte. Tudo muito do artista prodigioso que havia em Euclides. Ele queria os homens como a sua imaginação exaltada queria que os homens fossem, seres como cera plástica em suas mãos. Um romântico, do grande tipo, chegando até às extravagâncias no Barroco. Nunca um escritor no Brasil foi mais tipicamente barroco do que Euclides. O que havia de grande, de forte, de substancioso no Barroco, havia no seu estilo, que Nabuco, outro romântico, sugerira parecer construído com cipó.

Havia de fato em Euclides da Cunha a magia do artista barroco. Ele via a realidade, às vezes, como se estivesse possuído, dominado por ela. E os seus poderes de mágico engrandeciam a realidade, transformavam as coisas ao seu jeito, faziam vinho da água; realizavam o milagre. As árvores, os animais, os homens se transformavam em suas mãos em elementos, em massas, em cores, em formas que ele manobrava com febre alta. Este prodigioso artista que escreveu *Os sertões* teve força como os arquitetos espanhóis para sugestionar as massas, os crentes, as elites. Mas Euclides, que amassava matéria plástica para os seus afrescos, via a realidade como ele queria ver. Foi assim que os praieiros ficaram na sua frase reduzidos a um quase nada de gente. E era uma grande injustiça.

Os homens que fazem os trabalhos do mar, no Nordeste, são, à primeira vista, mal julgados. Conheço-os bem. Desde a minha infância que me habituei a vê-los e admirá-los. O meu avô levava a família para os banhos de mar nas praias desertas da Paraíba. Os praieiros de pés no chão que nós víamos eram homens bem diferentes daqueles que havíamos deixado na bagaceira do engenho. Depois, José Américo de Almeida reabilitou essa gente, em página de seu admirável *A Paraíba e seus problemas*.

Quem os vê no descanso das caiçaras, de papo para o ar, não os imagina capazes de lutas, de trabalhos, de canseiras. E no entanto a vida que levam é a mais dura possível. Vemo-los de madrugada empurrando a jangada para o mar. Levam no samburá um punhado de farinha e peixes fritos. São calmos, de cara dura, de olhos vivos. A barba tem sempre mais de uma semana de crescida, o cabelo cobre as orelhas. É o seu João, o seu Manuel, o seu Chico Tainha.

A jangada se perde de mar afora. E à boca da noite vai chegando. É um ponto branco no horizonte. Doze horas de alto-mar, de paciência, de espera, de linhas soltas, na espreita das ciobas, das cavalas. Vai chegando. Os veranistas se juntam para a compra do pescado. Seu João já encostou a jangada na praia. Os filhos soltam os dois toros de madeira para fazer subir a embarcação. A cara de seu João exprime bem as doze horas. Está encardida de sol, os olhos estão empapuçados, o chapéu de palha molhado mais enterrado na cabeça. Ele está calmo e silencioso. As calças arregaçadas mostram as pernas másculas e queimadas, a blusa rasgada, a pele seca, o corpo liso de caboclo.

Os veranistas cercam a jangada. Vem uma cavala dependurada. O samburá traz muito peixe. E seu João, que passou doze horas no trabalho, começa a vender a mercadoria. A cavala grande custa tanto, é o seu preço. Os outros peixes, tanto. O resto fica para a sua gente. Ali mesmo faz o seu mercado. Recebe o dinheiro, ajeita a jangada no seu canto, e como se não conhecesse ninguém, calado, com os filhos carregando o cesto, lá vai o seu João para a paz da família. O peixe cozido com pirão é o regalo do jantar daquela noite. A família naquele dia de fartura dormirá bem. Seu João tem a casa cheia de filhos. E quer mais ainda.

Agora, espichado na porta da casa de palha, olha para o céu. Sopra o vento nos cajueiros floridos e há o barulho dos coqueiros agitados. Seu João vê a lua, vê manchas na lua. Levanta-se e vai dizendo para a mulher:

"Amanhã é dia de cavala. A lua está dando o sinal. E o vento mudou. Tenho que sair mais cedo."

E lá para as 3 horas da madrugada, lá vai seu João outra vez para o mar.

Estes não são sem dúvida "os mestiços neurastênicos do litoral".

1941

ESTILO E CIÊNCIA

Quando Gilberto Freyre publicou o *Casa-grande & Senzala*, alguns críticos repararam no estilo, na maneira simples e familiar do autor. O livro continha muita coisa de grande, mas faltava para estes críticos a gravidade, o tom doutoral que o assunto exigia. Escrever ciência só mesmo com uma certa solenidade para que se ficasse com a impressão de que o escritor procurava convencer e doutrinar.

Casa-grande & Senzala, nesse sentido, foi uma revolução. O escritor, ou melhor, o cientista, escreveu o seu livro com todo o seu poder de expressão, usando a sua língua com a maior liberdade. Daí a popularidade do livro, o interesse que despertou entre aqueles mesmos que eram estranhos aos estudos. O livro foi lido como romance por muita gente, sem que a sua importância como ciência perdesse em coisa nenhuma.

Os críticos que lhe censuraram a sua força de expressão liberta erraram, confundiram ciência com pedantismo. Mas o livro de Gilberto Freyre é um repositório de vida tão abundante que venceu os tais limites marcados pelos zeladores do estilo solene. Por isto, o livro continua sendo para os sociólogos da maior importância e para os leigos de um grande interesse.

Restringir-lhe a importância, levando-se em conta a sua livre expansão de forma, é querer dar mais valor à forma do que ao conteúdo. Estas mesmas restrições sofreu Nietzsche dos filósofos profissionais do seu tempo. O pedantismo formalístico da época não permitia a abundância, a riqueza vocabular, o esplendor de luz do grande poeta. É que havia no filósofo de *Zaratustra* esta outra grandeza que escapa aos pedagogos, a grandeza da poesia, a força do artista inflamando a criação. Poeta e filósofo quando se encontram têm energia para mudar a face do mundo.

Outro muito criticado pelos seus contemporâneos, pela sua prosa, foi William James. Este, todo dado à especulação filosófica e à psicologia. James não quis perder a língua com que falava pela outra dos livros. Havia naquela tanta propriedade, tanto rigor de expressão, que seria para ele um sacrifício ter que fugir dela para a língua dos professores. E assim ele andou pela Inglaterra em conferências escandalizando os puristas do dialeto científico com a sua palavra humanizada, sem convencionalismo. Assim ele foi nos seus livros, nas teses, nos comunicados. Uma vez James, escrevendo para Paul Blood, dizia a este seu censor: "Aceito humildemente as reservas que V. faz ao meu estilo; a minha tendência, escrevendo, foi sempre esta de ser o mais familiar possível." E ficando o escritor dos seus impulsos naturais o filósofo entrou para a história da literatura de sua terra com a mesma importância do seu irmão Henry, que era romancista.

A crítica que se fez ao *Casa-grande & Senzala* procede destes mesmos preconceitos com que olharam Nietzsche e William James. Preconceitos que em outra esfera levariam outros a exigir para o advogado o anel simbólico no dedo indicador e a todo professor o fraque, o colarinho duro. No entanto seria aos homens de ciência que mais devíamos exigir a linguagem simples, o tom desprovido de toda espécie de ênfase ou pedantismo.

No Brasil olha-se a simplicidade de um homem que se dá às ciências como uma falta de apreço aos seus estudos. Quer-se que ele encrespe a frase, se ponha em *toilette* de luxo para escrever, com os tais punhos de renda de Buffon. Mas uma reação se vai fazendo. Era preciso mesmo que se acabasse com o dialeto erudito de certos senhores, para quem a língua em que eles pedem de comer e de beber é uma língua vulgar, um instrumento reles.

Casa-grande & Senzala tem tudo que é de boa ciência sem deixar de ser um livro que se comunica ao leitor pela sua vitalidade, pela sua forma desprovida de toda solenidade. Aliás, como ele são alguns dos grandes livros de ciência. Os de Darwin, por exemplo, que vão ao público sem perder em nada o seu rigor científico. Aí é que está a grandeza do escritor, nesta maneira de ser ao mesmo tempo sério e simples. O que é justamente o contrário da horrível gravidade de estilo tão amada de muito dos nossos homens de ciência.

1936

[JOSÉ DE ALENCAR]

José de Alencar, com as doçuras dos favos da jati e com os perfumes das baunilhas dos bosques, transformaria a língua portuguesa no seu ritmo. A língua brasileira escrita começaria com Alencar a ser um deslizar de rio manso, qualquer coisa de absurdo e de desagradável para a gramática lusitana. Dizem que o imperador importou de Lisboa o purista Castilho com o fim de reagir contra as novidades do romancista cearense. Aqueles "verdes mares bravios de minha terra natal", aquele "além, muito além daquela serra que ainda azula no horizonte", aqueles períodos sem ossos, como diria Gilberto Freyre, aquela ternura lírica de tratar homens, florestas e bichos, traziam em suas composições os germes de uma dissolução linguística. O romantismo de Gonçalves Dias e de José de Alencar provinha de seus últimos contatos com a terra. Não foi uma atitude. Gonçalves Dias chorava na "Canção do exílio", com o gosto amargo dos infelizes de Garrett, e Alencar expandia-se na sua língua, na sua prosa corrente e cantante como se tivesse extraído do léxico ríspido de Herculano e Camilo todos os espinhos. A presença do Nordeste está em ambos como condição essencial. Leia-se o Gonçalves Dias da "Canção do exílio", e os sabiás e as palmeiras e os amores do poeta são toda a nossa terra. Leia-se *Iracema*, e lá vem o falar macio do nordestino, na sua fabulosa ligação de verbos, de substantivos, pronomes e advérbios. A novidade não é só de palavras, é de ritmo.

A poesia e a prosa brasileira nasceram de Gonçalves Dias e José de Alencar. Foram, os dois, cabeceiras de rios que se alargaram, através de várzeas e vales. Com estes dois estão as raízes da nossa formação literária.

E quando na Academia do Recife o pensamento filosófico que agitava os centros da Europa começou a impregnar-se em debates da mocidade, seria pelas intervenções de um homem modesto de Sergipe, autodidata, que o Brasil se integraria nas correntes do pensamento moderno. Tobias Barreto apareceu no Brasil como um homem de espanto. A corte, com os seus mestres de rotina filosófica, tomaria o jovem professor do Recife, como se fosse ele um autêntico demônio. As suas ideias e o seu monismo agressivo, a sua quase demagogia doutrinária encheriam um espaço vazio. Não havia filosofia no Brasil. Só muito mais tarde, outro nordestino, dotado de alto poder especulativo, seria capaz de iniciar qualquer coisa de sério em conhecimento filosófico, o solitário Farias Brito. De Tobias viria o grande Sílvio Romero, espécie de São Cristóvão de nossa erudição, o gigante que carregou às costas fardos e fardos de fatos, de contos, arcas cheias de uma sabedoria folclórica extraordinária. A crítica literária brasileira iniciava-se assim, como em Taine, com todos os aparelhos da investigação, e não armada somente para pesquisar erros de gramática. A literatura, não como composição, e, sim, como vida ou manancial de vida. A literatura, como o drama dos conflitos do homem com o meio ambiente: a terra, os costumes, os fatos econômicos e sociais. A crítica literária pretendendo ser uma ciência, como a sociologia. Sílvio Romero levantou um quadro imenso, estabeleceu contatos íntimos entre o processo literário e o estado de alma, querendo fazer do verso e da prosa o retrato do povo. Às vezes, fracassou, outras se perderia em destemperos, mas sempre conservou o seu sentimento passional de nordestino, a bravura de uma espécie de cangaceiro das letras. As cargas que deu, os assaltos que realizou, as pedras que levantou, o sangue que fez correr, as violências de seus golpes, podem ter perturbado a função do crítico. No entanto, dão-lhe originalidade e vigor.

"AROEIRA DO CAMPO"

Quando passávamos pelas proximidades de Neves o *homem da cidade* me disse: "Não gosto nem de olhar para este lugar, aqui perdi duzentos contos, numa fábrica de farinha de banana".

O ônibus corria pela estrada nova, espalhando poeira. De repente, parou. O motorista abandonou o carro para falar no posto policial e voltou com a notícia: Tínhamos que parar ali, à espera do pão dos leprosos de Tanguá, pois se esquecera de pegá-lo, na passagem pela padaria na cidade.

Houve protestos. Um cidadão acusou logo o Brasil. Tudo aquilo só acontecia porque o povo não sabia exigir. Ali estava aquela empresa de ônibus fazendo o que queria, como se tratasse com beócios. Todos concordaram com o passageiro pessimista, menos um sargento do destacamento de Itaboraí. O cidadão não sabia que a empresa tinha contrato com o leprosário. Se chegasse lá sem o pão seria multada.

O homem não se conformou com as razões do praça. Os passageiros não eram culpados dos erros da empresa. Os passageiros queriam chegar ao fim da sua viagem. Ele teria que fazer um serviço em Rio Bonito e pegar o trem da Leopoldina para a volta.

Mas havia o pão dos leprosos.

O cidadão convidou os passageiros para redigirem um protesto. Ele mesmo escreveria. E na primeira venda comprou uma folha de papel almaço e escreveu o protesto. Eu e o homem da cidade assinamos sem ler o conteúdo. O cidadão tinha uma letra segura e a redação fácil. Um preto velho da comitiva, um magnífico preto como há tempo não via, de pera, de cabelos brancos, dizia: "Que bonito talhe de letra! Mas isto não adianta nada. Todos os dias vejo passageiros fazendo protesto. Isto é assim mesmo". Mas assinou sem ler.

O *homem da cidade* ia comigo a Cabo Frio. Ele gosta da lagoa, das vilas, das velhas cidades, de sentir a grandeza e a originalidade do Brasil nas pequenas coisas. O *homem da cidade* é um poeta. Os duzentos contos enterrados na indústria de banana vão por conta da sua veia, de sua loucura de artista.

E o Brasil começou a surgir para nós. Vimos Itaboraí. O negro velho falou das 72 fazendas da vila. "Conheci isto nos tempos de grande. Tinha 72 fazendas de café. Hoje é esta desgraça que se vê."

A igreja da terra estava em conserto. O *homem da cidade* me informou: "Isto é obra do Serviço do Patrimônio Histórico".

Vimos um pobre busto de João Caetano. Ali era a terra do "cômico" do Império.

Do cimo da vila víamos o vale, a baixada estendendo-se com seu verde a ondular à vista. Lembrei-me da página da Antologia do Macedo da *Moreninha*, falando de um poeta polaco para cantar as belezas de Itaboraí. 72 fazendas, o partido Conservador, os Saquaremas, a estabilidade do Império. E a pobre vila de Itaboraí precisando que o governo tratasse de sua Igreja para que não viesse ela ao chão.

Lá para baixo estava o Porto das Caixas, mais pobre ainda que a antiga cabeça de comarca.

O *homem da cidade* me fez uma pergunta de história que a minha ignorância não respondeu. Era qualquer coisa sobre o Visconde do Uruguai. Mas o motorista nos chamava, aflito, e o cidadão que ia a Rio Bonito, não podia perder o trem da Leopoldina.

Agora o ônibus desembestava, numa carreira louca. Era como se quisesse despedaçar-se. Uma nuvem de poeira ia ficando atrás. Paramos em Tanguá para deixar o pão dos leprosos. Todos do ônibus ficaram tristes. O velho negro de pera sentou-se no lugar de um passageiro que saltara. Vimos o homem entrar para o leprosário. O sujeito que vinha do seu lado ficou lívido. Seria um leproso? O negro de pera sentiu o pavor do ônibus, e disse: "Aquele é o administrador do Hospital".

O ônibus tomava outra vez o freio nos dentes e saíra em disparada louca. O cidadão falava contente: "Se for assim tira o atraso eu pego o trem de volta".

O *homem da cidade* olhava para os lados da estrada com todos os seus fogos poéticos acesos. Víamos o verde da vegetação salpicado de contas vermelhas. Por toda parte aquele encarnado dando vida à vegetação acanhada. Vieram os canaviais de uma usina, e depois a serra de Rio Bonito. Em Rio dos Sinos, uma casa grande abandonada, de muitas janelas, nos lembrava as 72 fazendas de Itaboraí.

E aquelas flores vermelhas? perguntou o *homem da cidade* ao negro de pera.

"Ah! aquelas florinhas encarnadas? Aquilo é aroeira do campo. O senhor não conhecia? Os pescadores do Cabo pintam com ela as redes de pescar. Dá um azeite muito forte." E o *homem da cidade* não via mais coisa nenhuma. Aquela aroeira do campo tomou conta do meu amigo. Nem Araruama, num dia de grandeza, de águas verdes, refletindo o céu azul, nem os perigos da carreira do ônibus como um louco, nada existia mais para ele. Era só a aroeira do campo como óleo, com a tinta que resistia à água do mar. Um negrito nos contava do último desastre do ônibus: três mortos, dez feridos.

Nada podia com a aroeira do campo. Quando chegamos em Iguaba-Grande a fábrica do meu amigo já estava montada. A farinha de banana tinha dado duzentos contos de prejuízo.

CARNAVAL DO RECIFE

Sai-se de um Rio de Janeiro com o noticiário da imprensa e do rádio atormentado pela política e chega-se ao Recife para encontrar-se uma luta de opinião estabelecida sobre a portaria policial que proibia o escape livre aos automóveis, nos dias de Carnaval. Os mestres da melhor imprensa, como Aníbal Fernandes, inflamados pelo problema, e a cidade dividida em dois partidos: os do escape livre e os contra o escape livre. Afinal, uma pendência sobre o entrudo que ainda persiste na velha cidade das pontes e dos maracatus.

E era justamente para rever o carnaval do Recife que aqui estava. Há 33 anos que não o via na sua originalidade, na sua ferocidade de entrudo, na sua maravilhosa exuberância de música, de danças, de ditos, de gritaria. Vim para o encontro com um velho amigo de mocidade. Aos primeiros contatos não encontraria aquilo que fora tão da minha intimidade. Seria que o velho Zé Pereira, o deus do barulho que os lusos nos mandaram de suas festas dos santos padroeiros, havia metido o zabumba no saco e se fora, derrotado pelas cantorias do Rio de Janeiro? Era o que me fazia medo. Temia que o carnaval pernambucano estivesse liquidado pela uniformidade imposta pelas estações de rádio.

*

Mas logo na tarde de sábado, fui sentindo que o velho Recife estava de pé. Apesar da quebradeira geral (nunca se vendeu tão pouco como neste ano), o povo não ficara em casa. Ruas cheias, gente metida em fantasias, automóveis desembestados com latas velhas dependuradas nas rodas traseiras, uma gigantesca demonstração contra todas as leis do silêncio. Grupos em caminhões, rapazes a sacudir goma na cara dos transeuntes, outros a molhar os passantes com tintas, uma verdadeira volta aos bárbaros entrudos. Os meninos muniam-se de latas d'água para lavar os automóveis que passavam com foliões. E, pelos passeios, a canalha das revoluções libertárias, em estado de graça mômica. O povo sem barreiras na liberdade dos "instintos rudes". Era, de fato, o Recife dos meus dias quentes de estudante. E quando foi pela boca da noite, o Capibaribe da Rua da Aurora desencantou-se como em conto oriental. A luz de Paulo Afonso chegara das águas de São Francisco para cobrir o irmão menor do Recife de cintilações de um colar de iluminura. As lâmpadas elétricas banhavam as pontes e as águas do rio de estrelas cadentes. Do alto de um edifício podia ver a maravilha no faiscar da correnteza.

*

Cantavam homens e mulheres, corriam desesperadamente os automóveis que berravam como bichos nas selvas. Mas a doce cantaria de um maracatu podia subir até onde eu estava, e me vinha para bulir com as saudades antigas, com o rapaz ainda verde na vida, sôfrego pelas delícias dos folguedos do amor. "Ah! O Recife dos que custam a se formar", diria o poeta Santos de Alagoas. Mais tarde, o mestre Gilberto Freyre, vestido de palhaço, me levava para um baile de mascarados em Caxangá. Os pernambucanos finos caíam no frevo como os outros das ruas livres. Era o mesmo Recife, sem tirar nem pôr. A dança avassaladora fervia no sangue como um toque dos demônios. Trombones e pistões pareciam loucos de camisa de força. No outro dia fui ver, solto no meio da massa, na Pracinha, a passagem dos clubes. Aí senti que já não havia mais o "Pás" e o "Vassourinhas" do meu tempo. Trepados num palanque estavam os juízes e um homem de microfone a gritar como um possesso. Lá estava Mário Melo, com sua enorme cara amarela, como se fosse um *Duce* das pobres sociedades que apareciam definhadas, sem aquele vigor dos anos de 1921 e 1922. O próprio povo que me cercava não se mostrava com orgulho dos ídolos de antigamente. Apareceu um "Vassourinhas" como se se tivesse levantado de uma doença grave, sem cores, sem músculos, sem carne. O homem do micro gritava, pedia palmas para o "Vassourinhas" que passava melancólico, sem a majestade de quem já fora rei. O *Duce* sorria para o povo. Aquele devia ser o carnaval dos seus sonhos, um carnaval de museu, somente para fingir que era carnaval. Mas a fabulosa canalha das ruas não ia atrás de conversa, e se arrebentava no frevo para mostrar que estava viva.

AS AFRICANAS DE MEU AVÔ

Lembro-me de três negras da velha da Costa, remanescentes da senzala, que conheci no Engenho de meu avô. Chamavam-se Galdina, Maria Gorda e Romana. Eram três caracteres, três naturezas opostas.

Galdina fora ama de leite do velho José Lins. Viera da África menina e nos contava histórias dessa viagem como se contasse romances. Era um encanto para a meninada, escutar a Vovó Galdina nas suas reminiscências misturadas de mentiras. Dizia-nos que fora com a mãe arrancada do mato. E viajaram presas num navio que corria mais do que o trem da linha. De noite, as almas do outro mundo começavam a voar por cima dos negros cativos. Era como se fossem pássaros gigantes. Tinham as asas brancas como dois lençóis e choravam muito. Tão alto que acordavam os negros. As almas dançavam para acabar com as dores dos negros. O mar batia no navio e muita vez caía água em cima deles. De manhã, subiam para tomar sol. Viam o céu e viam as águas. E a luz do sol doía na vista como alfinetadas. Podiam cantar.

A Vovó Galdina cantava para nós as suas cantigas. Era uma coisa triste numa língua que nos arrepiava pelas palavras difíceis. E num tom fanhoso de almas penadas.

*

Nunca ouvimos a Vovó se queixar da vida. Ria muito, com a boca sem um dente, com os olhos quase cobertos pelas pálpebras, como duas barbatanas de peixe. Ficava ela no banco da cozinha batendo os beiços, gemendo as suas dores de reumatismo. Mas quando chegava uma senhora, a velha Janoca ou a tia Maria, a Vovó Galdina sorria, não tinha nada, estava boinha, tudo era do tempo, das chuvas ou do calor. Santa da cabeça aos pés. Em moça, brincando de cabra-cega com as meninas da casa-grande, quebrara uma perna na articulação e nunca mais consertara o aleijão. Andava de muletas. Todos a amavam. No dia de festa, no Natal, saía ela de carro de boi para ouvir missa na vila do Pilar. As almas que conhecera no fundo do veleiro rondariam por cima de sua cabeça na noite escura, com o carro de boi no caminho da igreja. Toda a infância da Vovó Galdina floria outra vez, embora o mar não gemesse no bater das ondas no barco veleiro, e a terra ficasse de longe, e a mãe chorasse com os pés no ferro duro.

*

A outra negra era Maria Gorda. Esta dormia com o demônio no quarto fedorento da senzala. Nunca ouvi dela uma palavra que não fosse um gemido de revolta, de desaforo. As outras negras temiam a ira da velha. Diziam que era de uma nação de negros indomáveis. Para Maria Gorda não havia branco. Não havia menino de casa-grande, não havia ninguém. Só existia ela, quase de cabeça arrastando no chão de tão curvada. De quando em vez ouviam-se os seus gritos de terror. No dia em que Antônio Silvino chegou com os cangaceiros ao Engenho, dizem que Maria Gorda deu risadas infernais de alegria. Queria que tudo levasse o diabo. Todos nós a temíamos, corríamos dela. O meu avô não permitira que fizessem nada contra a negra. Sempre fora assim. Recebera-a no inventário do seu sogro e não houve quem pudesse amansá-la. Era pior que burro bravo. Fora assim pela vida afora, e era assim na velhice. Sempre com o nome do diabo na boca, com raiva de todos. Viera de outra gente que a Vovó Galdina. Não falavam a mesma língua. E Vovó a tratava com respeito, chamando-a de Sinhá Maria. E ela pouco se importando com a outra. As negras diziam que Maria Gorda sabia histórias de catimbó, que falava com espíritos ruins.

*

Romana era quase uma anã. Parecia um boneco, durinha, viva, rindo-se para todos. Já a conheci quase caduca. Tinha vindo de Angola e não sabia nada de sua vida. Era somente a Tia Romana das negras, a mãe de Isidro, que fora marinheiro nacional e cortara um braço em batalha e que mentia como ninguém.

Romana, Maria Gorda e Galdina. O mundo da escravidão consumia-se na cozinha do Engenho Corredor. Ainda hoje me recordo de Vovó Galdina, com lágrimas nos olhos, de Maria Gorda, com medo dos seus gritos, da Tia Romana, como de uma menina de 100 anos. Todas ficaram na minha vida, todas me deram mais alguma coisa que os seus velhos braços e os seus velhos peitos poderiam ter-me dado.

    Elas me deram pedaços de suas almas.

UMA VIAGEM SENTIMENTAL

Resolvi repetir a minha velha viagem de trem pela G.W.B.R. dos ingleses, hoje Rede Viação do Nordeste. Nos meus tempos de menino, tínhamos, aqui no engenho, trens de ida e volta, do Recife à Paraíba. Marcava-se os relógios pelos horários da Estrada de Ferro Recife e Paraíba: tudo no bom ritmo das máquinas que queimavam carvão de pedra. Subia para o céu a fumaça escura que cheirava demoradamente. E o "vapor", como o chamava o povo, fazia todos os serviços com a máxima regularidade. O inglês criava boa fama nos contatos com o público. Só nos começos, pela mudança de horários, houve divergências com os arrendatários da estrada. Então, os meus parentes, senhores de engenho, fizeram um motim que chegou às vias de fato. Arrancaram trilhos e fizeram estragos nas pontes. Apareceram soldados do Exército para garantir os bens da empresa e reprimiram a revolta com prisões e violência. Mas tiveram que mudar os horários.

Em todo caso, com o advento dos ingleses, a boa ordem foi uma garantia para cargas e passageiros. Vieram técnicos, apareceram maquinistas, para que tudo andasse bem. E, assim, até a guerra de 1914, a G.W.B.R. deu conta, com perfeição, do seu recado. Logo depois, sem contar com combustível importado, sem íntimas relações com as Ilhas Britânicas, os serviços caíram muito. Passamos aos atrasos, à desordem do tráfego. Os ingleses não davam mais conta da rede. Apareceu um homem chamado Assis Ribeiro, e com energia fabulosa conseguiu botar as coisas nos eixos. E a estrada voltou a ser o que fora. Para tanto havia de sofrer até o assassínio de um de seus mais ativos auxiliares. Mas tudo seria outra vez a estrada de ferro, a serviço do povo. Tudo isso me chegava à cabeça na espera do "horário" para o Recife que já vinha com uma hora de atraso. Paguei-me da maçada, desde que tomei o meu assento numerado. Dentro do carro, estavam os passageiros de boné e guarda-pó, os mesmos de há trinta anos atrás. Não mudaram os clientes da velha estrada.

*

O trem corria pelo meio dos partidos de cana. As terras de minha infância apareciam do outro lado do rio. Lá estava o Corredor, com o cata-vento, a casa-grande de pilastra, a terra amada de meu avô, matriz dos outros engenhos que saíram de suas várzeas de cana e de seus altos de algodão. A minha vida de menino retornava às origens, ao berço ido, às fontes queridas. Senti que ainda lá estava o velho José Lins, o maior de todos, bom como o pão, o grande homem sem uma gota de fel no coração, que era doce como o açúcar purgado de suas formas. Foi quando um velho levantou-se de seu lugar e nos disse, em voz alta: "Por acaso, estão vendo a igreja do Pilar? Já não enxergo quase nada. Ali me casei, há cinquenta anos". O homem levantou-se. Os seus olhos da cara não viam as torres da igreja, mas viam muito bem os seus olhos da alma. E, de tanto ver, começaram a verter águas que lhe vinham das entranhas. Chorava o velho o choro de uma ternura mansa de fim de vida.

*

Foi-se o trem do Pilar e o passageiro triste afundou a cabeça no boné de casimira. Agora quem queria chorar era o cronista desta viagem mais que sentimental. Era o meu tempo morto que começava a bulir com as minhas recordações. E me chegava o menino de engenho que saía para o colégio de Itabaiana. Fora-se o sobrado cor de oca, da "galhofa" dos juremas. O rio comera pedra por pedra. E aos poucos, vinha chegando Itabaiana. A torre rosada da igreja aparecia no céu carregado de chuva. Nos meus tempos de menino, aquela torre queria dizer que estava chegando às grades do meu internato de palmatória, de mestre mais duro que a sua madeira de suplício. Mesmo assim, com todos os castigos impiedosos, bem desejava que tudo voltasse para mim.

OS CANGACEIROS DA MODA
E OS REAIS

Canta-se, por toda a parte, a "Mulher Rendeira" da melodia sertaneja. A doce e triste música das caatingas chegou até aos ouvidos dos mestres cineastas de Cannes. E muito gostaram da toada maravilhosa. É que esta música envolve de poesia o que há de brutal na vida dos bandoleiros. O cangaceiro passa a ser aquilo que a imaginação do povo deseja que ele seja: uma força de rebelião, qualquer coisa de romântico como os cossacos do Don ou os terríveis *maffiosi* da Sicília. Entra a funcionar o poder imaginativo do homem para fundar-se uma galeria de heróis. Os poetas matutos, os cantadores anônimos descobrem no homem que não tem medo da morte, que mata sem dó nem piedade, uma força fora da natureza. Jesuíno Brilhante tinha poderes de encantar-se para fugir das tropas que o perseguiam. Contava-se que o cangaceiro cearense vinha por uma estrada e de repente via-se cercado pela Polícia. Aí acontecia o milagre. A tropa passava por ele, que era no momento um pé de mato ou um jumento pastando. Para pegar Lampião – dizia um cantador – nem um frade de boa vida, nem uma mulher enxerida, nem as prosas dos doutores, nem vinte governadores, nem o bamba da Nação; para pegar Lampião, só mesmo Nosso Senhor. A força desembestada, o ímpeto feroz para a luta absorvem as admirações ingênuas. Outro cantador chegou a dizer: "Para haver paz no sertão e as moças poder prosar e os rapazes poder casar e o povo poder se rir e os meninos se divertir, é preciso uma eleição para fazer Lampião governador do Brasil". Dominando desta maneira pelo terror, pela arrogância contra os poderes constituídos, o cangaceiro conseguia vencer as resistências morais dos sertanejos. Já não há o Governo como único senhor de tudo; há também um rei do cangaço que casa e descasa, capaz de impor-se aos agentes do fisco, aos padres, aos juízes. Então se cria o romanceiro, aparecem os A. B. C. espécie de canção de Rolando das Caatingas, vendidos nas feiras, a tostão. O povo, dominado pelas coragens de fúria dos bandoleiros, refugia-se na arte para acreditar em alguma coisa que supere a crueldade das correrias e crimes. Todos nós, meninos nordestinos, sabíamos de cor as histórias que vinham nos folhetos de cordel. Todos tínhamos, na memória, a luta de Antônio Silvino com a onça, as brigas de Brilhante e Liberato. Mas o outro lado dos cangaceiros, a vida bestial de homens tremendos, é o que nos assombra. O cangaceiro não é só a legenda de lutas; é muito mais a sua vida seca como pedra, é o seu vírus de cobra pelo chão de pedra e espinhos. Neste sentido, temos que tomá-lo como natureza humana que excede a toda a normalidade. Para ele não há limites à resistência contra os elementos. Vence a fome e a sede como se fosse feito de ferro. Assombra-nos como uma espécie à parte de gente. Retrai-se, encolhe-se como serpente e quando sai do seu covil tem mais força. Dobram-se-lhe os fuzis assassinos. E, quando saciado de sangue, de sexo, de tudo, para para descanso. Basta que um gemido de viola quebre o silêncio para que caiam por cima dos corações de pedra aqueles orvalhos da madrugada das cantorias. Às vezes de um rochedo brota o vermelho ou o azul de uma flor de trepadeira. De manhã, poderá sair para matar um pai honrado ou desgraçar uma donzela.

NATAL DE UM MENINO DE ENGENHO

Lá pelos engenhos do sul da Paraíba nunca ouvi falar em Natal, noite de Natal, árvore de Natal, Papai Noel. Noite de festa era como chamávamos ao grande dia. Para os meninos e para os moleques do engenho, a festa era o grande marco do ano. A nossa vida se contava de antes e de depois da festa.

Mas falando dessas coisas uma grande saudade, dessas que se enfincam de coração adentro, me obriga a recordar o velho engenho Corredor que anda hoje caindo aos pedaços, espécie de pobre rei Lear, abandonado de todos, sem grandeza, entregue em mãos negligentes e impiedosas.

Esperávamos a noite de festa, no Corredor, os meninos e os moleques com os mesmos planos feitos. O engenho ficava a uma meia légua do Pilar. Logo de tarde, após o recolhimento do gado aos currais, os moleques iam para o rio tirar o lodo do corpo. O meu avô esperava por eles, que chegavam metidos na roupa de brim fluminense ainda com a goma da peça e muitos com os letreiros da fábrica. Era o único dia do ano em que botavam roupa sem remendo. Até o outro dezembro teriam aquele terno para os dias santos, os feriados, os dias úteis. Vinham então todos para a porta da sala de jantar, onde o senhor distribuía para cada um uns níqueis de gratificação. Bem que para eles valiam uma fortuna as moedas de cruzado que o velho lhes dava. Mas antes de sair ouviam o seu discurso. O cel. José Lins falava para os seus súditos com gravidade. Nada de barulho, nem de vadiagens. Andassem direito, não se metessem com os moleques da rua, que eram uns malandros. E acabada a missa voltassem logo para casa, pois o gado tinha que sair cedo para o pasto.

Os meninos da casa-grande ficavam para um canto olhando os moleques, que primeiro do que eles saíam, a pé, para a vila. Primeiro do que eles iriam para o capilé, para os botequins de folhas de palmeiras, ouvir a música nos dobrados, ver o povo no jogo de bozó.

Com pouco mais saíamos em carro de boi para a festa, com as tias e a minha avó cega. O meu avô, a cavalo, acompanhava o passo lerdo da carruagem. E com pouco estávamos no Pilar, na casa do juiz, onde armavam uma lapinha, com pedrinhas do rio, carneiros pastando e o menino Deus olhando tanta coisa bonita, de palanque, adorado de bichos e de anjos. A lapinha do juiz era melhor do que a do major Deodato. Outros achavam que não, que a do major era a mais bela lapinha do mundo.

A vila do Pilar em tempos de festa se dividia, assim. Havia os que só iam à lapinha do juiz e os que só falavam da do major, com a mulher dele, uma morena bonita que sabia como ninguém arranjar bichos e anjos para o Menino-Deus.

Nós do engenho íamos também à casa do major. Éramos ali uns príncipes, cortejados por todos os partidos. Lá fora era por onde queríamos andar. As luzes de carbureto iluminavam o pátio da matriz, tremendo ao vento, piscando como doentes dos olhos. Corríamos para os moleques, confraternizávamos com eles. Os copos de capilé, as broas, os bolos de goma, as cocadas, até a hora da missa eram o nosso beber e comer. Os moleques de cacetes na mão não se uniam com os outros da rua. Havia sempre provocação destes, que olhavam os matutos com desprezo. Saindo briga, o cacete dos nossos quebrava cabeça na certa. Os nossos levavam a vantagem de serem do engenho Corredor, eram moleques do prefeito. Os soldados do destacamento não prendiam moleques de bagaceira tão ilustre.

Ficávamos com os nossos companheiros, bebendo capilé, tirando sorte, olhando as matutas que só ficavam em grupos, amoitadas, sem se separarem uma da outra. Tinham medo de se perderem naquela metrópole que era o Pilar.

Depois vinha a missa campal, o padre gritando por silêncio, e o povo rumorejando. Os jogos de caipira paravam de bater na hora da missa. E quando o padre elevava o Senhor, mulheres estiravam os braços para o altar, pedindo a Deus por elas, pelos maridos, pelos filhos.

E acabava assim a nossa noite de festa. Os brancos voltavam para a cama e os moleques tinham o gado para levar para o pasto. Papai Noel nunca existiu para nós. Quem dava dinheiro aos moleques e aos meninos era um velho de barba rala, o velho José Lins do Corredor.

1935

O *MENINO DE ENGENHO* EM QUADRINHOS

Deu-me o editor Aizen, para passar uma vista, a redução a quadrinhos de meu romance *Menino de engenho*. Está este admirável rapaz ligado à minha vida literária, pois foi ele o meu primeiro editor no Brasil, quando em 1932 lançou este mesmo *Menino de engenho*. Agora Aizen domina as "histórias animadas" pelas figuras e assim conseguiu transformar o gênero vulgar da mercadoria exportada, em qualquer coisa que se liga à vida literária do Brasil. E procurou os romancistas da terra, os clássicos do mundo, e passou a elevar a leitura fácil, fixando-se em autores e livros que devem ser lidos pelos que não têm tempo, pelos que precisam de sínteses camaradas que lhes abram os olhos do grande panorama das obras-primas. Leio o meu próprio romance, com as figuras que Le Blanc idealizou e chego a me emocionar como se estivesse num universo alheio à minha criação. Sinto que a história pula das páginas com um vigor extraordinário. A caracterização que o ilustrador impôs à narrativa tem mesmo carnação e alma.

Revejo o menino de engenho, de olhos grandes escancarados para o drama de sua família, a figura patriarcal do avô, a doce fisionomia da tia, a terra, o rio na enchente, os negros, os moleques, o engenho, e tudo se gruda outra vez à minha memória e assume o relevo de uma reconstrução que me abafa. Devo a Aizen esta maravilhosa volta ao tempo perdido. O artista que ele chamou para ilustrar o meu romance recriou para mim uma galeria de gente que é de meu sangue. Sinto na carne os contatos dos que já estão tão longe. E passo como se estivesse a passar um velho álbum de fotografias, a descobrir caras que me foram íntimas já amarelecidas pela distância. E o que mais me espantou na edição em quadrinhos do livro foi a escolha dos trechos decisivos da narrativa. O técnico que elaborou a solução das palavras atingiu ao âmago da ficção e conseguiu uma redução de iluminura. A história não perde a sua sequência e se liga às figuras na mais palpitante intimidade. Palavra e figura são a mesma coisa, na correnteza dos fatos que nos absorvem o interesse. O quadrinho se transforma numa verdadeira máquina de encantamento.

(De *O Jornal* do Rio de Janeiro, 19/11/1955)

CRÔNICAS CARIOCAS

MÚSICA CARIOCA

Escuto na boca da noite quente, como fornalha, o gemer espichado de um bolero traduzido em palavras de amor destroçado. O pobre queria ser um vagabundo para rimar com mundo. Mas o canto triste foi o bastante para me dar a impressão de uma falência melancólica. A música de rua, a picante e melodiosa música dos sambas, se degradava na pífia imitação de vulgaridades sul-americanas. Passei, então, a me lembrar dos gênios mortos, dos tangos de Nazareth, do nosso "Sinhô", da triste música que brotava do coração brasileiro, dos sambas que se geraram, das modinhas e dos maxixes sacudidos. "Sinhô" fecundara-se, sem saber, de germes do passado e chegara a cantar de coração ferido, mas de espírito sadio. A música dos mortos cariocas tinha a originalidade de um depoimento pungente. Claudionor descia da favela para carregar sacos de café no Cais do Porto. O amor dava-lhe força para muito mais. Mas amor não era só a coragem de Claudionor. E, depois, a música não ficava à espera das ordens das massas para servi-las como criada. Era a música que fazia a festa. O povo procurava os sambas e as marchas para encher a alma e animar o corpo. A grandeza dionisíaca do Carnaval dirigia-se pelos ranchos, pelos tamborins, pelos violões enlouquecidos. Havia música carioca com o seu pegadio voluptuoso. Agora a indústria do disco e as facilidades do rádio liquidaram a mágica espontaneidade dos criadores. Há uma verdadeira bolsa de melodias e letras que chegou à última degradação mercantil. E como a criação artística não é um comércio de portas abertas, o que vai aparecendo se abastarda nas imitações confrangedoras. Os tais boleros, mistura de melodia mexicana e italiana, abafaram a verdadeira música dos morros. Muito se fala de Mangueira, de barracos, de estrelas atravessando os telhados de zinco. Tudo dos dentes para fora. O que existe mesmo é a macaqueação dos boleros de *boites*, é a monotonia de histórias de amor infeliz, toda a armação para iludir e esconder os furtos ostensivos. A música de um Ary Barroso, de um Caymmi, de um Noel Rosa, de um "Sinhô", de um Nazareth não pode se confundir com estes plágios que se agarram aos microfones e nos martirizam os ouvidos.

MONÓLOGO DE ÔNIBUS

Desta vez não haverá conversa de lotação, mas um monólogo de ônibus. Por acaso, meu caro leitor já se sentiu um homem, como numa ilha dentro de um ônibus cheio de gente? Por acaso já se viu, único, como se estivesse no silêncio de um deserto, na companhia incômoda de seus pensamentos?

Pois foi o que aconteceu a este seu amigo, em viagem matutina de Cantagalo a Friburgo. A terra morta dos cafezais, os altos carecas, a beleza maravilhosa do dia claro, e por toda parte as marcas de uma civilização que se acabou. Do meu canto eu tomava nota de tudo. Há cinquenta anos atrás tudo aquilo eram fazendas de cem e mil arrobas de café. O que os olhos viam, o que a vista alcançava era cafeeiro na floração, na madureza, nas colheitas, na fortuna que a terra dava de mão beijada.

As fazendas se agrupavam no casario de sobrado, dos terreiros, da grande vida, à larga, das carruagens pelos caminhos tortos. Lá estava a Fazenda da Torre. Um grande da terra mandou levantar aquela torre grega, no pátio da casa senhorial, como um luxo de quem quisesse gastar o seu dinheiro no bonito supérfluo. Agora a torre parece uma ruína secular, e a terra queimada, estorricada, quando dá alguma coisa é um capim rasteiro que nem chega para cobrir-lhe a nudez de mendiga. Uma terra rota e esfarrapada. Olho para os dois lados e só vejo a desolação inclemente. Olho para os campos e o gado que pasta lá por cima é de bois que se esgueiram pelos precipícios, atrás da touceira ressequida do gordura mofino.

E tudo aquilo já foi uma riqueza de inveja. E tudo aquilo não passa hoje de uma miséria que não se disfarça.

O meu silêncio me convida a medir as coisas, a tirar as minhas conclusões, a descobrir as origens, a pesquisar as raízes da vida geológica.

Vejo as encostas dos morros raspados, com a argila marinha. Tudo corroído e tudo imprestável.

É que o homem não tem a visão dos acontecimentos. É que os capitães não cuidaram. É que existe uma palavra, que se chama erosão e esta palavra dá o nome à doença maligna da terra.

Havia o cafezal, e, por onde havia o cafezal, as chuvas foram correndo e foram raspando o húmus, arrastando todos os detritos fecundantes, cavando, até à argila, o leito das culturas. E depois os ventos nas correrias cobrindo o mundo de poeira, completando assim a obra sinistra dos aguaceiros.

E o homem não via nada, o homem não imaginou nunca que a obra de Deus também era a força dos ventos ou a força das águas. Assim, a erosão liquidou um patrimônio que parecia eterno. Fez-se o deserto, na terra que tudo tinha de uma terra de promissão.

A fortuna em grãos de ouro se transformaria na desgraça dos campos desolados. Tudo obra da erosão.

O meu monólogo interior continuava a me doer na alma. Olhava para fora e, lá distante, a majestade de um ipê se cobria de um amarelo ridente.

Os meus companheiros de ônibus falavam de briga de galo. E as águas de uma cachoeira caíam, lá de cima, como uma gravura de Rugendas. Mas o meu pobre Brasil se acabava.

UMA LATA DE SARDINHAS

A conversa não é de lotação, mas de ônibus.

Vinha a ler o meu jornal, justamente no trecho onde se falava de providências oficiais para regular a produção e consumo de gêneros de primeira necessidade, quando o meu amigo G., que vinha ao lado, me disse:

— Você ainda lê estas coisas? Eu não perco mais o meu tempo.

E como eu lhe arguisse que certas medidas poderiam dar certo, G. sorriu e se mostrou inteiramente desanimado. Não me deixei vencer pelo pessimismo do companheiro de banco, mas ele quis demonstrar a sua convicção com fatos e números.

— Veja o meu caso. Tenho uma fábrica de conservas de peixe em S. Gonçalo. O governo considerou a lata de sardinha gênero de primeira necessidade, e por isto isentou a mercadoria estrangeira de taxas. Até aí tudo vai bem. Acontece que nós, produtores, temos que comprar folhas de flandres no estrangeiro, que aqui nos chegam por um preço alto. Agora examine a nossa situação. Compramos o peixe, azeite, pagamos operários, impostos, e entregamos ao comerciante a nossa mercadoria, em caixa, pela quantia de três cruzeiros. O comerciante vende por seis cruzeiros. E, depois de todo o nosso esforço, lucra o intermediário a parte do leão. E ainda por cima aparece o produtor estrangeiro para a concorrência. E de que modo? Muito mais protegido do que o nosso. Porque entra nas nossas alfândegas, sem pagar taxa alguma pela lata que nós compramos, onerada pela tarifa.

E como lhe perguntasse mais alguma coisa, muito vim a saber sobre o que representa uma lata de sardinha. O industrial G. se mostrou desalentado. Mas o que me contou valeu a viagem do ônibus. Falou-me ele das pescarias. Um dia, ou melhor uma noite de trabalho de um barco de dez homens de tripulação dá 19 mil cruzeiros de renda. Um pescador poderá tirar de ganho, por mês, 6 mil cruzeiros. Quem, porém, mais lucra com a pescaria do barco é o dono, que terá a meação.

Quando chegamos ao fim da linha muita coisa sabia sobre uma lata de sardinha. O meu amigo não estava contente com a sua indústria; acredito, no entanto, que muito mais contente do que ele, do que o pescador, do que todos nós, estará o homem do armazém, que compra por três cruzeiros, para vender por seis uma mercadoria tão inocente.

São alegrias de Mercúrio que não [doem][2] na carne.

(*O Globo*, 29 nov. 1946, p. 1, Vespertina, 2ª seção)

---

[2] Aqui, trata-se provavelmente desse verbo, cuja leitura não está nítida no arquivo original acessado. (*N. O.*)

CONVERSAS DE AUTOLOTAÇÃO (I)

A população do Rio, na madrugada de domingo, despertou, toda em reboliço, pelas irradiações de locutores de notícias que davam a queda de Berlim como um fato consumado. Vimos toda a opinião pública acordar para ficar à espreita de novidades, as bancas de jornais com um movimento nunca visto, as ruas cheias, uma alegria de todas as caras.

Seria o fim da guerra?

À tarde, no estádio do Vasco, a multidão que lá estava aclamaria os heroicos mutilados da nossa Força Expedicionária. O mundo que se acabava com a queda de Berlim, o mundo para cuja grandeza futura aqueles rapazes deram pedaços de sua carne e bocados de seu sangue, ainda teria que precisar de muito mais carne e de muito mais sangue para vencer os seus inimigos naturais.

Todas estas reflexões provocaram-me a conversa que ouvira num autolotação. Falavam dois homens de classes diferentes. Um tinha o aspecto de classe média, bem amargo, e o outro era homem do povo, que ia de carro, como em dia de grande festa, para um desafio de *football*.

Dizia o classe média para o homem do povo: "É o diabo, não pude dormir com esta história de queda de Berlim. O rádio do vizinho berrou desde as 4 horas. E tudo era mentira. O alemão ainda briga muito. Esta guerra é para muito tempo".

O homem do povo, que ia ao lado do *chauffeur*, voltou-se para trás e, com voz dura de torcida, brabo, não se conteve: "Briga nada. O russo está com apetite, aquilo vai ser um passeio. Não fica alemão para contar a história".

O classe média calou-se. O rompante do outro não permitia outra solução.

O homem do povo, aí de voz mais dura, foi dizendo: "E eu se pego um 'quinta' de jeito é para fazer 'picadinho'".

A conversa não se esquentou mais porque o admirador da Alemanha não tinha vindo para brigar. Viera para a sua partida de *football*. E, depois, aquele tipo não valia nada. E, quando tudo parecia acabado, o homem do povo voltou-se para trás e nos disse, com raiva: "E se o rádio deu a queda de Berlim, é porque caiu mesmo. Quem não acredita é da laia de alemão".

(*O Globo*, 23 abr. 1945, p. 3, Vespertina)

CONVERSA DE AUTOLOTAÇÃO (II)

O carro já estava bastante lotado quando apareceu mais um passageiro que se espremeu na lata de sardinhas. Mas todos estavam felizes porque, àquela hora, fora uma providência aparecer um lotação para o Jockey.

E quando saímos da Avenida a conversa já estava pegada, e a intimidade estabelecida.

— A bomba atômica fracassou – dizia o homem da frente, quase sem poder mexer o pescoço.

— Fracassou nada – respondeu o outro lá do fundo do carro, com uma voz que vinha de longe.

— É truque do americano – informava o companheiro ao meu lado. — O americano não quer negócio de dividir o segredo. E por isto fez toda aquela visagem.

— É, mas o russo não vai no jogo. Russo é bicho manhoso.

— Que nada. Manha é do inglês.

— Americano diz o que sente. Eu não acredito que a história da bomba seja manobra.

— Eu não sei, mas acreditar em gringo, eu não acredito. O mundo de hoje está cheio de chaves.

— Você não acredite em conversa de jornal. Garanto que nem houve esta história de bomba atômica.

— Qual nada. As experiências foram controladas. Eu li em *Seleções* a história da bomba atômica e acredito nela.

— Pois eu não acredito. O americano botou o russo para correr com guerra de nervos.

— É aí que está o seu engano. O russo já sabe de tudo.

— E o senhor que pensa de tudo isso? – me perguntou o companheiro da esquerda.

Fiz um tremendo esforço para virar o rosto e entrar na conversa.

E disse que não acreditava em truque, que não acreditava nas mentiras da Imprensa. E mais ainda, que achava que todas as bombas atômicas seriam, afinal de contas, dominadas pelo espírito de uma humanidade entregue às suas faculdades criadoras.

O autolotação silenciou com a minha descarga de otimismo.

O homem da frente, já sem se voltar para trás, não se conteve e disse mais alto:

— O senhor também acredita que o Pão de Açúcar pode trocar de lugar com o Corcovado?

Foi uma gargalhada só.

É que não há mais ninguém neste mundo de Deus que acredite em sentimentos humanos, em grandeza de alma, em boas intenções.

(*O Globo*, 3 jul. 1946, p. 3, Vespertina)

CONVERSAS DE LOTAÇÃO (I)

O carro quando passou pelo Flamengo já havia uma amizade velha entre os passageiros dos bancos de trás. E como as conversas hoje no Rio de Janeiro, e penso que em todos os recantos do Brasil, se referem à nossa triste situação, em matéria de gêneros de boca, o mais loquaz do grupo se pôs logo a contar misérias que eram de todos nós.

A princípio falou do leite, para dizer que não era propriamente leite o que bebíamos no Rio. E sim uma composição onde entrava uma mínima porção de leite. E para caracterizar a sua afirmativa, nos contou uma anedota de português.

Mas ninguém achou graça. Porque, atualmente, no Rio de Janeiro, já não há graça que faça sorrir um povo que era tão jovial, tão cheio de ditos e de repentes de espírito.

— E até o leite em pó sumiu – disse uma senhora gorda. — Dizem que é manobra para aumentar o preço.

— Tudo é conversa, há de tudo. É que o "câmbio negro" é a maior força deste país. Só não há "câmbio negro" para a gasolina, porque é comércio de americano.

— Não vá atrás disso. "câmbio negro" é internacional. Quando começar com a gasolina, começa mesmo. Não existe nas vendas de automóveis?

— Se eu fosse governo acabaria com isto – falou o primeiro passageiro da direita. — Mandava fuzilar estes ladrões.

— Então o senhor teria que gastar muita bala. O "câmbio negro" é regra geral.

— Não diga isto, há muita gente no comércio que não se presta a isso.

— É, há muita gente séria. Mas o pouco de gente que não é séria faz a regra e dita a lei.

— Exagero. O comércio não é responsável pelas misérias dos nossos dias. Sou um comerciante e sei o quanto me custa a vida, com os impostos e ordenados, e exigências do Ministério do Trabalho.

O carro já estava em Botafogo. A senhora gorda pediu para parar. Houve uma verdadeira revolução. Era de fato muito gorda e por isso a ordem do lotação se alteraria com a manobra.

Mas antes de sair a senhora gorda, como para se vingar dos apertos, das cotoveladas e de algum sorriso, voltou-se para o comerciante que falara com tanta alma e perguntou-lhe:

— Oh, moço, qual é o seu "câmbio negro"?

Houve sorrisos amarelos no lotação.

(*O Globo*, 21 ago. 1946, p. 3, Vespertina)

CONVERSA DE LOTAÇÃO (II)

O diálogo se estabeleceu entre o cronista e o homem moreno, de meia-idade, de pasta de couro velho. A princípio quis ele saber se era de fato José Lins do Rego quem estava ali, a seu lado. E logo foi ao seu assunto.

— Olhe, há dias que estou para falar ao senhor sobre um assunto que é de meu interesse, mas que exprime um estado geral. Quero referir-me ao direito de propriedade que, entre nós, país capitalista, sofre as mais graves restrições. Não sou um homem rico, mas trabalho para viver e guardar alguma coisa para os meus filhos. E foi com este pensamento que resolvi comprar em hasta pública uma casa para morar. Tratava-se de bens de um espólio posto em leilão judicial. Arrematei o imóvel, paguei custas e quando procurei entrar na posse da casa não foi possível. Os herdeiros começaram a chicanar, a perturbar o livre exercício de meu direito, de tal forma que me obrigaram a tomar advogado. Ganhei a questão em todas as instâncias. O juiz que me deu a sentença chegou a falar na desonestidade das protelações do advogado contrário. Pois bem, tendo pago o preço da arrematação com sentença definitiva sobre o caso, ainda assim não consegui a casa para morar com os meus filhos. Veja o senhor a quanto chega a precariedade de um direito neste país. Conte esta minha história numa de suas crônicas. Terei ao menos esta consolação, a de ver meu caso tratado por um homem que não foge da verdade.

Ouvi atento a história do homem da pasta e senti o quanto lhe doíam os ataques ao seu direito insofismável. Prometi-lhe a crônica, mas, por outro lado, fiquei a pensar nos outros, nos inquilinos do imóvel arrematado. Seriam pobres herdeiros, despojados de tudo, vencidos pela desgraça, com a casa única arrastada ao martelo judicial? E o amor da verdade, de que falava o proprietário coberto de razão, me conduziu à dúvida. Por que resistiam aquelas criaturas a entregar a casa perdida? Concordo com o desapontamento do homem que cobriu com o seu rico dinheiro o lance do leilão. Está ele com todos os direitos. Mas o que haverá em drama e miséria nos que não querem se entregar ao direito de que, pela lei, é o dono legítimo?

(*O Globo*, 2 fev. 1950, p. 5)

CONVERSA DE LOTAÇÃO (III)

Estávamos engarrafados numa rua de Botafogo. Havia carros indo e vindo de todos os lados. Havia automóveis correndo pelas calçadas. As notícias que chegavam eram desconcentradas. Um sujeito que passou debaixo da chuva me afirmou que o túnel de Copacabana havia ruído. Todo o tráfego da zona sul estaria interrompido a noite toda. Outro afirmou que não fora o túnel mas uma barreira que havia desabado na entrada do Jardim Botânico. Enquanto isto, os amigos do lotação passavam a criticar acerbamente os dirigentes do tráfego. "Tudo isto, dizia o *chauffeur*, só acontece porque não acreditam no que a gente diz. Estes donos do tráfego não escutam os que fazem o movimento da cidade. Estrela, quando estava lá em cima, só dava atenção aos cupinchas dele. O major sabe de tudo e quando chega na hora é isto que está aí."

O tempo corria e as notícias não mudavam. Havia um túnel entupido, uma barreira tomando toda a rua. E o tráfego cada vez pior. Estávamos na rua de Botafogo, há duas horas, e não havia esperanças de salvamento. Encolhi-me para um canto e deixei que as línguas dos outros cortassem pano, à vontade. Falou-se mal do governo, falou-se mal das eleições, falou-se mal de tudo. Lembrei-me de abandonar o carro e sair a pé. Mas há uma solidariedade de lotação que não deixa de ser comovedora. A minha vizinha tinha um jantar marcado na casa de uma amiga no Leme e já fora ao telefone do botequim livrar-se do compromisso. Todos fizeram o mesmo. Caía uma chuvinha aborrecida. Verifiquei que não havia jeito a dar e o melhor seria mesmo confiar no tempo. Boa filosofia chinesa, mas a única filosofia confortava. O azedume dos primeiros instantes se transformou numa descarga de bom humor. Havia um sujeito contando a anedota do papagaio, do padre e da Paraíba, masculina. Coisa imprópria para a senhora, que fingia não ouvir.

Lá para as tantas, o *chauffeur* de outro lotação que se aproximou do nosso, estava na veia demagógica e saiu-se com uma tirada de candidato. "É – dizia o homem, quase furioso. – O pequenininho vem aí." Todos nós nos rimos, e o meu vizinho me disse: "Esse tal pequenininho tem que resolver tanta coisa que vai precisar de um século para a obra".

(*O Globo*, 26 out. 1950, p. 4, Matutina)

CONVERSA DE LOTAÇÃO (IV)

O calor estava muito forte e como o lotação, completamente lotado, parasse em plena Presidente Vargas, senti-me numa lata de sardinha em cima de uma chapa de fogão. Corria suor de todos os rostos, camisas molhadas e, sobretudo, uma agitação nervosa a explodir em todos nós.

— Isto é demais – falou quase aos gritos o homem gordo que vinha ao lado do *chauffeur*. — Fazem uma avenida desta largura e não plantam nem uma árvore. Só acontece isto no Brasil.

Não houve reação ao desabafo do tipo, mas ele não parou:

— Só cuidam mesmo de negociatas. Fazem tudo somente no interesse da roubalheira.

Silêncio completo. O homem gordo viu-se abandonado no seu furor patriótico e oposicionista. Mais para perto da estação da Central desceu do carro e exigiu troco para os 5 mil-réis.

— É quatro cruzeiros, não é verdade?

E foi saindo a rebolar, com os seus 120 quilos a se derreterem na canícula. Aí o *chauffeur* olhou para trás e nos disse:

— Conheço aquele sujeito há mais de dez anos. Não era tão gordo assim não. Foi até guarda municipal. Hoje está fazendo de deus Momo do Méier.

Fiquei com a informação na cabeça e a imagem do gordo não me deixou a tarde inteira. O gordo de mais de 120 quilos, a andar com o peso enorme a vergar-lhe as pernas, furioso com o calor e terrível de língua contra o Governo. E depois coroado de rei no subúrbio, com o melhor sorriso na cara de relógio de parede, a fazer graça nos bailes de carnaval. Seria feliz ou infeliz o homem que se exasperava com a falta de árvores na Presidente Vargas? Mais tarde encontrei-me com o Lopes de Almeida, médico no Méier, e me veio logo a ideia de saber qualquer coisa sobre o meu companheiro de lotação. Lopes sabia de coisas que me tocaram. O gordo tinha o seu drama. E drama que não se pode contar. Há limites nas bisbilhotices de jornal. Mas assegurou-me:

— Seu Lins, como deus Momo não há melhor. Tenho a impressão de que ele exerce o seu reinado com absoluta satisfação. É um grande rei.

(*O Globo*, 31 jan. 1953, p. 3, Matutina)

CONVERSA DE LOTAÇÃO (V)

Sentou-se ao meu lado um homem rico, meu velho conhecido, e para mostrar-me que continua rico foi logo dizendo: — "Estou com o meu carro em conserto. E esta história de oficina, hoje em dia, é uma miséria. Ninguém quer trabalhar. E tudo custa três vezes mais".

O outro companheiro concordou carregando ainda mais na mão.

— É isto mesmo, o brasileiro que se diz operário não passa de um malandro. Ganha o que quer e faz o que quer.

O homem rico e o desconhecido estavam de inteiro acordo. Era malandro pra cá e malandro pra lá.

— E que me diz sobre o aumento do funcionalismo? – perguntou-me o homem rico.

Quis fingir que não era comigo a pergunta, mas não consegui.

— Sou funcionário, e acho mesmo que a nossa vida aumentou de custo de maneira assombrosa.

— Isto todos nós achamos. Mas então você acha que a medida sumária de aumento dos ordenados resolve o problema? Aí é que está a desgraça do brasileiro. Somos um povo de soluções apressadas. O preço da vida não baixará com a tal reestruturação do Governo. Pelo contrário: vai subir. Subirão os impostos. Os nossos estadistas sempre desapertam para a bolsa do contribuinte.

*

O desconhecido concordava. Eu queria concordar, porque queria viajar no meu canto, chegar a casa, comer o meu jantar de pequeno--burguês, levar a família ao cinema. Eu não queria conversa. O homem rico, porém, não queria outra coisa.

— Ora, seu Lins, você que vive a escrever todos os dias, por que não mete o pau nesse aumento?

E quando eu ia dar uma resposta, do banco da frente apareceu um aparte um tanto irritado.

— O senhor fala assim porque está de barriga cheia. Eu conheço muito bem o senhor. O senhor não é o tal dos Imóveis?

— Eu não estou falando com o senhor; eu não o conheço.

O aparteante revidou forte:

— Mas eu o conheço. E não admito que venha a abusar da nossa miséria.

O rico chorou-se e não conteve a cólera.

— Posso falar porque sustento com o suor do meu rosto os orçamentos do Governo. Pago os meus impostos.

— Ora, é muito boa. O imposto que o senhor paga não mata a fome daqueles aos quais o senhor esfola.

Vi a coisa preta... A temperatura do carro era de explosão.

— Pare aí – gritou o rico ao *chauffeur*. — Vou descer.

Fez-se silêncio, o homem abriu a carteira, tirou a sua nota, pagou ao *chauffeur* e, voltando-se para mim:

— Não se esqueça do artigo.

*

Dei graças a Deus pelo sossego que se estabeleceria no lotação pacificado. O homem do banco da frente, que já tinha eliminado o primeiro adversário, voltou-se para o outro, para o desconhecido que vinha ao meu lado, e lhe disse:

— O senhor também estava dizendo que operário é malandro, que brasileiro é isto e aquilo.

— O que eu disse o senhor não ouviu direito, o que eu disse não foi propriamente isto.

— É verdade – adiantei para evitar novo atrito.

— Não, eu ouvi muito bem; o senhor disse mesmo.

Nisto o *chauffeur* falou:

— Se os senhores quiserem eu paro no distrito.

(*O Globo*, 20 fev. 1956, p. 2, Vespertina)

O LÍRICO DO JARDIM BOTÂNICO

Olho para a manhã de maravilhoso sol. O vento que sopra mal dá para mover as palmeiras do Jardim Botânico. As "imperiais" se mexem devagar, solenes e belas. A paz do bosque me convida a um lírico passeio pelos recantos sombrios. A luz que cai sobre as árvores penetra através das folhagens. Os pássaros rompem aquele silêncio da mataria com trinados e ruflar de asas. Permaneço na expectativa de que me apareça um visitante qualquer para uma conversa. Não me agrada a solidão mesmo quando esteja num pedaço do paraíso terrestre como aquele. Nada de deixar a imaginação sair à procura de "monstros" e ilusões perniciosas. Paro na aleia dos bambus, quase que um túnel, o chão coberto de folhas secas. E de súbito escuto uma voz que me chama. Volto-me e uma pessoa desconhecida se aproxima. Nunca vira aquela cara que se abria num bom sorriso.

*

"Sei bem quem é o senhor, e o senhor não me conhece. Moro por aqui há mais de trinta anos. Sou um desconhecido. E não quero ser outra coisa. Desconhecido e esquecido. Mas gosto deste jardim. Venho quase todos os dias para conversar com os pensamentos. Nada me perturba, nos meus silêncios. Os guardas me conhecem. Já muitos deles morreram e se aposentaram desde que descobri esse recanto. Às vezes vêm colégios e as crianças enchem o jardim de alegria. Mas se vão, e fica outra vez o silêncio. É este silêncio que me enche a alma. Em dias de chuva tudo isto fica somente para mim. Às vezes me abrigo debaixo de uma destas árvores e deixo que a chuva caia horas seguidas. E ainda mais me defende o silêncio. Os automóveis que roncam, lá fora, me fazem um mal de morte."

O homem era magro, tinha cabelos grisalhos e falava num tom de voz macio, sem estridência. Era como se fosse um deslizar de regato. Doce voz de calma, de tranquilidade, de quem se movia na vida com pés calçados de lã. Ficamos calados. Não tive coragem de perturbar o silêncio que me envolvia.

*

"Sei quem é o senhor, pois lhe leio os artigos. O senhor gosta das árvores. Mas são poucos os brasileiros que gostam das árvores. Aqui aparecem tipos sem coração quem vêm de canivete abrir nomes nos troncos. Outros sujam a relva de comida. Largam papéis de jornal ao vento. Sofro, meu amigo, com essas depredações cruéis. O Brasil é um país de assassinos de árvores. Matam-se árvores, entre nós, com fúria de bandidos. É por isto que me refugio neste parque maravilhoso. Aqui fico horas e dias, no meio dessas árvores. Sei a história de cada uma. Conheço as suas doenças. É duro quando morrem. São as minhas árvores queridas."

O homem magro tinha os olhos marejados de lágrimas. Quis me despedir e ele não deixou.

"Chamo-me Gaspar de Lima e sou dentista. Não preciso de trabalho para viver. O meu pai deixou-me fortuna. Ele foi um grande invernista em Goiás. Engordava boi para os frigoríficos."

O terno e lírico Gaspar Lima amava as árvores do Jardim Botânico. Podia encher os seus ócios no silêncio das alamedas. O pai que engordava boi para os matadouros lhe deixara o bastante para que pudesse ele gozar a paz de uma vida virgiliana. Os automóveis lá de fora urravam como os bois do pai, do terno dentista.

CRÔNICAS POLÍTICAS

O NATAL DE 1945

Que houve um Natal mais feliz para o mundo de 1945 não há a menor dúvida. Os fogos da guerra cessaram, embora a paz sobre os homens não se tenha firmado. Em todo o caso em Moscou as caras dos "Três Grandes" perderam aquele ríctus de cólera e de mágoa da última conferência de Londres. Dizem que o marechal Stalin voltara do Cáucaso, de tez queimada e disposto a assumir o comando de sua numerosa nau. E falam de paz na China, e de conversações acertadas sobre os Bálcãs. E o Santo Padre, após uma distribuição equitativa de chapéus de cardeal, falou para o mundo, em tom de pai que não vê dentro de casa muitos dos filhos pródigos que se foram. O que há de trágico nas confissões do Padre de Roma é que a sua sabedoria e a sua autoridade aparecem como um comentário a um naufrágio. O porto de salvamento, que no caso seria a Igreja, não me parece que seja uma angra de águas tranquilas. Há ventos e ondas espumantes no regaço materno. As contradições dos dias que correm agitam e atormentam os zeladores da casa de Deus.

A grande Igreja de Jesus Cristo não sucumbirá pelos erros de seus mandatários.

Na Missa do Galo que ouvi, na capela minúscula, estavam homens e mulheres, brancos e pretos, pobres e ricos, à mesa de comunhão, na crença no pão e no vinho que eram carne e sangue do Deus da poesia litúrgica.

Recordei os meus dias de menino e me senti na intimidade daquela fé.

Lá fora, na noite estrelada, na morna noite carioca vi os morros num silêncio carregado de mistério, vi a paz da lagoa, de águas iluminadas. As lembranças votivas do engenho nordestino me deram a saudade da terra distante. Vira o Deus menino, no altar, e vira assim a doçura do homem no seu instante de pureza.

E fui caminhando de rua afora, imerso na minha beatitude de Missa do Galo, quando escuto um barulho de gente a gritar. Um cidadão bem trajado protestava junto a um bonde parado, pelo fato do veículo ter sacudido a sua mulher ao chão. As palavras eram duras, de parte a parte.

Mas de repente todo o bonde era um tumulto só, uma gritaria infernal. O homem bem trajado estava abafado.

Cala boca grã-fino!

E uma vaia estrepitosa acompanhou o carro em movimento.

O homem bem trajado retirou-se, de cabeça baixa, com a mulher.

E um homem da rua me disse:

— Este granfa estava se fazendo de besta. Com marmiteiro não se brinca.

Muito de longe tocava um sino. Outra missa terminara. O menino Deus nascera para que todos os homens fossem iguais. E havia grã-finos e havia "marmiteiros". E havia mais do que tudo isto, a condição humana, cada vez mais torpe, cada vez mais desgraçada.

A PALAVRA "POVO"

É Maritain quem diz que os totalitarismos pervertem a palavra "povo", como todas as demais palavras.

Para o fascismo, de todas as cores, o povo é a massa amorfa, despersonalizada, mole, sem a mínima vontade, que ele manobra como o dócil carneiro de batalhão. Para este povo marcado de servidão se voltam, em dias e horas marcadas, para pelos processos de baixa corrupção imaginar que mandam, e para ter a certeza de que existe a massa de cabeça baixa, a uivar quando for necessário. A popularidade do fascismo é uma parada ensinada, uma vergonha imposta ao povo verdadeiro. Porque, como nos diz Maritain, o fascismo na sua essência odeia o povo, despreza-o e o teme. E por mais que fale das massas, por mais que arregimente multidões, o fascismo não é outra coisa que oprimir as vozes das maiorias. E assim vai além da opressão, aspira a liquidar a realidade que vem do povo.

Afinal de contas o que é o povo?

Diz-nos o filósofo católico que o povo são almas, são pessoas humanas reunidas pelas tarefas humanas comuns e pela consciência comum do trabalho que cada qual deve fazer para ter o seu lugar ao sol.

E tudo isto dá a força real da opinião pública que não é outra coisa que a voz das nações livres.

Para as ditaduras o povo é apenas um bocado de matéria que elas esmagam ou que cultivam conforme os seus interesses. Para um ditador o rebanho terá que ser sem ovelhas tresmalhadas. Tudo precisa se transformar em campo dos seus exercícios de poder tremendo. Nada de opinião e nem de senso crítico, e nem da vontade de opinar na massa que obedece. A massa há de ouvir as ordens dos chefes e calar ou aplaudir freneticamente. O povo ali não é uma realidade humana, mas um mar morto. As forças das marés não agitarão o charco pútrido. Só a voz soturna do chefe, como um sopro do demônio, moverá as águas estagnadas.

AS BELAS PALAVRAS

Um jovem de Pernambuco se mostra alarmado com a sedução que certas palavras estão exercendo sobre a mocidade de seu tempo. São as belas palavras culpadas do inconformismo de uma geração que se mostra sôfrega pelas reivindicações do povo, ambiciosa de liberdade, pronta a morrer pelas suas ideias.

O rapaz lastima tamanha imprevidência e lamenta que a juventude se perca assim, quando podia estar ao serviço dos poderosos do dia, dos que têm forças nas mãos e empregos a dar.

Aí está uma confissão que é de doer pela sua crua e triste sinceridade. Um jovem acusa os seus colegas de correrem atrás de belas palavras. Mas quais são, afinal de contas, essas belas palavras?

Em primeiro lugar, teríamos que tomar a palavra liberdade, uma bela palavra, das mais belas deste mundo. Os jovens de Pernambuco morrem pela liberdade. Aliás, sempre se morreu pela liberdade em Pernambuco. Se este jovem adepto da tirania quisesse olhar para o passado de sua província encontraria muito sangue pernambucano vertido pela liberdade. Demócrito de Souza Filho não foi um caso de espanto na história de sua terra. O amor de Pernambuco pela liberdade está nas raízes de sua formação social. Ali vive povo que não teme as aberrações do poder e nem os seus crimes.

Outra palavra que arrebata os jovens de Recife é a palavra democracia. Aliás, palavra que é filha legítima da outra palavra liberdade.

A república é forma de governo ligada à consciência dos nordestinos. Desde o Senado de Olinda, de 1710, até o comício de 3 de março de 1945, que pernambucanos se insurgem contra o poder tirânico, venha donde vier, de um rei ou de um soba. As belas palavras não corrompem a mocidade. A mocidade se corrompe na adulação, na subserviência, na ganância, na covardia perante os fatos consumados.

Podemos nós, os homens maduros, sentir verdadeiro orgulho por uma geração que não teme a morte porque ama as belas palavras que são as que salvam o mundo e iluminam os homens.

O rapaz que tem nojo das belas palavras, que se atrele ao carro da tirania, mas que não fale, que silencie a sua desgraça. Porque uma bela palavra que se chama tolerância poderá salvá-lo de suas fraquezas.

POR QUE ESCREVES?

Há anos, em Paris, entre escritores de uma associação revolucionária, circulou um inquérito. Queria-se saber apenas isto: — "Por que escreves?"

— "Para servir a minha causa", foi como quase todos responderam; "para ser instrumento do meu grupo, de minha classe, de meu sistema de doutrina. Escrevo para servir, para me dar ao meu partido."

O escritor se reduzia, assim, a um simples cabo eleitoral, espécie de "cravo vermelho" das letras. O que era ele de íntimo, de força criadora, de gênio, de cor, de forma, teria que se adaptar aos meios de ação, à paixão do momento, aos desígnios das ideias avassaladoras. Todo aquele que não se submetesse à pressão da hora presente, ao capricho da Nação ou da Classe, estava se deleitando, fugindo de seu destino, mentindo para si mesmo. Era, por conseguinte, um conviva de festim proibido, um egoísta, um sibarita a se evitar.

A Arte para ser arte viva, isto é, a arte de seu tempo, só poderia exprimir-se, dignamente, pondo-se a serviço de Deus ou do Diabo. Teria de submeter-se aos poderosos do dia; os poderosos de cima, ou os poderosos de baixo, os que forjam os combates, os que se extremam, os que tudo empregam para a vitória. Abandonar este caminho, pôr-se a salvo da disciplina partidária, não querer ter o seu pedaço de responsabilidade é, para muitos, trair, é fugir da luta, é fazer o jogo do outro lado, é ter contra si o ódio de todos os lados.

Por que escreves? – perguntava o inquérito – por que gastas tinta e papel, se não te entregas aos donos, aos chefes, aos senhores? Mas te entregares com a submissão de todos os teus foros, com o teu corpo e a tua alma... Serás doador de sangue à força, serás mártir, escravo que só poderá servir à causa, sem mesmo o direito de servires a ti mesmo, nas horas sagradas de tua solidão. O novo galé tem mais corrente nos pés que os das galeras romanas, terá que remar num ritmo mais duro, senão será o mais vil dos traidores.

O escritor de partido dirá: — "Eu escrevo porque quero que a minha classe domine, que o mundo se salve, que os homens sobrevivam e que a humanidade se liberte pelo meu esforço."

Ele não diz: — "Eu escrevo porque preciso escrever, porque tenho qualquer coisa de pessoal a dizer, porque escrever, para mim, é me libertar, é me sentir em contato com os homens, é dar de mim o que posso dar."

O outro dirá com veemência: — "Escrever é combater, é ter o seu lugar na trincheira. Sair daí é deleite, é fazer jogo floral, é querer distrair-se. Toda a arte, toda a literatura que não se queime de fogo político terá de ser posta à margem. É luxo, é flor de luxo que não resiste aos ventos, às tempestades."

E no entanto, este escrever pró e contra é o mais fugaz dos escreveres. Benda perguntava, com certa razão: "Que resta de um Veuillot, de um Drumont, de um Blanqui?" E estes homens deram tudo pelos seus partidos, foram capitães desassombrados.

Por que escreves? Por que te entregas aos teus poemas, aos teus romances, aos teus dramas?

Como responderia Machado de Assis, se lhe perguntassem: — "Por que escrevestes o *Quincas Borba*?"

O bom chefe de Secretaria não poderia dizer, sem dúvida: — "Escrevi este romance para redimir a humanidade, ou salvar uma classe, ou servir um partido." Talvez que Machado de Assis não respondesse ao inquérito. Esboçaria o seu sorriso de Mona Lisa, faria a sua fuga. Calaria. E, no entanto, ele escreveu o *Quincas Borba* porque era o único homem senhor daquela realidade, daquela dor, daquela comédia. Se o romancista tivesse que defender, tivesse que acusar, não teria realizado a obra-prima.

Uma vez Paul Valéry fez esta pergunta do inquérito a André Gide. E Gide não parou para meditar. À queima-roupa respondeu ao crítico e ao poeta: — "Escrevo para não me matar." E o que Gide disse é tudo que há de mais sério e de mais trágico para o verdadeiro escritor, quando, para este escritor, escrever representa a sua realidade essencial. Escrever para poder viver, para salvar-se de um demônio com os poderes da criação. Foi isto que salvou Dostoiévski do suicídio: foi a sua literatura de substância tão profunda, tão densa, que se apresenta a nós outros como a confissão não de um homem mas de um povo. Sem pretender, sem ter assumido compromissos, o gênio russo passava do particular para o plano do universo. Ele era a Rússia de dor e de mistério sem ter imaginado nunca que, criando a sua gente marcada, ele marcasse uma nação inteira. Se fossem perguntar a Dostoiévski por que ele escrevia, talvez que ele respondesse: — "Para pagar as minhas dívidas de jogo." E a verdade é que ele escrevia para redimir. Nunca a redenção teve num escritor maior instrumento. Os seus homens e as suas mulheres se confessam sempre e chegam, às vezes, aos limites e às fronteiras do sobre-humano. São sempre homens, apesar de se parecerem com anjos e demônios.

Dostoiévski escrevia para viver. A sua luta interior, os seus conflitos tremendos, não eram travados com propósitos determinados. Ele vivia. E viver para ele era bater-se contra ele mesmo, contra o mundo, contra o próprio Deus.

Gide escreve para não se matar. Esta é a grande resposta. Escreve para sobreviver, para pôr-se em intimidade com a vida, ligar-se com ela. O criador, portanto, vencendo a morte. Se Gide se calasse, estrangulando seus poderes de criador, teria cometido mais que a sua própria morte, teria assassinado a humanidade. Ele poderia dizer: — "Escrevo porque posso. Porque nasci para isto. Porque vivo."

1941

OS OSSOS DO MUNDO

Há cinco anos atrás escrevia Albert Camus um magnífico artigo para confessar que nos tempos de hoje ilhas e fronteiras não mais podiam existir. Sabemos todos que num mundo em aceleração constante, quando se atravessa o Oceano Atlântico em horas, quando Moscou fala a Washington em minutos, todos somos forçados à solidariedade ou à cumplicidade. O que é verdade é que a injúria feita a um estudante de Praga fere, ao mesmo tempo, o operário de Clichy, que o sangue derramado à margem de um rio da Europa Central pode levar um camponês do Texas a derramar o seu sangue no solo das Ardenas, terra que nunca soube que existia. Não há mais um sofrimento solitário, todas as torturas são de todos os homens. Há americanos que querem viver isolados, numa sociedade que eles consideram a melhor. Muitos russos se contentam com as experiências de estatismos, em confronto com o mundo capitalista. Mas eles se enganam. Mesmo os problemas econômicos, por mais particulares que sejam, não podem viver fora da solidariedade das nações. O pão que a Europa come vem de Buenos Aires e as máquinas que lavram a Sibéria são fabricadas em Detroit. A tragédia é coletiva.

O mundo de nosso tempo pode ser unificado por um único Estado mais poderoso que os outros. A Rússia ou a América poderão operar esta transformação. Tudo isto pode acontecer, com o sacrifício das mais vivas particularidades. Mas, como homens, devemos fazer as nossas objeções. É que esta unificação só poderá ser estabelecida por uma guerra. Será uma guerra atômica? Será, estamos certos, uma guerra de mutilação irreparável. E a ordem que sair do sacrifício monstruoso só poderá ser uma ordem de cemitério. Houve um tempo em que Marx justificava, teoricamente, a guerra de 1870, a guerra do fuzil "Chassepot", uma guerra localizada. Nas perspectivas do marxismo, 100 mil mortos nada valem desde que há milhões a libertar. Mas a morte de centenas e centenas de milhões, pela suposta felicidade dos que restarem, é preço alto demais. O progresso vertiginoso dos armamentos, fato histórico ignorado por Marx, nos força a colocar o problema do fim e dos meios em nova equação.

O meio fará, na certa, estourar o fim cobiçado. E o nosso caro Albert Camus não trepida em condenar os processos hipócritas dos que falam em democracia internacional com a mesma ganância dos que falavam em nacionalismo ferrenho. Para ele, a única forma de sair a humanidade da tragédia seria o estabelecimento da lei internacional, acima dos Governos.

Nos cinco anos que atravessamos, desde 1945 até hoje, só temos assistido à briga de duas ordens que se querem impor. Ou melhor, de duas tiranias que se querem comer. O que sobrar desta antropofagia de canibais serão aqueles "ossos do mundo" da grande imagem do poeta pintor Flávio de Carvalho.

OS PERIGOS DA HISTÓRIA

Fala-se muito de que é a história mestra da vida.

E há os que se apegam às suas lições para decorá-las, ao pé da letra, reduzindo tudo ao que foi, ao passado, à vida morta. E o que resulta de tanto servilismo é que forças que andam a necessitar de expansão se retraem, são tidas e havidas como loucuras, desperdícios, caminhos de perdição. E assim como acontece com os indivíduos, sucede com as nações. Existem povos que são escravos do passado, de tal maneira escravos que nos comovem pela subserviência a fatos e coisas que são, verdadeiramente, sem relação com o mundo atual. E se refugiam nos museus para cheirarem o mofo das coisas, como em meio ambiente que lhes contenta os sentidos. São povos que vivem em eternos velórios.

Tudo isto tem a sua razão de ser, o culto dos heróis e das grandes tradições são normas dignas de nosso amor, quando não se transformam em religião, em fanatismo doentio. O homem precisa dos seus mortos, mas não deve viver dos seus mortos, como guardas de sepulcros. E resulta de todo este pegadio com os tempos findos uma deformação da personalidade que quase sempre conduz a uma loucura coletiva. Criam-se complexos que vão perturbar ou desviar naturezas que se dariam tão bem, que produziriam tanto, se não estivessem condicionadas à palavra de ordem, a sentenças feitas, a todo um mundo que só existe na imaginação ou no delírio dos que nele acreditam. Há pouco lia em Paul Valéry, homem de formação a mais ligada à tradição clássica, que a história é o mais perigoso produto que a química intelectual elaborou. Porque as suas propriedades são as mais conhecidas. A história faz sonhar, embriaga os povos, engendra saudades mórbidas, exagera reflexos, alimenta velhas feridas e conduz quase sempre ao delírio de grandeza ou à mania de perseguição. E pior do que tudo, torna as nações amargas, soberbas, insuportáveis e vãs.

Estas palavras do mestre Valéry nos retratam uma Itália imaginando a volta à Roma, uma Alemanha com o grande império de Carlos Magno na cabeça, uma Espanha com o delírio da *hispanidad*, como ambição de um governo filho de um crime velho que é o de Caim.

Enfim, estão nesta idolatria à história as raízes deste câncer político que é o fascismo.

Valéry diz muito bem que a história justifica tudo o que se quer porque nela existe tudo e ela dá exemplos para tudo. Assim, a mestra da vida se faz de tremendo carrasco, a sacrificar os homens e as ideias que os seus aproveitadores tomam para a matança.

As lembranças de César, de Frederico, de Filipe II, foram pontos de partida para as calamidades dos nossos tempos.

O HUMANISMO FRANCÊS

Em França, país de tantas raízes locais, o destino do homem, em geral, foi sempre a base de todas as suas revoluções.

A revolução que se chamaria francesa, para fixar um período da humanidade, foi uma revolução pela salvação do homem. Os direitos do homem estavam nos princípios fundamentais de 89.

Não era uma revolução para impor o domínio de uma particularidade, de uma raça, de uma nação. Era a revolução que concentrava nos seus ideais a felicidade do povo. Do povo do mundo inteiro. Ali se defendia a causa de todos os oprimidos: povos, raças, indivíduos.

Falava-se em consciência humana, pregava-se a independência de todas as nações, pretendia-se a vitória dos vencidos, dos fracos, aquilo que mais tarde se chamaria, com tanta ênfase, a comunhão dos corações, a era da justiça e do amor. Pela terra inteira se espalhariam esses sonhos de felicidade. Os homens terríveis da Revolução deram banhos de sangue, possuídos das iras das forças desencadeadas. Mas quando passou a onda de loucura geral, teríamos chegado aos grandes princípios regeneradores.

E aí o humanismo da França pôde expandir-se e florescer na democracia política e social que viera da sabedoria dos filósofos para a realidade desta nossa atormentada terra que pisamos.

Para a usurpação dos Bonaparte, o sacrifício dos iluminados da Comuna, a grandeza do povo das ruas de Paris.

Quando escuto falar da decadência da França, eu costumo dizer sempre que o povo que fez a revolução de 89 não poderia se esgotar assim tão depressa. Há o povo francês mais vivo, mais cheio de vontade e de recursos morais do que imaginam os fáceis simplificadores de fatos. Há, entranhada no solo da França, uma consciência de liberdade que, na hora decisiva, florirá como semente que não apodreceu.

HEINE SALVARÁ A ALEMANHA

Mais uma vez o poeta infeliz, o desgraçado judeu de Düsseldorf, abandonado dos homens, sem vintém, exilado, perseguido pelo seu Deus e amargo de alma, pelo infortúnio do amor, venceu a fúria dos senhores autômatos de sua pátria. Mais uma vez Henri Heine, o lírico de coração pungente, derrota a soberba dos políticos cruéis, dos que não o queriam poeta da Alemanha. Guilherme II e Hitler foram arrasados e o poeta volta a ser o que sempre fora, a voz de íntima e eterna mágoa, o coração tocado de amor ferido. Banido de sua terra, morrera em França quase como um indigente, enquanto a Alemanha dos homens que o odiavam crescia em poder material, armava exércitos, endurecia a alma para o crime, fundia seus engenhos assassinos. A poesia de Heine não era própria para um prussiano que pretendia conquistar o mundo.

Conta-se que a imperatriz Elizabeth da Áustria, para se consolar de suas desgraças, mandara construir no seu palácio de Achilléon um jardim que lembrasse um sonho de amor. E em Corfu, às margens do Jônio, fizera crescer um pedaço do paraíso. E entre oliveiras e ciprestes mandou construir um templo para sobre ele colocar a branca estátua do poeta Henri Heine que se mostrava no mármore, a morrer, com os olhos fechados, com a cabeça caída sobre uma folha de papel onde a sua mão acabara de escrever o seu último verso. A imperatriz quisera que o seu poeta amado ficasse ali à beira do mar cercado de roseiras, embriagado pelo perfume das laranjeiras, como se tudo aquilo fosse o mundo de sua poesia, um mundo que não fosse o de sua vida de degredado.

Mais tarde, em 1911, o *Kaiser* comprara o palácio encantado para transformá-lo numa base de submarinos. E mais uma vez Heine seria vítima do ódio alemão. A estátua do poeta fora destruída. Aquele canto de cisne negro doía na carne dura dos guerreiros bárbaros.

Em 1918 o poeta voltava à pátria. Os seus poemas de amor, as suas estátuas seriam postas nos seus lugares. Mas a barbaria logo depois ganha outras batalhas. E Heine é cuspido, é tratado como um cão leproso, Hitler manda que se ultraje a sua memória.

E, no entanto, nos dias de hoje, a memória de Hitler fede mais do que o seu cadáver.

A poesia que os *gangsters* do nazismo haviam banido da Alemanha é o que ainda resta da desgraçada pátria em ruína. Porque, enquanto existir o canto deste que um dia chamaram de um Ariosto triste, de um Dante alegre, de um Voltaire de alma, existirá a Alemanha que não poderá desaparecer, como uma Cartago. Em Cartago não havia um Heine, não havia um Goethe.

O DEVER DOS HOMENS DE LETRAS

O homem de letras está sendo chamado por todos os lados para uma definição. Querem que ele abandone agora a "torre de marfim", o plano da pura contemplação, para cair no meio das paixões que agitam o mundo.

O fascismo mobiliza seus recursos de catequese invocando grandezas do passado mas sugerindo, ou melhor impondo, uma limitação grosseira da liberdade. O homem reduzido a um alto-falante das frases dos *Duces* e dos *Fuehrers*. O escritor fica reduzido a um apologista da nação, da raça, de ídolos outros que não têm a beleza dos ídolos de oiro do deserto. O homem só terá um direito, o de erguer a mão em obediência à vaidade e às extravagâncias de um seu semelhante. Reduz-se assim o animal pensante de Aristóteles a uma pobre besta movida e guiada pela vontade de um chefe, que é de carne e osso, sujeito, como qualquer um de nós, a erros e desvairos.

A pessoa volta à categoria de coisa, os impulsos criadores se encabrestam, o homem não passa de um autômato, uma vítima, em vez de uma força em ação. Invocam pátria, família, Deus, para seduzir as multidões; os seus apegos ao passado. Mas Deus não faz uma grande figura no fascismo. Deus é apenas um instrumento de caça, uma armadilha preparada com propósitos e intenções. A vontade dos chefes vale mais que os poderios celestes. O verdadeiro Deus é aquele a quem os homens deverão prestar juramento de vida e morte. Não é a Deus que eles oferecem o que há de essencial no homem, a sua vida. É ao chefe, tão da terra, tão falível de julgamento como qualquer um de nós.

Para um homem de letras o apelo do fascismo é o chamado para a canga, para o trabalho forçado, para a dispersão da personalidade. O escritor fascista só terá um direito, o de nivelar-se com um juramento de fidelidade a um homem.

Antes, o poeta era o escravo de Deus, o servo de uma força que não se via berrando em comícios, exaltando a violência. O poeta cantava glórias e belezas invisíveis. Deus estava no céu e era a suprema beleza, um ideal transcendente, que só tinha descido à terra para tomar formas perfeitas.

Quando os homens saíam para as Cruzadas levavam uma ambição que não era a ambição dos dias de hoje, de tomar terras, poços de petróleo. Podia haver uma vontade oculta nas Cruzadas, mas os guerreiros daquele tempo morriam pensando que estavam libertando lugares santos.

Chamar os homens de letras para a luta, para exaltar os piores instintos do homem, os mais baixos e os mais vis, que são os da guerra, é querer reduzir forças nascidas para a criação mais alta a instrumentos de destruição. Louvar a Deus ainda é uma maneira do homem se sublimar, mas louvar a guerra será sempre um ultraje à espécie humana.

Os intelectuais no Brasil que estão sendo tentados por uma ideologia de extrema direita deviam levar mais a sério as suas faculdades de pensar e de sentir. Para todos nós que vivemos da liberdade, o compromisso com partidos absorventes é mesmo que um suicídio, um abandono de todo o nosso privilégio de estarmos acima dos porcos e dos lobos.

1935

"ONDE ESTÃO OS NOSSOS SONHOS?"

O sábio Hortz, de sapatos rotos, de camisa velha puída, arruinado pela miséria que a guerra de 1914 trouxera, um pobre homem perdido para o seu tempo perguntava a Shawcross de Peterioou, deputado socialista da Câmara dos Comuns: onde estão os nossos sonhos? Para o grande médico alemão tudo se fora, tudo findara com a derrota da pátria. Este queria saber, no entanto, do inglês que já fora ministro de Sua Majestade, que lhe trazia a mulher de pulmões arrasados, a que fora uma palavra de guerra contra os privilégios, contra a fome, contra os homens duros do partido conservador, para onde teriam ido os seus sonhos. Ann, a loira Ann, dos primeiros dias das batalhas proletárias, estava ali, quase morta, na montanha acolhedora, onde o sol brilhava intenso e tudo era cheio de cantos de pássaros. Ali estava um sonho de Shawcross quase no fim. Floriam espinheiros e laburnos, na primavera alemã. Ann, que dera a sua alma para o jovem Hermer destruir os dragões dos governos inimigos do povo, que conhecera o ar pestilento das prisões inglesas, morria, de manso, na paz idílica da aldeia que também morria de fome. Os raios do sol poente iluminavam o vale, à minha frente, escrevera o político no seu diário, e perto uma toutinegra cantava numa macieira. Súbito a toutinegra voou, deixando cair uma chuva de pétalas sobre Ann.

Onde estão os nossos sonhos? queria saber o sábio Hortz, do deputado inglês. Tudo para aquele fora devorado pela guerra, e tudo para o outro destruído pelo tempo. Shawcross trazia a mulher moribunda, e todo ele parecia a mocidade morta.

Howard Spring, que já nos contara a vida triste do *Meu filho, meu filho*, aparece com um romance que é como toda a história de cinquenta anos da Inglaterra. Tudo que houve de guerra de classes, de operários contra senhores, de homens contra mulheres, de castelos contra cortiços fedorentos, de desperdício contra a fome, aparece no novo romance de Spring, com penetração tão profunda na realidade, que nos deixará estarrecidos, íntimos da vida interior de um povo que é capaz de criar um *lord* Lostwithiel, velho lobo com senso de humor, e uma mulher terrível e humana como Pen, criatura alimentada com as dores de sua classe. A história de Shawcross é a carreira de um homem que quer fazer a viagem perigosa de uma classe para outra. Shawcross tenta sair de Pen, para Lostwithiel. Esta foi também a caminhada do partido que a geração de Shawcross fizera erguer-se dos sonhos do proletariado inglês. Como ele o partido que era corpo e alma dos trabalhadores se perderia na viagem perigosa. O partido trabalhista terminaria na Câmara dos *Lords*, como o deputado Shawcross. Tudo o que Arnold e Pen sonhavam para os pobres homens de Manchester, para os miseráveis mineiros do País de Gales: o pão, a casa, a paz, a velhice amparada, os direitos de viver como gente, tudo se perdera entre as mãos do partido que se criara com Hardie, para liquidar com os privilégios. Quando o alemão Hortz perguntava a Shawcross pelos sonhos de cada um, feria-o na alma, nas suas ideias, no seu coração dilacerado. Ele, como ninguém, encarnava o partido que traíra, mas que traíra no plano lógico, para ser fiel com a vida que eles viviam. A tragédia do político como este Shawcross que era filho de pai ignorado, de mãe do povo, é que a vida o conduz, sem que ele possa resistir, ao castelo do velho *lord* Lostwithiel. É um renegado, sem a consciência do crime.

Quem quiser conhecer o drama do partido trabalhista, que leia este romance de Howard Spring. Li-o, quase de um fôlego, nos últimos instantes de 1942. Quando os derradeiros minutos do ano se consumiam, estava eu com o velho visconde de Shawcross, aquele que fora o menino caixeiro de uma quitanda, o filho de uma mulher perdida, o pobre John Hermer que amava o velho avô Guerreiro, o do sabre que reluzia como a verdade.

Ouvia estoiros de bombas anunciando o 1943 que botava a cabeça de fora. O velho visconde, na cabana solitária, para onde fora para mais sentir-se na intimidade de seus fantasmas, voltava ao dia de seu casamento. Lembrava-se bem. A neve caía sobre a cabana, espanejava lá fora a ventania. Ficaram os dois nas trevas da noite. Depois viram que uma luz estava viva nos seus corações. Era uma luz tão pequena, dissera ele a Ann, mas que bastava para o amor.

Agora o velho visconde se volta para a pequena luz da cabana e diz:

"Ó pequena luz! Venha ao mundo! Venha ao mundo tão cheio de vendavais e de trevas!"

CRÔNICAS ESPORTIVAS

A DERROTA

Vi um povo de cabeça baixa, de lágrimas nos olhos, sem fala, abandonar o Estádio Municipal como se voltasse do enterro de um pai muito amado. Vi um povo derrotado, e mais que derrotado, sem esperança. Aquilo me doeu no coração. Toda a vibração dos minutos iniciais da partida reduzidos a uma pobre cinza de um fogo apagado. E, de repente, chegou-me a decepção maior, a ideia fixa que se grudou na minha cabeça, a ideia de que éramos mesmo um povo sem sorte, um povo sem as grandes alegrias das vitórias, sempre perseguido pelo azar, pela mesquinharia do destino. A vil tristeza de Camões, a vil tristeza dos que nada têm que esperar, seria assim o alimento podre dos nossos corações.

Não dormi, senti-me, alta noite, como que mergulhado num pesadelo. E não era pesadelo, era a terrível realidade da derrota.

(18/7/1950)

O FLAMENGO

Faz hoje cinquenta anos o grande Flamengo. Muita gente me pergunta por que sou flamengo. E a muita gente eu tenho dito que sou flamengo como sou romancista: pela força de meus bons instintos.

Há no Flamengo uma grandeza de alma que me atrai. Não é um clube de regatas ou de *football*: é uma instituição nacional. Há todo o Brasil no Flamengo, todas as raças, todos os credos, todas as classes, todas as paixões generosas. Sou assim flamengo pelos meus impulsos e pelas minhas reflexões. Sou flamengo de corpo e de alma, a todas as horas, em todos os instantes. O que me domina no Flamengo é a sua extraordinária universalidade. É o clube do povo. Do povo que vai de Mário de Oliveira, homem de muitos milhões, ao "Vai na bola", o mais pobre dos homens. É por isto que não há os que rasgam carteira no meu clube. Há os que choram e morrem de paixão pelas nossas derrotas e os que cantam pelas suas glórias, que são muitas.

Cinquenta anos de glórias, cinquenta anos de vitórias. Podem dizer tudo o que quiser, podem encher o mundo com todos os campeonatos e todas as faixas. Há o Flamengo e enquanto existir o Flamengo não há glória maior e pendão mais soberbo.

(*Jornal dos Sports*, Rio de Janeiro, 15 nov. 1945, p. 3)

FÔLEGO E CLASSE

Muita gente me pergunta: mas o que vai você fazer no futebol? Divertir-me, digo a uns. Viver, digo a outros. E sofrer, diriam os meus correligionários flamengos. Na verdade uma partida de futebol é mais alguma coisa que um bater de bola, que uma disputa de pontapés. Os espanhóis fizeram de suas touradas espécie de retrato psicológico de um povo. Ligaram-se com tanta alma, com tanto corpo aos espetáculos selvagens que com eles explicam mais a Espanha que com livros e livros de sociólogos. Os que falam de barbarismo em relação às matanças de touros são os mesmos que falam de estupidez em relação a uma partida de futebol. E então, generalizam: É o momento da falta de espírito admirar-se o que os homens fazem com os pés. Ironizam os que vão passar duas horas vendo as bicicletas de um Leônidas, as "tiradas" de um Domingos. Para esta gente tudo isto não passa de uma degradação. No entanto há uma grandeza no futebol que escapa aos requintados. Não é ele só o espetáculo que nos absorve, que nos embriaga, que nos arrasa, muitas vezes, os nervos. Há na batalha dos 22 homens em campo uma verdadeira exibição da diversidade da natureza humana submetida a um comando, ao desejo de vitória. Os que estão de fora gritando, vociferando, uivando de ódio e de alegria, não percebem que os heróis estão dando mais alguma coisa que pontapés, cargas de corpos; estão usando a cabeça, o cérebro, a inteligência. Para que eles vençam se faz preciso um domínio completo de todos os impulsos, que o homem que é lobo seja menos lobo, que os instintos devoradores se mantenham em mordaça. Um preto que mal sabe assinar a súmula, que quase não sabe que é gente, assume uma dignidade de mestre na posição que defende, dominando nervos e músculos com uma precisão assombrosa. Vemo-lo correr de um lado para o outro, saber colocar-se com tal elegância, agir com tamanha eficiência que nos arrebata. Vi Fausto, aquele que o povo chamava de "Maravilha Negra", dentro de um campo, com 30 mil pessoas, com os olhos em cima dele, vencendo adversários, distribuindo "passes" com o domínio de um mágico. Era um rei no centro do gramado, dando-nos a impressão que tudo corria para os seus pés e para a sua cabeça. Ouvi, outro dia, um torcedor, homem do povo, dizendo: "Ah! como o finado Fausto não aparece outro. Aquele comia a bola". Aí está bem a imagem verdadeira, a imagem que diz tudo. *Comer a bola.* É como se a bola só fosse dele, uma comida de seus pés de maravilha. O que havia em Fausto é o que há em Brailowsky; é a perfeição da virtuosidade, é o gênio do artista que venceu as dificuldades com mais alguma coisa que o exercício. Fausto não era só o homem feito pelo treino era o dono de uma fabulosa força nativa. O que dá a Brailowsky a sabedoria não é o cuidado com a sua preparação, é o seu poder de ser da música como um instrumento feito de carne e nervos. Um Fausto não se faz, nasce, projeta-se como obra de Deus. Domingos é outro que é mestre desde os 19 anos de idade. Quando apareceu em Bangu vinha para ser o maior de todos os tempos, uma natureza de homem frio que trabalha como um cirurgião. Não há na natureza dele o brilho, a cor. É um mestre do claro--escuro. Domingos é dos que gostam de machucar os nervos das multidões. Às vezes, ele brinca com fogo, arrasta o seu arco a perigos iminentes. E lento como se quisesse matar os *fans* do coração, ele faz as suas "tiradas" que são verdadeiros golpes de vida ou morte. Domínio de nervos e de músculos que nos deixa orgulhosos da espécie humana. Mas, mais do que os homens que lutam no gramado, há o espetáculo dos que trepam nas arquibancadas, dos que se apinham nas gerais, dos que se acomodam nas cadeiras de pistas. Nunca vi tanta semelhança entre tanta gente. Todos os 70 mil espectadores que enchem um "Fla-Flu" se parecem, sofrem as mesmas reações, jogam os mesmos insultos, dão os mesmos gritos. Fico no meio de todos e os sinto como irmãos, nas vitórias e nas derrotas. As conversas que escuto, as brigas que assisto, os ditos, as graças, os doestos que largam são como se saíssem de homens e mulheres da mesma classe. Neste sentido o futebol é como o carnaval, um agente de confraternidade. Liga os homens no amor e no ódio. Faz que eles gritem as mesmas palavras, e admirem e exaltem os mesmos heróis. Quando me jogo numa arquibancada, nos apertões de um estádio cheio, ponho-me a observar, a ver, a escutar. E vejo e escuto muita coisa viva, vejo e escuto o povo em plena criação. Outro dia acabava de ler um artigo de Augusto Frederico Schmidt, sobre clássicos e modernos. Jogava o Flamengo com o Fluminense. Era uma partida que os jornais chamavam de clássica. Então, ouvi dois pretos na conversa: "É o que lhe digo, esta história de futebol ensinando demais dá em 'lero-lero'. No meu tempo futebol se jogava no campo. E a gente via um Candiota, um Nery, um Mimi Sodré, e fazia gosto. Agora não. O jogador entra em campo com o jogo mandado. E dá nisto, neste 'lero-lero'".

Aí o outro negro falou: "Qual nada. Isto é classe". "Que classe, que coisa nenhuma. São uns mascarados", foi dizendo o primeiro. "De que serve a classe se eles não têm fôlego?"

Ouviu-se um grito tremendo de todo o estádio. Era Domingos que fazia uma "tirada" como um toureiro que matasse um touro bravo.

"Este tem classe", disse o primeiro negro.

"É, mas tem fôlego também", disse o segundo negro.

E aí estava todo o problema que eu e o poeta Schmidt debatíamos. Fôlego e classe.

VOLTA À CRÔNICA

Não quis Mário Filho que encerrasse a minha carreira na crônica esportiva e me chamou para o convívio de seu jornal. Confesso que já começava a sentir saudades da coluna que me dera tantos trabalhos e tantas alegrias. A primeira vaia de minha vida conquistei por causa de uma palavra mal interpretada, numa crônica de bom humor. E a experiência da vaia valeu o "caviloso" pouco conhecido.

A um escritor muito vale o aplauso, a crítica de elogio, mas a vaia, com a gritaria, as "laranjas", os palavrões, deu-me a sensação da notoriedade verdadeira. Verifiquei que a crônica esportiva era maior agente de paixão que a polêmica literária ou o jornalismo político. Tinha mais de vinte anos de exercício de imprensa e só com uma palavra arrancava de uma multidão enfurecida uma descarga de raiva como nunca sentira.

Volto à crônica com o mesmo ânimo, com o mesmo flamenguismo, com a mesma franqueza. Nada de fingir neutralidade e nem de compor máscara de bom moço. Mas só direi a verdade. E este é um compromisso que estará acima de meu próprio coração de rubro-negro. Sou tão amigo de Platão como da verdade. Mas espero que o meu caro Platão esteja sempre com a verdade.

(*Jornal dos Sports*, 7 mar. 1945)

O BRAVO BIGUÁ

Todo o estádio viu-o cair fulminado, como se uma bala o tivesse atingido no coração.

Todos os rubros-negros sentiram aquela dor imensa que prostrava o seu maior herói, naquela tarde de sombra e neblina.

Era o índio Biguá vítima de uma cilada do destino cruel. Vi a sua dor na fúria com que se encheu para redimir com um gol aquele outro que derrotara sua equipe.

Vi-o de cabeça baixa no vestiário, e lhe teria dito, com toda a minha paixão de flamengo traído pela chance: "Nada de cabeça baixa, índio bravo, se há no Flamengo quem possa andar de cabeça levantada és tu, esteio de nossas vitórias".

Depois vi-o nos braços do povo, carregado pelos fãs, a correr lágrimas dos seus olhos. Então eu me lembrei das palavras do pajé de Gonçalves Dias ao filho:

> *Não chores, meu filho;*
> *Não chores, que a vida*
> *É luta renhida:*
> *Viver é lutar.*
> *A vida é combate,*
> *Que os fracos abate,*
> *Que os fortes, os bravos,*
> *Só pode exaltar.*

Índio Biguá, de tuas pernas de bronze e de tua coragem de leão muito espera o Flamengo, que não se entrega nunca.

(18/9/1945)

AS FÚRIAS DE UM TORCEDOR

Um torcedor vascaíno andou distribuindo um boletim contra a minha humilde figura. Em homenagem ao torcedor transcrevo nesta minha humilde coluna o manifesto tão carinhoso. Apenas permita-me o corajoso torcedor: não fumo charuto e continuo a pensar que as traves salvaram o Vasco de sua única derrota no campeonato. Eis aí o torcedor, na sua melhor fúria:

"Vascaínos!

O nosso Clube de Regatas Vasco da Gama tem sido sempre ofendido pelo Sr. José Lins do Rego, o famoso introdutor do palavrão na literatura nacional.

Ainda no dia 15 de novembro próximo passado, após o jogo Vasco x Flamengo, o 'Zé Lins do Rego', pelas colunas do *Jornal dos Sports* procurou, como sempre, quando está magoado, pôr as unhinhas de fora. Procurou menosprezar o valor do nosso quadro, com os seus conhecidos epítetos sorrateiros.

Sendo ele um flamenguista que sofre a neurose de 'Flamengo campeão', esquece facilmente das gentilezas recebidas do velho almirante, hoje campeão de terra e mar.

Gozando do privilégio excessivo da turma vascaína, não deixa de quando em vez de praticar as suas escariotadas. Usando e abusando de nossa tribuna de honra do nosso Vasco da Gama, confortavelmente instalado, fumando bons charutos e saboreando o melhor café que a Diretoria do nosso clube lhe oferece, ainda se acha no 'direito' de cuspir no prato que comeu de véspera.

Enquanto 'Rego do Lins', ou vice-versa, se refestela no melhor quinhão vascaíno, grande número de seus sócios assiste de pé, mal acomodado, acotovelado ou ensanduíchado, às partidas do seu clube.

Refestelado na tribuna de honra do nosso clube, o peralta torce rasgadamente contra este.

Por isso, perguntamos aos vascaínos – que devemos fazer com o 'do Rego'?

É bem merecedor de uma grande vaia.

E avisamos a quem interessar que a Diretoria do nosso querido Clube de Regatas Vasco da Gama nada tem a ver com esta manifestação de desagravo."

(*Jornal dos Sports*, Rio de Janeiro, 13 dez. 1949, p. 5)

NADA DE ACADEMIA

Caro Pedro Nunes: Nada de Academia. Eu sou um homem comum que não se dá bem com os homens imortais. Imortal mesmo só Deus, meu caro Pedro Nunes. A Academia é um magnífico refúgio da sabedoria. E eu não sou um homem sábio. E nem mesmo um homem sabido. E se você, com tanta gentileza, lembrar-se de mim para o fardão, foi lembrança que, se não partisse de quem partiu, eu diria que era coisa de amigo da onça.

Caro Nunes, pelo que vejo, você quer se ver livre do seu velho amigo, com essa história de fardão, de Academia, de solenidades.

Como poderei torcer pelo Flamengo amarrado nos dourados arreios de luxo?

(15/6/1948)

O CARÁTER DO BRASILEIRO

A Copa do Mundo, que se acabou tão melancolicamente, deu-me uma experiência amarga, capaz de completar as minhas observações sobre o caráter do nosso povo.

Vimos, no Estádio do Maracanã, uma multidão como raramente se tem aglomerado, em manifestações coletivas, no Brasil. Vimos 200 mil pessoas comprimidas numa praça de esportes, nas reações mais diversas, ora na gritaria das ovações, no barulho das vaias ou no angustioso silêncio da expectativa de um fracasso.

Ali estava todo o povo brasileiro, uma média de homens e mulheres de todas as classes sociais. Não era o Brasil de um grupo, de uma região, de uma classe. Não. Era o Brasil em corpo inteiro.

Para o observador social, para os que têm o poder de revelar o que há de particular nos povos, o campo era o mais propício. Mas para mim as observações começaram antes dos jogos sensacionais. Tive a oportunidade, como dirigente, de travar conhecimento, mais íntimo, com os que procuravam acomodações, com os que tinham parcela de mando, com os que se sentiam com o direito de crítica, e mais ainda, com a lama das sarjetas, que queria passar pela água mais lustral deste mundo.

E me perguntará o leitor: Que impressão lhe deixou o brasileiro? Boa ou má?

Eu diria, sem medo de cair no exagero: uma boa impressão. Senti que havia povo na Nação – nova gente com capacidade de se congregar para uma causa, para uma obra, para os sofrimentos de um fracasso. Fizemos um estádio ciclópico, em menos de dois anos; organizamos um campeonato mundial, o de mais ordem até hoje realizado; formamos uma equipe quase perfeita de futebol. E, quando o título nos fugiu das mãos, soubemos perder, dando aos turbulentos sul-americanos uma lição de ética esportiva.

Aí está o lado positivo e bom do caráter brasileiro. Mas há os outros lados. Há os nossos defeitos, as nossas fraquezas, as nossas deficiências.

Sim, há o brasileiro que é um adorador da vitória, o homem que não admite o fracasso. Vencesse magnificamente a nossa equipe, e tudo estaria no ápice. Subia-se a montanha de um fôlego só. Nada havia melhor do que o Brasil. Seríamos, no mínimo, os maiores do mundo. Mas se, numa luta de igual para igual, perdeu-se a batalha, como aconteceu na última partida, então não seremos mais os maiores do mundo, passaremos a ser os piores. Cospe-se na cara dos heróis que, três dias antes, tinha-se carregado aos ombros.

Em todo caso, passado este insulto de abissinismo, voltamos ao espírito de justiça e chegamos a reconhecer a fraqueza que cometemos. Não persiste o brasileiro no erro e fica à espera de outra vitória para adorar.

ROMANCE DO *FOOTBALL*

Outro livro de Mário Filho que tomou para substância e conteúdo humano o *football*. É que arrancou dessa prática esportiva a sua mais romanesca particularidade. Mário Filho é um homem que tem o dom da narração, de contar o que sabe e o que imagina, como rio que corre para o mar. Os fatos, os incidentes, os choques, as alegrias e as dores dos seus personagens se apresentam ao leitor, como um conto ou história de Trancoso, no mais simples e mais patético narrar.

Se é preciso carregar nas cores, para que a figura surja, no seu melhor pitoresco, o escritor Mário Filho não recorre aos retratos naturalistas, onde até os botões do casaco estejam no seu lugar. Nada. O escritor adota a técnica cinematográfica da câmara, e nos põe em contato com as suas personagens, no movimento da vida.

Neste sentido, a história de Jaguaré é uma obra-prima. O herói burlesco, o palhaço das exibições, de fleuma e acrobacia, o homem que brincava com os nervos das multidões, que fizera do *football* uma originalidade de circo, corre no filme de Mário, desde os dias de malandragem, com o gorro de marinheiro na frente da cabeça e a camisa por fora das calças, até os dias gloriosos da França ou das vitórias espetaculares do Vasco, à morte a pauladas, como se fosse um cachorro, danado, numa cidade do interior de São Paulo. O poder descritivo de Mário Filho atinge ao seu maior volume, ao vigor trágico, na narrativa que ele faz do desastre de Teresópolis, com o trem do Fluminense. O fato, nu e cru, cria um corpo de acontecimento empolgante. O trem a despencar da ladeira abaixo. E depois os gemidos, o sangue, os gritos, na desordem dos carros esfrangalhados, da máquina despedaçada no abismo. E morre Py, no silêncio da viagem lúgubre, com a presença de Vinhais, como guarda do velório. Esta é a grande página de Mário Filho, o seu maior poder de romancista, que sabe arrancar da realidade as suas seivas vitais.

O romance do football apresenta também o burlesco, a paixão que supera o ridículo como no caso daquele Guimarães, carona que queria, à força, um permanente do clube para poder exibir a sua importância de convidado credenciado.

Reli todo o livro de Mário Filho com o mais vivo interesse. E o que mais caracteriza as suas qualidades de narrador é a superioridade de sua natureza humana, a nota poética de que anda sempre nos fatos que ele isola para a sequência de seus filmes. Os homens de Mário Filho, desde os mais humildes aos mais graúdos, são criaturas que nos interessam, e nos comovem, homens que se entregam à paixão de sua partida de *football* para se comportarem à vontade dos acontecimentos, como folha ao vento.

(*Jornal dos Sports*, Rio de Janeiro, 7 jan. 1950, p. 5)

RACHEL DE QUEIROZ E O VASCO

Não sei se os meus amigos do Vasco sabem de uma coisa que lhes digo, com a minha pontinha de mágoa: Rachel de Queiroz é a vascaína mais roxa de toda a Ilha do Governador. Isto é o que ela diz.

Ora, tudo isso me intriga. Há em Rachel tudo para ser do Flamengo. É ela uma louca, uma lírica, uma autêntica paixão em violência. E, depois, filha do Ceará, que é o estado mais flamengo do Brasil.

E por que será Rachel tão do Vasco, capaz de sentir-se com este seu velho amigo quando anda ele em turras com o almirante?

Não posso explicar. O que digo é que me desespero com essa traição de Rachel.

Por que não ser do Flamengo, que é o clube de sua gente, ela que ama tanto o Ceará até o extremo de achar a Praça do Ferreira mais bonita que a Avenida da Liberdade de Lisboa?

Ora, Rachel, vamos acabar com essas mascaradas. Você é flamengo, você é bastante louca, bastante avoada para ser como um homem que perde a cabeça pelo vermelho e preto do meu clube.

E acabe, Rachel, de uma vez por todas, estes seus namoros com esse velho almirante, de barriga grande e bigodeiras.

O tal "guerreiro branco" de Iracema era conversa de José de Alencar.

Venha para o Flamengo, Rachel querida. Porque você já serviu os sete anos de obrigação. E venha para o amor de seu coração, que eu sei que é Flamengo.

(1/11/1946)

O CRONISTA, AS BORBOLETAS
E OS URUBUS

Fui hoje pela manhã, em caminhada a pé, até o estádio do Flamengo com o intuito de assistir ao treino do rubro-negro. A manhã era toda uma festa de luz sobre as águas, os morros. Alguns barcos ainda se encontravam na Lagoa e os pássaros dos arvoredos da ilha do Piraquê cantavam com alegria de primavera.

Tudo estava muito bonito, e o cronista descuidado e lírico começou a caminhada, para gozar um pedaço desta maravilhosa cidade do Rio de Janeiro. E com este propósito, de camisa aberta ao peito, procurou descobrir as borboletas azuis do seu caro Casimiro de Abreu.

Mas, em vez das lindíssimas borboletas, o cronista foi encontrando soturnos urubus, a passearem a passo banzeiro, por cima do lixo, das imundícies, dos animais mortos, de toda a podridão que a Prefeitura vai deixando ali, por detrás dos muros do Jockey Club. Fedia tanto o caminho que o pobre cronista, homem de noventa quilos, teve que correr para fugir, o mais depressa possível, daquele cenário nauseabundo. Mas a manhã era linda, e o sol, apesar de tudo, brilhava sobre o lixo, indiferente a todo aquele relaxamento dos homens.

(5/5/1945)

CRÔNICAS DE CINEMA

WALT DISNEY

Chegou de avião o criador do Pato Donald. É mais uma boa vizinhança, que nos aparece com mensagens, para nos falar em fraternidade americana. Mas este homem que chegou de avião, que trouxe a esposa, que veio presidir uma festa de caridade, é talvez o maior gênio que deu ao mundo o cinema. Maior que Chaplin, maior que o próprio cinema.

Chaplin realizou uma obra que se submete ao domínio, ao imperativismo da realidade. Mesmo engolindo aquele apito em *Luzes da cidade*, gesto mais livre de criador, ele é um escravo da realidade, um instrumento do homem.

Disney serve-se de uma técnica, utiliza-se de máquinas, de material inanimado, e vai além de todos, impondo a sua realidade; os seus poderes mágicos submetem a realidade de todos os dias, a tragédia do homem, o cômico e o dramático da vida.

Chaplin quer fazer humor, é um requintado, um intelectual, que vem às massas de cima para baixo. A gente sabe que aquele bigode, que aqueles sapatos, que aquele fraque, aquele chapéu-coco, é arranjo, coisa de que se utiliza Chaplin, como um ilusionista de cartola, coelhos e pombos.

É verdade que o fraque, o chapéu-coco de Chaplin, se humanizam de tal forma que chegam a ter vida de gente. É aí que Chaplin é mais gênio. É quando tira, de coisas simples, efeitos de mágica. É o Chaplin maior que o pobre-diabo que ele inventou, aquele desgraçado que anda na corda sem ser saltimbanco e come sola de sapato como bife, com aquele sorriso que não nos mostra os dentes que não são feitos para morder.

Chaplin é um clássico. É o menos barroco dos criadores. Ele mesmo disse uma vez que todo o seu desejo era conquistar os maiores efeitos com o mínimo possível de meios. É um homem do teatro grego.

Walt Disney é o contrário. É o menos clássico e o mais barroco criador dos nossos dias.

A imaginação de Chaplin submete-se com todo o seu poder imenso a leis determinadas, a uma ordem rigorosa.

Tudo o que Chaplin não pôde dizer, Walt Disney nos disse; tudo o que Chaplin não quis fazer, Disney fez.

O gênio barroco tem esta força do céu, é mais próximo de Deus, é o gênio inventivo, o gênio que se sobrepõe às leis, às formas estabelecidas. Quando Walt Disney se manifesta através de suas flores, de seus bichos, de seus rios, dos seus mares, a gente é forçada a reconhecer que a sua técnica faz o que à gente não é permitido: faz o milagre. E tudo isto sem perder contato com a terra. É aí que está a força do barroco. É que ele é maior do que o homem, sem deixar de ser humano.

Uma vez, falando de Van Gogh, eu lembrava o barroco para falar da virgindade do gênio de um pintor que transformava as cores em substância viva, de um criador que dominava os elementos, que ia além das regras, para ser maior que as regras, e não como a mediocridade que se revolta para continuar mais medíocre ainda. Em Van Gogh havia muito do cinema animado, ou, melhor, o cinema animado tem muito de Van Gogh. É que ambos provêm da mesma origem, são, todos dois, gênios barrocos.

Pode parecer que me esteja servindo de palavras para um jogo retórico. Poderão dizer que falar de Chaplin e de Walt Disney é querer estabelecer ligação entre duas paralelas. No entanto, ambos existem como sempre existiram no mundo as duas espécies de criadores: os Leonardos e os Miguel Ângelos; o teatro grego e o teatro espanhol; a Acrópole e a Catedral de Lima.

Walt Disney está entre nós. Ele vem ver o país que é muito a terra dos seus planos, onde há muita cor, muita forma, muita grandeza, muito volume à espera das maravilhas do seu lápis. Ele viu as águas do Amazonas, e está vendo o azul do mar, essa vegetação furiosa de seiva que tanto entusiasmou a outro poeta barroco que é Paul Claudel, apesar de toda a sua ciência clássica.

Walt Disney deve sair para as nossas matas. Lá ele encontrará uma gente bem viva para matéria-prima dos seus contos. Encontrará o nosso saci-pererê, gênio do bem e do mal, espécie de anjo de duas cabeças, que é providência de Deus e molecagem do Diabo.

Queria saber como se estabeleceria uma conversa entre Disney e a caipora viciada querendo tomar o fumo do cachimbo de Disney. Queria ver Disney acuado com a ruindade da caipora.

Se o mago americano se encontrasse com o lobisomem, que faria ele? Saberia rezar as três ave-marias?

Disney é um gênio e os gênios sabem o que fazem. O seu poder criador transformaria a caipora, o saci-pererê e o lobisomem em bichos domésticos do seu quintal. O gênio é Deus na terra. Deus em carne e osso pode fazer tudo: secar as águas dos mares e apagar as estrelas do céu.

Mas, Walt Disney, cuidado com o saci-pererê! Ele é gênio também.

1941

BUSTER KEATON

Buster Keaton foi um astro de cinema que se apagou. Como Harold Lloyd ele conseguira um lugar bem seu no filme cômico. Enquanto o rapaz de óculos mostrava os dentes no mais cândido sorriso, o outro parecia um mocho, de olhar duro, de cara fechada, arrastado pela mágoa de alguma dor secreta. A força de Keaton estava justamente em fazer rir pela sua invencível falta de sorte. Era o homem do azar constante. Havia nos seus gestos, nas suas atitudes, uma marca visível de tragédia. E o homem soturno arrebentava o povo de rir. Ali tinha-se a prova da crueldade da natureza humana.

Uma vez Chaplin dissera a um jornalista francês: *"Le fait sur lequel je m'appuie plus que sur tout autre, par exemple, est celui qui consiste à mettre le public en face de quelqu'un qui se trouve dans une situation ridicule et embarrassante"*.

Keaton foi além. O seu poder de cômico estava em se fazer, o mais que podia, de desgraçado. Não daquela desgraça que nos comove, a lírica desgraça chapliniana. A desgraça de Buster Keaton nos faz rir, mas termina a nos irritar. Ele não contava com o amor do público. Era o típico "pé-frio", o sujeito que nos faz medo.

Dizem que Buster Keaton está louco, recolhido a uma casa de saúde. A sua comicidade terminou na tragédia que a sua cara sinistra anunciava.

(*O Globo*, 12 jul. 1944, p. 5, Vespertina)

"EU SOU DOUTOR"

Um meu amigo muito triste e muito sábio me perguntava alarmado: "Você entende profundamente de cinema?". E quando eu lhe respondi que sabia somente ver uma fita e gostar ou não gostar, como qualquer pessoa, ele me olhou com piedade e falou com certo azedume: "Isto é não ter respeito ao público". E saiu muito triste com a sua irritação que me abalou.

Mas tocava numa loja de rádios uma vitrola um velho samba que contava a história de outro sábio de sombria tristeza. A música brasileira havia tomado o mestre urubu para tema de melodia. Era que para uma festa chegara o infeliz corvo, todo de preto, solene para a dança animada. Então diziam para ele:

"Ora, dança, urubu"
E ele respondia:
"Eu não, senhor."
"Por que, urubu?"
"Eu sou doutor."

Ali estava o segredo daquela tristeza de doer. O bicho feio era doutor. E enquanto a festa corria, enquanto a alegria se espalhava pela casa satisfeita, o sábio, de fraque, para um canto, media, avaliava, somava, subtraía, analisava todas as coisas que via. Um urubu de tanto saber não desceria de sua dignidade para ser da vida como os outros. Era um doutor.

Lembrei-me do meu amigo irritado, tão daquela categoria do mestre urubu, que era sábio demais para ser da vida como eu era. Que ele ficasse com a sua sabedoria e com a sua tristeza.

Falarei de cinema à vontade. Eu não sou doutor.

(*O Globo*, 18 abr. 1944, Geral, p. 5)

BRANCA DE NEVE

Já vi *Branca de Neve* umas três vezes e sempre encontro na obra de Walt Disney qualquer coisa de novo. Afirmou-me um teórico do cinema que esta produção é uma queda da verdadeira concepção do desenho animado. Perde o desenho da sua originalidade com a fábula em longa-metragem, com o desenvolvimento lógico da ação. E por isto Walt Disney, que chegara a obras-primas de invenção, se perdera no quase vulgar dos filmes falados. Escuto os técnicos, os amantes da arte pura, mas continuo a procurar a *Branca de Neve* e a gostar muito, a emocionar-me, a sentir na história a frescura de um conto de Trancoso. Pode ter razão o entendido de cinema. Prefiro, no entanto, ficar com os meus impulsos. Cinema é o que me comunica uma sensação de vida. *Branca de Neve* tem tudo para me encher as medidas. É uma história, é uma mistura de verdade e mentira que nos atinge de verdade. Pode nada exprimir de Arte com letra maiúscula. Mas é uma arte que não nos perde e não nos cansa a cabeça. É feita para nos enternecer, para nos arrastar de certas tristezas e amarguras da vida. Vou ver outra vez *Branca de Neve*, vou apaixonar-me pelos sete anões, e por todos os bichos da floresta. Os homens do cinema teórico, do cinema religião, do cinema macumba, que se enfastiem com todas as suas teorias. Bem tristes e enfadonhas teorias.

(*O Globo*, 29 jun. 1944, Vespertina, p. 5)

O ZOLA DO CINEMA

Não sei por que me senti humilhado vendo o Zola que o cinema criou. Humilhado de muito pouco ter lido de Zola, de ter passado pela sua obra sem me deter, de pô-lo à margem de meu entusiasmo. Mas tudo isto eu devo a Barbey d'Aurevilly, que li aos 18 anos. Barbey marcou em mim profundamente as suas afeições e os seus ódios. O Zola dele era um pobre suíno, um homem condenado a vida inteira a olhar para os pés.

Toda a crítica de Barbey era feita com esta força de sujeitar o leitor a uma absorvente obediência. E o que mais concorria para isso era o gênio dele, a sua penetração, o seu gosto pela imagem, sua capacidade de falar sem medo, embora contra todos, embora contra ele estivesse o mundo. A crítica de Barbey a Zola foi impiedosa, e justa em muitos pontos. O naturalismo queria medir o mundo só pelo que havia de sujo e de triste no mundo. O homem devia ser um ser desprovido de toda e qualquer espécie de grandeza que não fosse a de ser animal. Mais uma vez a ideologia sacrificava o indivíduo, a pessoa, tentava, propunha um método infalível de ver e sentir. Zola fora ao extremo. Era aí que Barbey encontrava o subsídio para as suas restrições. Ele que havia desmontado o relógio de cientificismo que era a "Inteligência" de Taine, mostrando a fraqueza de todas as peças, vinha para a crítica literária investir contra o que lhe parecia "tainismo" no romance. Para ele o romance de Zola nada era mais que um produto de Taine.

O filósofo negou a paternidade, mas o crítico os ligara para destruí-los melhor. Lendo Barbey, deixara Zola de lado. Havia Balzac, havia Stendhal, havia Huysmans.

O cinema nos trouxe um Zola que estava quase morto literariamente. Mesmo para os críticos sem paixão, independentes, como Thibaudet, a obra de Zola era *"une grande oeuvre qu'on ne lit plus guère"*, enquanto um Maupassant *"subsiste d'un bout à l'autre à peu près, intact et robuste"*. É verdade que Gide no seu jornal voltou a falar de Zola como de um de seus preferidos. Talvez que fosse o Zola que era grande, apesar de sua obra, o que Gide amasse: o poeta imenso, gigante do descritivo, que se entregava de todo o corpo à composição de suas obras. Um Gide medido, um Gide clássico de forma, mutilado pela secura protestante, teria que se espantar, na certa, com a torrente de açude arrombado que era Zola. Mas a verdade é esta: Zola era um de quem se falava da obra com admiração mas de quem pouco se liam os livros. Isto, porém, até o filme de Paul Muni. De lá para cá a coisa mudou.

Schubert, que era um gênio de vida apagada, passou de uma hora para outra a ser o mais popular de todos os grandes compositores. O seu nome entrou em conversas as mais humildes. Falou-se dele como de um herói de futebol. E tudo isto por causa de um filme medíocre.

O cinema bem conduzido, para o povo, é capaz de grandes coisas. É capaz de ressuscitar vidas mortas, de drenar rios humanos que estavam estagnados.

Zola seria um destes rios donde se fugia como de uma zona perdida. Há pouco tempo os escritores populistas em Paris, interessados em política, quiseram explorar a obra de Zola. Fizeram discursos por ocasião de uma data qualquer. Puro interesse político. O Zola verdadeiro estava escondido atrás da sua obra.

Agora porém a coisa é outra. Falou o cinema, as máquinas de Hollywood falaram, exprimiram-se as imagens, os diretores capricharam, artistas tiveram tarefas difíceis, e Zola apareceu vivo, grande, humano, cheio de qualidades, de defeitos. A sua vida, a sua miséria, o seu mau gosto, a sua coragem, os seus gestos grotescos e sublimes.

Esse Zola que Paul Muni encarnou é bem um ser próximo de nós todos. Nós o vimos bem da cabeça aos pés, um Zola que era um D. Quixote com três quartos de Sancho Pança. Contra o Pança feliz e gordo, Paul Cézanne se insurgiu com toda a sua pureza de cavaleiro andante. Paul Muni não nos deu um Zola deformado pelo panegírico. Pelo contrário, um homem capaz de fraquezas, de ceder às tentações do luxo. Paul Cézanne o encontrou de correntão de ouro, com uma mulher ostentando joias. O grande escritor dos outros tempos, o inimigo da mentira, cercado de tudo que era falsa arte, mostrando bibelôs, tal qual um burguês de seus romances. Era como se fôssemos encontrar Eça de Queirós com as frases de Acácio.

Depois dá-se o milagre. Chega-se ao caso Dreyfus, ao dramático, ao Zola enfurecido outra vez pela verdade. Todas as convenções, a Academia, o conforto, tudo posto de lado pelo amor da verdade. Agora o Quixote perde os três quartos de Sancho Pança. É só Quixote.

O seu grito é o de uma consciência ferida. O apóstolo da verdade pela verdade cresce aos nossos olhos, fica imenso, esmaga-nos com a sua generosidade, o seu amor à causa do capitão encarcerado.

Toda a França se divide, as inteligências maiores tomam partido. O grande homem do processo era o romancista que se havia entregue ao comodismo. É ele que enfrenta o Estado-Maior poderoso. O que Zola queria era a verdade. Tudo o que procurava exprimir tantas vezes em vão a sua literatura. Dreyfus o arrebata outra vez para a vida. O Zola gordo, da Legião de Honra na lapela, retornava ao Zola pobre, cheio de paixão pelos pequenos, pelo sofrimento dos pequenos.

Neste ponto o filme é absorvente e grandioso. Ele nos fez amar o Zola que a crítica pusera à margem. O grande gênio aparece ao mundo para ser amado pelo que ele deu à humanidade.

Barbey d'Aurevilly me havia destruído o literato, mas Paul Muni me restituiu o homem. Amemos Zola.

1936

UM LIVRO SOBRE CHAPLIN

O livro que Manuel Villegas Lopez escreveu sobre Carlitos e que Mello Lima traduziu é bem um tratado sobre Chaplin como dele falou Aníbal Machado, o brasileiro mais chapliniano que existe.

O que há em cinema de mais ligado à natureza do homem está em Chaplin. É ele uma força de gênio da mesma família de um Shakespeare. Há na sua obra marca de personalidade que nenhuma opressão poderá dominar.

O que é, afinal de contas, o ator Charles Chaplin? Poderia dizer que é uma humanidade, ou, melhor, a humanidade. Aí está o poder maior do homem dotado de capacidade de ser uma síntese de sua época. Quando o mundo se integra ao gongorismo das formas ou à complexidade da máquina, Chaplin surge, servindo-se da expressão mais mecânica da arte que é o cinema para reagir e vencer todas as imposições do seu século. Ele só, foi mais expressivo como vitória do humano que as ideologias que se acirraram em fórmulas demagógicas. Lendo este magnífico livro de Manuel Villegas Lopez tem-se a certeza que Caliban não tomou conta das criações livres ao homem. Existe um Chaplin como agente libertador. Os servos que andam acorrentados por este mundo de Deus contaram com um palhaço para lhes mostrar caminhos de luz e grandeza.

(*O Globo*, 9 ago. 1944, Vespertina, p. 5)

CINEMA E MÚSICA BRASILEIRA

Falando para os seus amigos no jantar que estes lhe ofereceram o compositor Ary Barroso teve oportunidade de referir-se ao grande interesse que há na América, e sobretudo nos meios cinematográficos, pela música brasileira. Disse-nos que há um como que cansaço pela rumba de Cuba, e que o samba, mais terno, mais melodioso, vai entrando por toda parte. Aliás foi o mestre Walt Disney quem primeiro sentiu essa força da nossa música popular quando a tomou para tema de criação. Os homens da indústria da câmera, os senhores donos do cinema terão sentido que há de verdade nas nossas melodias qualquer coisa de original. Há uma verdadeira carência de originalidade no complexo mundo de Hollywood. Procura-se o exótico, o nunca visto, o assombroso para que as máquinas não continuem a remoer as mesmas coisas, os mesmos temas, os mesmos assuntos. O gênio de Disney opera milagres, mas mesmo para o gênio há o limite, há a imaginação esgotada, há aquele terrível devorar-se a si mesmo que é o fim da arte. O maneirismo no cinema ameaçou até o gigante Carlitos. É por isso que quando aparece algo de novo vemos os diretores, os técnicos, os produtores caírem em cima com uma fome desesperada.

Eu temo que esta gente tão faminta tome uma indigestão de samba. O samba corre perigo. A pobre rumba dos mestiços de Cuba que o diga.

(*O Globo*, 20 abr. 1944, Geral, p. 5)

O INDIVIDUALISMO NO CINEMA

O que marca o cinema europeu, o que lhe dá mais particularidade, é que nele se exercita com mais poder a força de um criador. Enquanto na América, às vezes, o filme é o produto de muitos especialistas, na Europa o diretor é tudo na composição de sua obra. Por toda parte está a maneira, o jeito, o tom, a personalidade do autor. O individualismo ocidental ali tem a sua eficácia benéfica. Neste sentido pode-se verificar, chega-se à conclusão de que a técnica, levada à sublimação, pode se transformar numa deformação da arte. Para um filme americano entram tantas capacidades, tantos elementos especializados que a obra, por mais perfeita que nos apareça, perde de seu poder de arte para ser somente uma maravilha da máquina. O indivíduo anula-se para dar lugar ao cortejo dos especialistas em equipe. Tudo isto pode ser magnífico para uma fábrica de avião, mas não será para uma obra de arte. Para reagir contra esse despotismo, só mesmo um homem como Chaplin, que se impôs como o seu próprio técnico e pode assim sobreviver aos exageros de Hollywood. Porque afinal de contas o homem é o que deve prevalecer na criação. E quando o homem é um Chaplin, um King Vidor, um Eisenstein, tudo que for técnico deve baixar a cabeça e ser apenas forças que obedeçam somente.

(*O Globo*, 4 jul. 1944, Geral, p. 5)

CRÔNICAS DE VIAGEM

PARIS

Começam a aparecer os primeiros amarelos do outono nas árvores verdes da Praça da Concórdia, como em cabeleira viçosa os fios brancos indiscretos. Paris, de 20 graus à sombra, sorri sem chuva, de sol camarada, um pouco agitada com as notícias de Suez. As vitrinas de modas não se dão por achadas. Brilham as joalharias da Rua Royal e os *bateaux-mouches* atravessam o Sena com os turistas basbaques.

*

À tarde, fico na esplanada das Tulherias para ver a cidade cobrir-se de luz. A Praça com o obelisco pilhado no Egito se ilumina de gás, os palácios do Crillon e do Ministério da Marinha banham-se de luminosidade aquosa. Os velhos jardins que sofreram a fúria da Comuna de 1870 estão mergulhados na escuridão. Casais de mãos dadas mergulham no parque atrás do amor. Apenas se escuta o murmúrio das fontes. O amor pode servir-se muito bem da noite dionisíaca. Lá em cima, uma lua partida ao meio vaga pelo céu atrás das nuvens que se acotovelam na imensidão. Sobra-me tempo para umas vagas meditações sobre aquele recanto da terra onde as criaturas, apesar de tantas servidões, ainda continuam a viver das grandezas de um passado que não morre. Aqui o espírito resiste como na Acrópole aos desgastes do tempo. Roma tem a vida de uma província que é capital de um mundo. Mas Paris é uma terra de todos, é mais universal, é mais católica, no sentido etimológico, que qualquer outra cidade. Londres é do inglês, embora fosse a cidade do maior império da História.

*

Em Paris, o branco e o negro sentem-se em casa. Há mesmo uma linguagem que é anterior à Torre de Babel, nas ligações desta cidade com os mortais. Não é como Roma ou Delfos um centro de comunicações dos homens com os deuses. Paris é toda da terra, toda impregnada da criatura humana. Escuto agora os rumores dos pneumáticos sobre o chão de cimento. Mais para longe as luzes do Arco do Triunfo parecem boiar sobre um mar de gente. Paris não se entrega ao desespero dos jornais da tarde. Argélia, Suez, Marrocos, lembranças que fazem dor no coração do francês. A cidade de Paris não toma conhecimento das dores do mundo. Ela vive e respira. Foram-se os tempos das barricadas, das terríveis tempestades de revoluções sangrentas. Agora, Paris quer somente encantar o mundo com a sua beleza e deslumbrar com o seu espírito. Como a Acrópole que é um testemunho da época do cérebro sobre os instintos bestiais, Paris é a última flor de uma civilização que ameaça mergulhar no infinito oceano da barbaria atômica.

LISBOA

A luz banha o casario velho com uma ternura de mãe. É a luz mais terna que se pode imaginar. Os azulejos dos sobrados não faíscam ao sol, não nos escandalizam, não gritam como os sobrados antigos de Mamanguape, na Paraíba. A luz de Lisboa não corta as coisas, parece que nem divide, com a sombra, os objetos. É luz carinhosa e doce. Ando pelas ruas do alto. Passam mulheres vendendo frutas e peixes com voz rouca de contralto. Todas graves, de rosto comprido e olhos pretos. Subo as ladeiras, e panos secam pelas varandas de ferro. E aos gritos das mulheres se juntam os pregões musicais dos homens. E os meninos brincam pelas calçadas com a tranquilidade dos que não temem os automóveis que cruzam as ruas estreitas. Lisboa velha, a do século do marquês, ainda é uma cidade que dá para o povo. Não há tráfego congestionado, não há automóveis atravancando os logradouros. Tudo anda devagar em Lisboa, mas anda sem paradas de enervar. O que encanta, o que enche o meu coração de alegria, é ver de perto a cidade-matriz de todas as nossas cidades. Lá estão os sobrados da rua da Aurora de Recife, as fachadas coloridas, os azulejos, os pátios como os do Rio de Janeiro, todas as nascentes urbanas que nós, aqui, no Brasil, vamos matando, como se tivéssemos vergonha do que é realmente belo.

O casario de Lisboa me dá saudades da terra distante. E não paro de subir ladeiras, iguais às da Bahia. Paro numa esquina e uma velha de preto me quer vender cravos para o meu amor: "Cravinhos cheirosos para o vosso amor, meu rico rapaz." Acho graça, e ela me diz logo: "O menino é brasileiro, não é?" Identificou-me pelo sorriso, talvez, o sorriso de quem não acreditava nos seus cravos cheirosos. Estou num beco onde as varandas das casas quase que se encontram. Um estirar de braços daria para um aperto de mão. Vizinhos poderão conversar, de um lado para o outro, trocar o sal, o vinho, as especiarias que faltam para uma boa comida que está no fogo. O vento sacode os panos estendidos, os pobres panos dos portugueses pobres que a gente encontrou no trabalho duro, a olhar para os que chegam de fora, atrás de alguma coisa que não seja a "vil tristeza" do poeta.

"Vil tristeza" que continua, embora a luz de Lisboa venha do céu azul, como uma carícia de Deus. As mulheres magras passam, de cesto na cabeça, apregoando coisas para comer. Há conversas nas calçadas, há a doce intimidade lusa nos comentários do cotidiano. Uma mãe grita para o filho que corre, de rua afora, um palavreado de tragédia: "Menino, tu me arrancas as carnes."

Venho descendo, e lá no pátio do Rocio a estátua de Pedro IV, o nosso Pedro I, toma um banho de sol de começo de verão. Foi o rei da liberdade, um português da cabeça aos pés. Está de pé, amarrado no pedestal de pedra.

VENEZA

O medo criou a loucura de Veneza, uma cidade com perna de pau sobre a laguna. E ainda hoje Veneza permanece louca como sempre foi, fora da realidade do mundo moderno, como esteve fora da realidade do mundo antigo. Fugindo do mar por onde vinha o perigo das invasões, a Sereníssima preferiu os miasmas das águas paradas aos contatos dos Francos, dos reis aventureiros, dos corsários do Mediterrâneo. Lá no meio das lagoas, montada em ilhas minúsculas ou fincada em estacas, permaneceria intacta, longe dos barulhos da terra.

Pareceu-me, na luz da tarde de maio, com o poente deitando-se sobre os seus palácios, um sonho exótico, qualquer extravagância que se gruda ao nosso subconsciente para nos perturbar o sono.

Desde que me meti dentro da gôndola, ao ritmo de remadores preguiçosos, com aqueles enfeites de ataúde da embarcação, senti-me dominado por uma angústia terrível. Falo com toda a franqueza: tive medo de Veneza. Enquanto o barco deslizava na água escura apertou-me o coração a angústia do telúrico que se visse, de repente, condenado a perder as ligações com o seu mínimo pedaço de terra. Todo aquele compasso de gôndolas indolentes era uma espécie de marcha fúnebre geral, no silêncio das ruas roídas pelo bater das marés. Vi a morte nos sobrados sujos, no preto dos veludos, na tristeza dos homens graves. Nem um cantar de gondoleiro do amor, nem uma alegria, na tarde clara de domingo. Podia haver uma alegria que me escapava. Eu só via a morte nos canais estreitíssimos. Um gato morto despencou-se de um terceiro andar.

Aos poucos, porém, Veneza foi ficando mais viva, mais humana. Quando entramos no Grande Canal, a luz do sol criou outra alma. Porque podia espalhar-se sobre águas mais limpas, sobre águas que corriam para o mar. Aí, os barcos carregados de gente quase que tropeçavam nas gôndolas ronceiras. Apitos, roncar de motores nos advertiam de que estávamos mesmo no mundo. Veneza não era uma abstração, não era somente um sonho maluco, não se movia como em cenário de *ballet*. Veneza vivia como qualquer um de nós. Era gente de verdade.

Ao pisar na terra firme do "Hotel da Europa", respirei livre, como se tivesse escapado de um pesadelo. Não estava mais prisioneiro das águas de lodo. E, de fato, logo que saímos para andar pela cidade, os seus encantos desabrocharam como uma flor fabulosa. Toda a Veneza esplendia em palácios e jardins, em meninos brincando de roda, pelos pátios, em mulheres sorridentes, em turistas apressados.

Aquele compasso vagaroso das gôndolas provoca-nos uma reação esquisita. Temos vontade de correr, de chegar depressa a qualquer lugar. E, quando chegamos à Praça de San Marco, estacamos defronte de um esplendor de conto do Oriente. Restos de sol faiscavam na cúpula da basílica e na torre do campanário. O palácio dos Doges, com a sua arquitetura antinatural, parecia mesmo uma obra de imaginação alucinada. Nada tinha de funcional; era como se fosse uma doença de glândulas das pedras. E era tão somente Veneza, o encontro de dois mundos, a terra do Marco Polo que descobriu o exótico, a terra do Casanova que desmontou o amor como um relojoeiro.

SOL E GRÉCIA

— Sim, miragem, dizia Daudet das mentiras de Tartarin, mas miragens nascidas do sol. Ide às terras da Provença e vereis um diabólico país onde o sol transfigura tudo, onde a menor colina parece uma montanha. Tudo que o sol toca, exagera. O que era Esparta nos tempos do seu esplendor? Uma aldeia. O que era Atenas? Uma subprefeitura. E na história elas aparecem como cidades enormes. Tudo obra do sol. De fato, o sol foi um amigo dos gregos, um modelador de pedras, um agente de espetáculos. Apesar do calor abafado do meio-dia, quando chega a hora do crepúsculo há uma transfiguração nas coisas. As colinas se tingem de um lilás macio e os últimos raios se derramam sobre as pedras com dedos de estatuários.

É aí que a Acrópole cria uma vida estranha. Lá de cima da colina o mármore recupera as carnes dos tempos de Péricles e parece repetir as palavras dos filósofos que amavam o seu tempo. Nada da agressividade dos Diógenes incontentados, nem das sátiras de Aristófanes. Ao pôr do sol, a Acrópole é uma lição de paz. A dor das tragédias e a ferocidade dos demagogos se ausentam. Só o equilíbrio, só o ritmo do coração das criaturas em colóquio com a doçura de viver. É neste momento que você se identifica com os gregos da convenção. E nos surge o homem feliz, com a azeitona, o pedaço de pão e a taça de vinho. Esta é a hora da oração de Renan. Sobre o Partenon, o sol se entranha na pedra. Dá-lhe sangue, dá-lhe os tempos idos, os instantes de eternidade. No alto da colina sagrada você vê as origens do mundo clássico, você descobre os mananciais que irrigaram as terras latinas. Virgílio, Racine, Shakespeare, Goethe vieram de lá. Sem aquelas colunas sobreviventes, o mundo de hoje seria uma horda de bárbaros. A Grécia, que o sol tomou para filha amada, irradiou uma sabedoria que não se estancou.

Quando a noite foi chegando, as luzes do Pireu faiscavam sobre o Egeu. Num restaurante cavado na rocha, cantavam melodias da terra. Duas vedetas arrancavam aplausos de um público sem muito entusiasmo. Aos nossos pés, o mar gemia em ondas sobre o rochedo que lhe fora tomado. O vinho branco da Grécia não arranha as nossas gargantas. Desce como veludo e sobe como acrobata. O calor se atenua com a brisa marítima. Barcos iluminados cruzam as águas. São viajantes das ilhas que vão voltando dos passeios pelos recantos encantados. As vozes se perdem na distância do Egeu pacífico. O vinho generoso opera os seus milagres.

TERRA DE DEUS

Tel-Aviv, setembro, 1955 – Todas as medidas haviam sido tomadas para que pudesse atravessar os velhos muros de Jerusalém. Passaporte visado em Israel era papel condenado para autoridades da Jordânia. Mas os amigos valem para as situações difíceis. E os amigos agiram. A princípio, tudo parecia perdido. O meu nome não constava da lista do guarda da fronteira. O do meu companheiro, o embaixador Trojillo, aparecia no caderno do sargento, enquanto o homem não descobria o meu. O vice-cônsul da Espanha lançou protesto veemente. E o guarda, nada. Aos berros do diplomata respondia com o sorriso mais seráfico. O nome não constava da lista. E sorria. Aí entrou o gênio diplomático do Ministro da Holanda. Acompanhava ele o Embaixador e, como visse a situação aflitiva, pediu para fazer uso do telefone. E as palavras do Ministro foram um abre-te sésamo. As coisas se ajeitaram e pudemos atravessar para a cidade velha.

"Agora, os senhores vão ver a Ásia", nos disse o ministro flamengo. E, de fato, quando chegamos à porta de Damasco um mundo exótico me apareceu com toda a sua cor bizarra. O Oriente estava ali com a sua originalidade acima de tudo o que imaginara através da arte. O árabe me aparecia com o seu cheiro esquisito, as suas vestes, o seu andar, e sobretudo com o brilho de seus olhos. O que mais me espantava naquela gente era a brasa do olhar que nos atravessava como um ferro ígneo. Já andávamos pelas ruas da cidade velha. Conosco andavam cabras, jumentos e carneiros. Os velhos que passavam carregavam nas barbas e no porte ereto uma solenidade dos patriarcas das "mil e uma noites".

Vimos a rua da "via-sacra". Pelas suas pedras andavam gente e animais. Por ali Cristo subira para o monte do supremo sacrifício. E com pouco a basílica do Santo Sepulcro cobria a região sagrada. A Igreja medieval fora usada pelos turcos. Subimos por uma escada para o monte Calvário. Rezavam contritos cristãos de olhos molhados de lágrimas. Uma luz mortiça de vela iluminava os recantos da grande Paixão. Víamos as pedras que se abriram na hora da morte. Víamos as lajes do túmulo, víamos os passos de Deus no chão que fora escolhido para a prova última.

Deus nas pedras, Deus nas coisas. Deus presente para que todos nós pudéssemos senti-lo nas menores provas. A imensa igreja cobria os lugares da tragédia, o canto maior do mundo que é o da Ressurreição. Toquei na pedra com o coração aos pulos. Baixei a cabeça para que a presença de Deus me alcançasse com a sua infinita bondade. Lá fora, o sol do meio-dia faiscava na torre da basílica.

    Saímos em romaria a Belém. A 20 quilômetros ficava a cidade do presepe, a que acolhera os reis do universo que foram atrás do rei dos reis. Belém é uma cidade em cima dos desertos da Judeia. As areias e as pedras, parece, doíam na vista. A cidade da Natividade está cheia de árabes. A igreja da manjedoura fora a única que escapara da fúria dos infiéis. Lá dentro, numa gruta, nascera Cristo, no meio das bestas pacíficas. Do fundo da terra calcária brotara o Coração de Jesus. O começo de uma era nascia como um rio de gota d'água. Belém de minha infância. Belém das cantigas de Natal, da lapinha dos engenhos, dos magos guiados pela estrela do pastor, ali estava nas quatro paredes de uma capela minúscula, escondida do sol, maior que todas as grandezas dos homens.

    O automóvel rodava pela estrada. Rebanhos de carneiros enchiam o caminho, com o pastor de cajado a nos olhar como se fôssemos de outro mundo. Depois foi o Monte das Oliveiras, a terra que bebera o suor da agonia. As velhas árvores de milênios ouviram os gemidos de Deus. Deus como um homem a sentir no corpo o tormento da hora da morte. Soprava nos galhos a ventania da tarde. O franciscano que nos acompanhava queria falar-nos dos Evangelhos. Mas eu só ouvia o gemer do vento, que era um lamento humano.

ROTEIRO DE ISRAEL
ISRAEL (I)

De Israel, 1955 – A primeira impressão que nos dá o Estado de Israel não é a de uma civilização velha que se contenta com o passado. A história do povo eleito permanece no livro sagrado, mas é o presente o que mais lhe conta, com fadas as suas terríveis preocupações. A realidade dura age sobre os homens como um aguilhão. Para a vida do país, pensar é tomar contato íntimo com as suas necessidades. E para tanto há premência de vigilância sobre as menores coisas.

Governar é não dormir, é constantemente velar, é não se contentar com a vitória. Por isto o judeu de hoje, que edifica a sua pátria, nos parece um homem sem férias. No campo, nas fábricas, nos planos de obras, nos laboratórios, na vida social, estará ele sempre saindo de uma dificuldade para outra. A terra que foi o vale da promissão reduzira-se a um deserto generalizado. Era preciso transformar este deserto. E isto vai se fazendo com a energia de gigante.

Não mais cairia o maná do céu. De dentro da terra calcinada os arados de lâminas de meio metro cavariam os sumos escondidos. E sem água tudo redundaria em esforço vão. Para corrigir a aridez, comprimiram as águas de um rio e, através de canos de ferro, levaram do Norte ao Sul do país milhões e milhões de metros cúbicos de líquido. O deserto mudava de vestimenta. O verde vai tomando conta do cinzento de crocodilo das planuras. Elabora-se a economia da nação a bico de pena, a compasso de engenharia, a retortas de químico. O Instituto Weizmann, pelos seus sábios, submeteu o país inteiro a uma espécie de *check-up*. Terra e homens foram virados pelo avesso. Montanhas, rios, pedras, criaturas de todos os reinos da natureza, analisados, pesados e medidos. Não se planta uma árvore sem que a carta agrológica indique a sua propriedade. Fazem experiências sobre sementes, procuram espécimes adaptáveis às condições do clima, para que não se perca um minuto na elaboração de um programa. A ciência ocidental penetra no Oriente próximo através de uma equipe de mestres capaz de elevar o homem daquela região a um destino à altura das suas grandezas de outrora.

Às vezes, a excessiva preocupação do judeu em nos mostrar os resultados práticos de suas realizações parece uma vaidade de arrivista. No entanto, é somente o orgulho de quem foi o autor de um esforço de espartano. O seu *tour de propriétaire* revela a paixão de um enamorado pela ação construtora. Os novos homens de Israel sabem o que estão fazendo. Daí uma alegria do autor que gosta de ser lido que se verifica nas suas conversas. Apesar de uma guerra que lhe consumiu uma mocidade pura, o país está plantado definitivamente. Mas a geração atual não quer contentar-se com o dia de hoje e sempre nos fala das futuras gerações, do judeu que não mais terá medo de viver, da casa que será o fundamento de sua realidade. Os ressentimentos de 2 mil anos vão diluindo-se na construção da pátria, toda ela trabalhada com o suor do rosto e os sumos da inteligência do povo. Agora só os anima um trabalho contínuo de lançadeira de tear. Quem vir aquela gente, que tem 5 mil anos de história, enquadrar-se com a construção de um silo que custou quatro dias de trabalho, tem a certeza que Israel não para mais.

VIAGENS NO BRASIL

O livro de George Gardner *Travels in Brasil* é bem conhecido dos que nos estudam, dos que procuram em viajantes estrangeiros impressões que possam revelar detalhes de nossa terra e do nosso homem. O olho do estrangeiro, às vezes, vê melhor, descobre coisas que nos escapam. Um Saint-Hilaire viu o Brasil em profundidade, foi mais que um naturalista atrás de espécimes para classificar, foi um homem de natureza rica, com força para compreender sem deformar a realidade. O Brasil de Saint-Hilaire não é um reino de utopia nem tampouco uma região de exotismo. É uma terra que um homem de alta inteligência estudou, ao mesmo tempo que a ela se entregava em coração.

George Gardner era um botânico que queria entregar-se a sua especialidade, de corpo e alma. Veio ao Brasil para ver plantas, para classificar, dar nomes difíceis às nossas árvores, às nossas pobres flores silvestres. Gardner era um aluno de Hoober na Universidade de Glasgow a quem as leituras de Humboldt sobre os trópicos excitaram a imaginação. Na primeira oportunidade que teve, o inglês arrumou as malas para uma viagem ao Brasil. Deram-lhe uma viagem e a ela se entregava de coração.

E em 1836 entra o botânico na Guanabara e fica de boca aberta: "Tenho visitado desde então muitos lugares famosos pela beleza e magnificência, mas nenhum deles me deixou na mente igual impressão". O inglês, do navio ancorado, abre os sentidos para o mundo novo. "E quando a brisa da terra começou a soprar, trazia em suas asas o delicioso aroma da flor de laranjeira e outras flores perfumosas, que me deliciavam tanto mais por haver estado tanto tempo privado da companhia das flores. Ceilão tem sido decantado pelos viajantes por causa de suas especiarias odoríferas; mas eu já entrei duas vezes em suas praias quando soprava a brisa da terra sem experimentar nada que se comparasse às doçuras que me acolhiam à chegada do Rio".

Mas quando Gardner desembarca não são mais as flores que cheiram para ele. São os negros que passam pelas "longas e estreitas ruas, seminus muitos deles, suando sob pesados fardos, e a exalar um odor tão forte, que se torna quase intolerável". E aí começa a vida de Gardner pelo Brasil. O inglês que ama os versos de Byron, que quer ver uma natureza maravilhosa, choca-se, a cada passo, com os homens da terra. Gardner não se conforma que os homens do Brasil não sejam belos como as suas palmeiras, que tudo não exale aquele perfume de laranjeira que a brisa da Guanabara levou ao seu navio. Gardner quer que tudo seja como as plantas que ele, arrebatado, classifica, e que tudo se pareça com aquele *cereus russelianus* que ele batizou assim em "honra de Sua Alteza, o finado duque de Bedford, patrono generoso de sua viagem ao Brasil". Tudo na terra não era como o seu reino vegetal, e por isto o inglês se irrita. Irrita-se, mas vai de sertão adentro, comendo o feijão, o milho, a carne-seca dos sertanejos. Ele mesmo confessa: "o brasileiro, onde quer que se encontre, é sempre cortês e raramente inospitaleiro".

Por toda a parte Gardner nos critica, faz restrição ao nosso caráter. É verdade que tem razão, em muitos sentidos. A crítica nos dói, o inglês é impiedoso. Gardner achou o povo do Rio de Janeiro insignificante, "em geral de pequena estatura e de constituição franzina, em frisante contraste com os altos e belos habitantes das províncias de S. Paulo e Minas e mesmo com os das províncias do norte".

Apesar de tudo Gardner teve contatos com brasileiros que não foram decepções. Foi hóspede de fazendeiros que lhe deram de bom comer e beber. O bom e suculento jantar de Joaquim Paulo da Serra dos Órgãos, com feijoada, a galinha ensopada, porco assado, chouriço e palmito, "tenro e delicioso, com sabor semelhante ao de aspargos", ele o comeu de surpresa, sem que o fazendeiro soubesse de sua ida à fazenda. Por outro lado, Gardner, de vez em quando, se exagera e vê tudo mulato, covardia por toda a parte, preguiça, indolência, um quadro triste. Mas desde que o botânico descobre uma orquídea, que Squix e Martius não viram, voltam-lhe os bons humores. As pleromas, as clúsias, as amarílis, enchem o coração de Gardner de ternura. Dorme, numa praia de Pernambuco, em casa do parente dum mestre de barcaça, que ele chama enfaticamente de capitão de canoa, e se recorda com saudade do dono da casa que era "alfaiate de profissão e conhecido poeta". Vai ao Piauí, tem medo dos "cabanos", e gosta do barão de Parnaíba, que era dono da terra como um rei. Deem plantas para

Gardner e o homem vê tudo cor-de-rosa, embora durma por debaixo de arvoredos, em cima de carro de boi, e passe sede, no Ceará, como um retirante. O que Gardner quer é mandar as suas coleções de plantas para a Inglaterra. Gardner diz que não é dos viajantes que contam vantagens, como um seu patrício que se gabava de ter montado, no Brasil, em jacaré vivo. É verdade que Gardner, uma vez, matou um papagaio para comer, e, qual não foi o seu espanto, quando viu milhares de papagaios chorando, aos gritos, sobre o defunto.

Gardner só escreve o que viu. Espanto-me que tivesse ele contado em S. Luís do Maranhão oitenta igrejas.

Tudo isto está na tradução do *Travels in Brasil*, que o Sr. Albertino Pinheiro fez para a Brasiliana da Editora Nacional.

O TANGO ARGENTINO

É o baile das cadeiras aos pés. Da cintura à cabeça, o corpo não dança. Baile sem expressão, monótono, com o ritmo estilizado de uma ligação carnal. Não tem como outras danças um significado que fale aos sentidos, nem uma linguagem plástica que provoque movimentos afins no espírito do espectador, pela alegria, pelo entusiasmo, pela admiração ou pelo desejo. É um baile sem alma, para autômatos, para gente que tenha renunciado às complicações da vida mental e que só aspira ao nirvana. Baile do pessimismo, da dor de todos os membros, baile das imensas terras sempre iguais.

São palavras de Martínez Estrada sobre o tango argentino, dança popular do seu povo. O que o sociólogo descobre no baile de todas as classes de sua gente é uma tristeza de fundo quase que patológico. Aquela melancolia que provém de uma repetição de gestos que lembram o da fecundação animal, termina como se os dois corpos, em vez de procurarem a alegria de uma festa, estivessem em trabalho forçado. E lento, diz Estrada, com os pés arrastados, com o andar do boi. Não tem a graça da sensualidade, em movimentos de música; tem a seriedade de um coito sem a grandeza de um prazer de amor. Não se procure nele nem música e nem dança, porque só existe naquele tardo passo de homem e mulher em ação um único gesto, como se fosse uma repetição de loucura mansa. E Estrada procura as raízes desta dança pensada triste na formação moral da sociedade que se criou na solidão. O centro psicológico de tudo está situado na tristeza argentina, estado de ânimo muito complexo.

É que faltou aos nossos irmãos do Sul um pouco mais da influência africana que encheu a nossa música de ritmos de muito vigor plástico. E o que o homem da solidão inventou para expandir-se é a figuração coreográfica de uma mágoa profunda. Não é um baile que o arranque do sedentarismo doentio, é o tango sem força, bambo, lasso, sem alegria ginástica, todo feito como um enfado da alma.

(*O Globo*, 17 jan. 1945)

POETAS DE PORTUGAL

A poesia é, e continua a ser, fermento de Deus, a expressão mais alta da criação.

Que seria do homem sem a poesia?

Imaginem um monstro de escuridão, uma massa sem estremecimentos, formas paradas, secas; a natureza reduzida a autômatos grotescos. Imaginem o que não seria a superfície da terra sem as águas dos mares e dos rios, o mundo sem as árvores, sem as flores. Tudo em negro, sem a cor do céu, sem a cor dos campos. E toda esta escuridão sem som, muda, num silêncio de morte total. Devia ser assim, o mundo sem a cor, a luz, a música da vida.

Os poetas fazem os povos. Eles é que dão vida real às nações.

Quando outro dia me pediram para falar de Portugal, foi de seus poetas que me lembrei. Em Portugal a poesia nasceu do povo, é a doce saudade portuguesa que já era outra coisa que o canto rude do basco, que a festa de luz da Provença. Um rei de Portugal foi o seu primeiro poeta. Poeta é o povo, o povo mais lírico da Europa, mais passional, mais cheio de pressentimentos, de alegrias, de tristezas. O rei D. Diniz cantou. E era o povo que estava no seu "gosto amargo de infelizes".

Portugal saiu para conquistar um mundo. Mandou Albuquerque para as Índias, arrancou ouro do fundo dos rios e do fundo da terra. E quando quis mostrar que existia de fato, que era um povo vivo, os guerreiros, os conquistadores, os cabos de guerra, os padres só viveram porque um poeta os ressuscitou. Camões existiu. Camões, mais do que o Império, mais do que as glórias, fez viver a língua, forjou um instrumento poderoso, a magia cultural dos *Lusíadas*. Era a Pátria, era o homem, era o Portugal viril e doce o que o poeta salvou do nada. A língua portuguesa chegara a Camões. Era a língua do povo transformada numa espécie de monumento de pedra, de sangue, de carne. O falar português impunha-se ao falar castelhano. Era uma língua de conquistadores, de apóstolos, de criadores de povos. Portugal codificara a sua grandeza, como os gregos, pelo gênio de um rapsodo. Um poeta é o maior homem de Portugal.

Depois a literatura portuguesa viveu dos *Lusíadas*, andou em derredor do monumento, sofreu a grandeza do gênio. Um peso enorme, um colosso esmagava a espontaneidade, a liberdade, as forças de criação de um povo. Era Camões. Era o Adamastor, maior do que o Oceano, tão grande que esmagava tudo.

A poesia portuguesa só com Bocage viria mostrar outra vez a sua força. A árvore camoniana dominava arbustos. Bocage seria uma eminência, outro gênio que a desgraça e a fome embalariam com os seus acalentos de fada má. Bocage teve gênio, foi um original.

Os românticos deram Garrett, pedaço de gênio, um barroco que tinha medo da exuberância. Era mais um homem de letras que um poeta.

Só Antero seria, como Camões e Bocage, outro cume da poesia portuguesa. Antero foi mais humano do que Camões. A epopeia que ele cantou foi maior que as descobertas e as guerras das Índias. A poesia de Antero é daquelas que são a essência da vida. O seu tema é a história do homem, história maior do que a de um reino. O poeta age ali com a força do verbo que é começo de tudo. Sua poesia é como um comentário à obra de Deus. O poeta ilhéu, o poeta que nasceu cercado de águas por todos os lados, quis se ligar pela natureza angélica ao mundo inteiro. Ele tinha em sua fonte criadora águas de Castália e sangue de mártir. Antero é o maior poeta da Península, o poeta que tem a nostalgia lusitana, a cor, a dura pedra cinzenta de Toledo nos relevos de sua construção. Ele amou e sofreu como um deus dos gregos.

Depois deste canto de tragédia, deste oceano profundo, aparece um marulhar de rio pequeno, o canto de um triste, de um bom, de um que amava a vida e morria. Para Antero a morte fora uma noiva, a "funérea Beatriz de mãos geladas". Nobre, espécie de D. Diniz, queria ser um rei da vida. Nobre é o poeta mais português que Antero. Este é mais ibérico. O infeliz Anto que amava os poveiros e as procissões, Anto nos toca como o gemer do povo, nos faz bem até quando fala de sua tísica e de seus amores infelizes. Antero tinha uma forma de compor que era a forma dos deuses. Era mais geométrico que da cor. Anto cantava, e era de um colorido de lapinha, com menino Deus misturado a pastores e carneirinhos.

D. Diniz, Camões, Bocage, Garrett, Antero e Nobre, eles fazem viver Portugal. Eles é que são Portugal.

1941

IMAGENS DE JERUSALÉM

Jerusalém, agosto – Os muros da cidade velha escondem as relíquias da cidade santa. É preciso subir ao Monte Sião, atravessar o "vale do inferno", para chegarmos ao túmulo de Davi, à igreja da Virgem que dorme. O rei Davi, o cantor das glórias de Deus e das tristezas dos homens, na furna de pedras, está cercado pelos devotos barbados que recitam em cadência de cantochão as orações do Livro Santo. Antes de chegarmos à tumba, os rabinos da Sinagoga estão de guarda, severos e duros como se fossem da mesma pedra das muralhas. À luz das velas a caixa simbólica tem a significação de uma presença de eternidade. O rei que amou com a carne incendiada de luxúria foi o pecador que as mãos de Deus acariciaram com o perdão para o homem da guerra que cantava com a doçura de um Orfeu.

Depois de ver o Davi das batalhas e dos salmos saí, para bem pegado à sua casa, ajoelhar-me aos pés da Virgem, na Igreja que os beneditinos guardam com a sabedoria de mestres litúrgicos. Cercas de arame farpado grudam-se às paredes e as marcas das metralhadoras e das bombas ainda se mostram nas torres. Há uma paz de trégua. Os soldados da Jordânia dão guarda nos buracos dos muros. Ao primeiro choque disparam armas automáticas e corre o sangue dos homens. Toda a cidade, velha e nova, banha-se na luz da manhã. Do alto do Sião avistam-se as oliveiras do horto sagrado. Agora, numa mesquita reconquistada, vê-se a sala da última ceia. Os turcos tinham profanado o lugar escolhido para a eucaristia, o canto onde Jesus baixara, no pão e no vinho, a carne e o sangue do Senhor. Naquele silêncio de quatro paredes lúgubres operara-se o milagre da redenção da humanidade.

Mais tarde, já ao calor do meio-dia, fui ver a nova universidade que os judeus estão levantando, em cima das pedras de Jerusalém. É uma obra gigantesca, capaz de sobrepor-se a grandes centros de cultura da Europa. Atualmente, em razão da criminosa medida tomada pelas Nações Unidas, Israel perdeu a sua universidade, encravada na zona árabe. Lá estão os seus livros, o seu hospital de clínica, as ótimas instalações antigas. Mas os árabes não permitem que os judeus se sirvam dos instrumentos de sua sabedoria. Em vista disso, o governo cuidou da nova cidade universitária. E a obra, com mais dois anos, estará concluída. Faz gosto ver de perto os trabalhos em febre de construção. O plano urbanístico é uma joia de arte onde as casas se unem à natureza numa intimidade fraterna. Há grupos já em estado de funcionar. Salas de aula, bibliotecas especializadas, laboratórios e jardins cercando os edifícios. Israel se firma pelos seus mestres. O dr. Weizmann lhe deixou o exemplo de um instituto, verdadeira central de cultura de uma nação que precisa refazer o seu solo, palmo a palmo, e dar aos seus homens a consciência de que a natureza humana, liberta do medo, é capaz de repetir os milagres da vara milagrosa de Moisés.

IMAGENS DA ALEMANHA

A Panair do Brasil continua na sua faina de penetração pelo mundo. Sacudiu suas asas até à Alemanha para as pousar numa manhã de chuva, em Düsseldorf, na sua primeira viagem. Banda de música, discursos de um burgomestre eloquente, vinho espumante do Reno e depois a terra alemã, mesmo no centro de produção do aço, com todas as chagas da última guerra em período de cicatrização. A cidade está quase toda refeita. Avenidas novas, lojas monumentais e casas de cutelarias e de máquinas de fotografia em exposições caprichadas. Tem-se a impressão de que a guerra devastadora foi uma calamidade de outro século. A atividade febril dos alemães vai curando o desastre do nazismo como se todos estivessem num período eufórico de convalescença.

Düsseldorf é uma cidade nova. O hotel que nos hospeda é um modelo de técnica moderna ligada ao bom gosto mais requintado. Duchas em salas de banho e objetos de arte pelos corredores e pelas paredes. Todas as tradições da terra, da velha Renânia, em santos antigos, em objetos de madeira trabalhada, na melhor arte aplicada ao progresso. Pelas ruas da cidade um sol mortiço vai revelando-nos aos poucos as belezas das praças públicas, dos edifícios.

Bem no centro de uma via movimentada ardem piras noite e dia. Aquele fogo relembra os milhões de alemães que estão em campo de concentração na Rússia. É um símbolo que arde pelos irmãos que não voltaram ainda à pátria.

Mais tarde saímos para ver a medieval cidade de Colônia. O campo alemão ainda nos preparos para a lavoura. De vez em quando espirra do cinzeiro geral a floração gloriosa dos pessegueiros, como um grito de primavera no silêncio da terra parada. O *chauffeur* que nos conduz procura, por todas as maneiras, dar-nos informações. Sente-se que o homem está coberto de orgulho pelo que nos mostra.

Mas nos basta o Reno, com a sua serenidade, com todas as suas sugestões lendárias, para nos fazer voltar aos mitos poéticos. Os rios na Europa nos dão imagens da vida como se fossem livros volantes. Lemos em suas águas estados de alma de gentes e de terras. A serenidade do Arno nos dá uma Florença que é o equilíbrio do mundo. O Loire nos liga à vida maravilhosa do povo que fez o gênio de Rabelais, na magia de um vinho que humanizou até a crueldade de reis sem entranhas. Ali estava o Reno pagão, o Reno católico, o Reno da Catedral de Colônia.

De longe já vimos as torres do monumento. E agora já podíamos olhá-lo de perto e sentir-lhe o poder das pedras rendilhadas. Toda a força desencadeada do rio das ninfas e dos deuses se solidificara no maciço de uma construção de gigantes. A Santa Igreja Católica batizara os ciclopes do Reno para que pudessem eles levantar aquele monumento. O que tem a Notre-Dame de Paris de medieval mais ligado às proporções humanas, tem a Catedral de Colônia de grandiosidade, de um esforço prodigioso para fugir da terra. Os mestres de obras que a bateram tinham medo, sem dúvida, de que os velhos deuses pagãos voltassem às suas origens e viessem destruir a obra de Cristo. As flechas sobem para o céu como se quisessem voar. O Reno que corre lá por baixo fez medo às pedras góticas. Não tem ele aquela doçura do Sena que se enrosca pelas fundações da Notre-Dame com carícia de águas devotas.

Detemo-nos, na admiração do colosso. Aquilo é obra para todos os séculos, mesmo para o século atômico. Em suas pedras santas as fúrias guerreiras quebram os dentes. Deus está ali.

SUÉCIA, MÁQUINA SEM ATRITOS

Confesso que não me senti, desde logo, capaz de dar uma opinião sincera sobre a terra e a gente que nos recebiam de braços abertos. Tomei toda aquela gentileza dos sorrisos e dos gestos amigos como o espanto dos que viam caras exóticas, cabelos pretos, faces morenas, e não tinham outra saída senão abrir a boca no mais delicado sorriso. Depois, porém, fui compreendendo a coisa, com mais segurança. A Suécia não sofre, como o resto do mundo, do medo de viver. Aqui não se pensa na guerra, porque das duas catástrofes que abalaram a humanidade os seus políticos souberam botar o corpo fora com a mais hábil manobra de todos os tempos. A Rússia está a hora e meia de viagem aérea, e o Partido Comunista quase que não existe, e não se fala em lutas de classes numa sociedade que superou o marxismo rude e as terríveis barreiras ideológicas. A grande paixão da Suécia não é a política, é o esporte. Aqui estou, há quinze dias, e não vi um cartaz com cara de candidato ou com palavras de propaganda. Os jornais enchem páginas com fotografias de atletas, que venceram partidas ou bateram recordes. Ontem, conversei com um brasileiro que aqui está há mais de três anos, e ele me falou, com a maior franqueza, do povo da terra, para me confessar que não pretendia mais voltar ao Brasil. Tudo aqui é sério, disse-me ele. A própria natureza terrível dos meses de inverno não engana. Você sabe viver com ela em termos de compromissos. Veja como o povo sabe valorizar as coisas que Deus lhe deu. Não fazem como nós, desperdiçando tudo, como se fôssemos inquilinos desalmados do planeta.

Estávamos parados diante da ópera, e pelos degraus do edifício gente de todas as idades aproveitava o sol da primavera, que desabrochava nas árvores que iam ficando verdes e nas flores dos parques, que começavam a colorir o chão de todos os matizes. O sol da manhã derramava-se sobre Estocolmo, igual a um bispo que viesse para uma visita pastoral, disposto a distribuir graças a todas as criaturas. Senhoras de chapéu e homens graves, de sobretudo, nas pedras do palácio, silenciosos, sem uma palavra, todos de olhos cerrados, a receber o calor camarada de um sol que se esparramava pela cidade, pelas ruas sem barulho, pelas águas tranquilas, sobre os telhados, sobre as calçadas limpas, e mais do que tudo, a derreter no sangue das mulheres bonitas, que andam devagar, o gelo que os meses do inverno depositaram nos seus instintos de animais de puro sangue. Não se escuta um grito de homem aflito, não se escuta uma buzina de automóvel apressado. Tudo lento e manso, tudo na paz dos que têm ônibus para ir para casa, sem os trocadores armados de faca para lhes furar as tripas. Não ouvi ainda um grito de raiva nesta terra. Se raiva existe nos corações, ela não vem para o calor do sol generoso. Esconde-se no mais recôndito da alma e não tem a coragem de ofender a felicidade de um povo que não possui recalques de espécie alguma. O último recalque da Suécia foi obra do rei Carlos XII. Mas isto é outro conto. A Suécia anda como uma máquina sem atrito.

FORMIGAS E FINLANDESES

Para o brasileiro que pretende mais alguma coisa das viagens que o pitoresco, a vida na Finlândia oferece um grande exemplo. Aqui o homem não pode brincar com o tempo. O que é bonito na natureza dura uma migalha de dias. O constante, o que perdura, é a aspereza de um clima que não engana a ninguém. Meses e meses sem poder botar a cabeça fora de casa, num esforço titânico para resistir ao pesado tédio das longas noites, o homem desta terra tem que se desdobrar em vários homens. Os frágeis de corpo e de alma não poderão sobreviver, como sobrevivem nos trópicos os que até nem querem viver. E para conseguir a segurança, tudo têm que fazer pensando no pior. Assim juntam toros de lenha, enchem as casas de plantas que lhes deem a sensação do campo, chegam-se junto às lareiras e arrancam do fogo o que lhe nega o sol.

O calor que lhe chega das fogueiras custa-lhe caro. Pensar em perigo de vida, em miséria gelada, em estradas impedidas pela neve, em lagos petrificados, em alimentos sem vitaminas, em comer sem o verde das hortaliças e o sabor das frutas, em fugir da tentação do álcool – este é o constante pensar do finlandês. Se o corpo se curva e a alma se dobra, então virá a calamidade. Mas estes homens que fizeram uma pequena nação, de caráter tão acentuado, depois de vencerem as influências suecas e russas, desafiam os rigores das estações. Quando o tédio começa a derrubá-los, afrontam o tédio com as suas energias primitivas. Trepam num esqui, saem a procura das feras nas florestas, e chegam a identificar-se com a natureza como se fossem ursos ou lobos. Para matar o tédio, terão que derrubar os mais terríveis inimigos da alma.

As histórias dos sete irmãos de Kivi nos falam dos bárbaros encontros dos homens com a natureza. E os cantos dos poetas, dos humildes cantadores de feira que estão no *Kalevala*, poema homérico da terra, são narrativas de proezas de amor e de combates sangrentos entre homens e bestas, no silêncio das florestas ou nas tardes estivais, quando o sol e a lua se encontram sobre as águas dos lagos ridentes. O finlandês não se entrega, não se degrada na vil tristeza. Assim como o nordestino que sofre os horrores do sol e continua a amar a terra de carnal, o homem destes confins de gelo se pegou ao torrão natal com unhas e dentes.

Mas o inverno lhe ensinou a viver. Eles sabem defender-se da servidão do clima como não sabem os nordestinos, que agem como cigarras. Na Finlândia, a sabedoria das formigas é lei geral. O povo sabe que o inverno é de todo o ano, e transforma as suas casas em silos, guarda dia a dia o que lhe é de necessidade urgente, a porção essencial para viver. E por isto há esta nação de fecundas atividades e há esta gente que não vive da misericórdia dos outros. Cantar como cigarras, só nos dias de julho, quando o sol dá o seu *show* de espanto. No mais, é trabalhar como as formigas, para poder viver como homens.

VI NÁPOLES E NÃO MORRI

Nápoles foi cidade de gregos, mas é hoje em dia a mais italiana das cidades da grande bota peninsular. Italianíssima pela abundância humana da gente que enche as ruas, que grita nos mercados, que canta no trabalho, a vender frutas e peixes. Vi-a em certa manhã de névoa nas montanhas, mas de colorido marcado sobre as coisas. Lá estavam os sobrados da zona baixa, com os panos velhos a secar pelas sacadas e as ruas de comércio próspero, num vaivém de população laboriosa. Mas não se pense que Nápoles é só um porto na baía mais bela da Europa, não se pense que é só um agrupamento de comerciantes e boêmios. Nápoles possui o mais rico museu de escultura antiga de todo o mundo. Tudo o que havia em Pompeia e Herculano, em bronze e mármore, apinha-se nas salas admiráveis do museu napolitano. As doações de Farnese enchem salas e salas. A energia realista dos gregos, no equilíbrio das formas, no ritmo da força, e a capacidade de exprimirem a beleza da vida e, mais do que tudo, da vida interior das criaturas, espalham-se pelos pedaços de pedra e metal que os mestres de arte selecionaram. E os mosaicos e afrescos arrancados de ruínas de antes de Cristo podem dar lições de composição ao melhor pintor da escola de Paris. Lá estão figurativistas e abstracionistas, tudo o que nos dias atuais faz a originalidade de um Matisse, de um Léger, de um Picasso. É a maravilhosa semente grega que até hoje germina como a melhor substância de eternidade.

Depois de passar três horas no convívio de Minervas, de Adônis, de Efebos, de Narcisos, saímos para nos encontrar outra vez com o povo das ruas. Tomamos um carro e fomos, estrada afora, à procura de Pompeia. Mas o que nos apareceu, todo limpo e todo manso, assim como o nosso Corcovado visto de longe, foi o Vesúvio. Mandei parar a carruagem para olhar com vagar a vedeta de tanta fama. Nem parecia o monstro que vomitava as quentes lavas, as pedras incandescentes, as cinzas destruidoras. Não era um vulcão ameaçador, mas um Pão de Açúcar coberto de verde, azulado pela luz maravilhosa do dia de primavera. Era, de fato, o Vesúvio, sem fumo, parado e inerte, tal qual um cangaceiro das caatingas, sem armas, de fala de seda, de olhar tranquilo. Mas quem poderá medir o que andava lá por dentro daquelas entranhas misteriosas? De repente a terra estremece e *lapilli* e *cineres* descem pelas encostas e afogam, em chamas que caminham como cobras de fogo, cidades e criaturas. Caprichos da natureza ou desígnios do bom Deus que sabe tudo.

Visto o monstro pacificado, voltamos para dentro de Nápoles. Voltamos para o meio do povo mais extrovertido da terra. Tudo em Nápoles era como se fosse feito na rua. Pelas janelas dos sobrados apareciam as intimidades domésticas, os panos mais particulares a secarem ao sol. Pelas calçadas, mercadorias à venda, uma mistura de mercado oriental. Cachos de ostras, iguais às nossas cordas de caranguejos, com enfeites de limão, roupas velhas ao lado de cerejas maduras. E tudo isto ao rumor de mil vozes cantantes. O nosso carro de cavalo ensinado rompia pelo meio da multidão sem um atrito. Podíamos pisar em cima de mercadorias, e não pisávamos. O cavalo cortava voltas, enquanto lá de cima dos sobrados mulheres e meninos gritavam e nos davam adeus. Povo de alma generosa, com todo o coração escancarado. Havia comícios políticos para eleições municipais. Tribunas no meio da rua. Falava um monárquico, entre coroas do Reino. Mais para longe falava um fascista e, de cima de um sobrado, uma mulher gritava contra os americanos, na mesma língua dos nossos amigos do "petróleo é nosso". O povo andava, vendia, comprava, cantava. Alguns paravam para ouvir os discursos. Todos viviam nas exuberâncias de gestos, de fala, de atitudes. Nos nichos de santas e santos queimavam velas e cheiravam as flores de limoeiro. Um grande Cristo crucificado, iluminado por uma imensa lâmpada de azeite, ouvia o discurso da comunista violenta.

Tudo era Nápoles, a cidade humaníssima, a cidade do povo, a cidade que vi de perto e de onde saí mais vivo do que lá entrei.

A ROMA QUE FOI DE CÉSAR

Roma não é uma cidade que meta medo a ninguém, não é uma cidade de mistérios, apesar de ser a cidade capital de Deus, na terra. Tomo um carro puxado por um cavalo magro, carro mais modesto que os de Petrópolis, com o cocheiro vestido de trapos, e começo a ver na manhã clara de maio a velha Roma dos imperadores. Subo a Via Ápia, atravesso a porta de São Sebastião, e o imaginativo que vê as pedras antigas, os arcos de triunfo, os fóruns, os coliseus, as pirâmides de Caios, a vila de Cipião, o africano, com o seu jardim como se fosse uma capoeira de sítio abandonado do Recife, procura por toda a parte o romano que foi o criador de tudo aquilo, a gente que tomou conta do mundo como de um engenho e foi o senhor absoluto das Gálias, da Inglaterra, do Egito, das Espanhas. O cocheiro que me arrasta pelas pedras das ruas vai-me contando as grandezas dos Césares, numa língua solta que não é a do mestre Suetônio. O Circo Máximo, onde leões matavam a fome em carne humana, o Fórum Romano, com as suas colunas partidas ao meio, com a terra revolvida pelos arqueólogos atrás dos vestígios dos tempos mortos e para onde vai crescendo o capim verde dos começos da primavera, tudo isto vai merecendo do cocheiro o seu comentário de oitiva. Nada sente aquele homem das histórias que me conta. Casa delle Vestali, Tempio di Antonino e Faustina, Tempio di Saturno, Arco di Settimio Severo, Colli Palatino, Tempio de Vesta.

Todas aquelas palavras sonoras lhe saem da boca como se não fossem palavras ligadas a gotas de uma história da vida. Era tudo de pedra: colunas, arcos, nomes de gente. Só bem vivas as flores que cobriam de alegria campestre os cadáveres ressequidos dos monumentos catalogados. Mais para diante o cavalo do carro bufava numa subida de ladeira. Íamos à procura das catacumbas. E já o campo italiano aparece. Terras cansadas, preparadas para a semeadura. Repuxos molhavam a terra e por onde cantava a água virgiliana das éclogas, canos de ferro da irrigação, a bomba, espalhavam-se a se enroscarem pelos aceiros como cobras imensas. Bem por cima das catacumbas os salesianos faziam as suas hortas. E morangos amadureciam vermelhos ao sol, como se fossem o sangue dos mártires que minasse da terra adubada com tantos corpos de santos. Afinal aquela era a Roma Eterna, a que dera a Goethe, na mocidade, outro ritmo de viver, a que fizera as ligações de sangue e de alma, entre o mundo grego e o mundo novo dos cristãos.

Vinha voltando pela estrada coberta de lajes. Pelos muros, margaridas se abrem festivas, e por cima das pedras de mais de 2 mil anos os eremitas de Deus encontram uma brecha para botar a cabeça de fora. Lagartixas espiam, de corrida, os vultos que lhes perturbam a paz cesárea. Onde, outrora, a Vênus Genetrix de César recebia as suas oferendas, cantam os passarinhos de São Francisco de Assis. Mas o Imperador que roubou a República lá está no bronze verde, à chuva e ao sol, na única eternidade que lhe resta; a da arte que lhe deu o mestre estatuário Arcesilau.

VIAGEM À TERRA DE SHAKESPEARE

I

Londres – Shakespeare vale para o inglês como o seu maior ouro. É uma moeda eterna com circulação pelo mundo inteiro. Os marinheiros deram à Inglaterra o domínio sobre mares e gentes, a máquina a vapor estendeu o poder britânico até aos limites da tirania econômica. Mas o que faz da Grã-Bretanha uma verdadeira força entre os homens é a presença do gênio nas suas letras. É o mestre Shakespeare que criou mais mundos do que todas as esquadras de Suas Majestades. Por isto Shakespeare e a Bíblia representam para o inglês as verdadeiras medidas de sua grandeza, a convicção de que não morrerá nunca. Eterna como a voz de Deus no livro santo é a voz do poeta que canta como os rouxinóis e grita como os demônios em fúria.

Era bem uma manhã de *glorious day* quando saímos para ver de perto a terra de Shakespeare. Antes teríamos que passar em Oxford. O campo inglês se cobria de flores, todo ele como se fosse um parque bem tratado. As ameixeiras cobertas de branco, da cabeça aos pés, iguais às noivas em dia de casamento. Flores por toda parte. As maravilhosas flores com que o poeta cobriu o corpo de Ofélia na morte que parece mais um canto de saudade.

Quando chegamos a Oxford, o relógio de um colégio batia as 11 horas. Havia estudantes pelas ruas e a cidade mais espiritual da Inglaterra não se deixou cobrir de poeira de sua antiguidade de mausoléu. Oxford é viva, cheia de tradições, ao mesmo tempo que é de sua época. O medieval de suas igrejas e colégios não se choca com os bancos e as casas de comércio que lhe enchem as ruas. Oxford não é uma cidade caduca. O que é antigo ali tem raízes na terra, é árvore que dá frutos ainda. E não é grande porque seja antigo, porque se tenha transformado em monumento.

Vimos o Christ Church College, quase à hora do almoço dos internos. Imensa sala com a mesa posta para a comida. Facas, pratos e garfos sobre a madeira nua. E o menu modesto escrito à mão, com letra caprichada de mulher. Um prato de sopa, *bacon* com ovos, uma xícara de chá. Andamos pela sala da congregação. Retratos de grandes homens que saíram daquele colégio enchiam as paredes. Brilhava o sol no pátio, onde dois jardineiros aparavam, ou melhor, penteavam a grama. Vinham chegando rapazes pela grande porta central. Traziam todos eles um pequeno manto negro. Um mestre de beca e capelo atravessou o corredor, à procura de sua sala. Era um homem magro e esguio. Talvez algum mestre de grego que levasse aos alunos versos de Homero para uma hora de aula. Os bedéis e outras figuras menores do colégio, com a severidade de quem estava em serviço sagrado.

Aquela era a Oxford de minhas velhas admirações. Lembrei-me de Walter Pater, dos poetas tocados de Deus que por ali alisaram bancos e romperam as normas, quebraram rotinas, como se fossem Lucíferes possuídos de fulgurações angélicas. Vinham chegando os *auto cars* dos turistas com guias de alto-falantes. Desciam em grupos e marchavam sobre as pedras sagradas com o rumor de rebanhos conduzidos por um pastor. A voz estridente do homem que gritava as suas frases em quadrinhos superava a beatitude de Oxford. Entravam e saíam turistas apressados. Já tinham visto o que estava especificado no roteiro e era preciso partir para a próxima vítima.

Fiquei a olhar para os velhos colégios. Torres medievais, ogivas e a alegria dos parques, com todas as flores do campo. A grande sabedoria dos ingleses estava muito bem caracterizada naquela cidade que não queria ser somente um pedaço do mundo antigo, mas a quente vida do seu tempo. Oxford não é uma relíquia, é uma cidade. Quando o cinzento das casas começa a nos encher de melancolia, a mão do inglês enche os canteiros de flores que resplandecem ao sol como dádivas de Deus. O inglês é amigo íntimo da natureza. E, assim, homem capaz de servir-se da história sem transformar-se em autômato.

II

Deixamos os jardins da Christ Church, onde o doutor Johnson, fugindo das aulas do mestre Jordan, ia fazer as suas gazetas, para dominar a morbidez de sua melancolia com a leitura dos poetas amados. Agora todos os caminhos nos levam a Stratford-upon-Avon, a terra natal de Shakespeare.

A primavera estava viva e bulindo por toda a parte. As cerejeiras cobriam de cor-de-rosa o verde dos parques onde vacas malhadas, espichadas na grama, tomavam banhos de sol. Carneiros tosados ficavam em rebanhos, na quietude do meio-dia. E havia alguma coisa de poema mansinho, de doce poesia de acalanto, sem rugidos furiosos de dor.

A manhã de Stratford não era em nada shakespeariana. Mas era de Shakespeare aquela cidade, era bem de Shakespeare aquele vilarejo de casas pequenas, de tristes telhados, de janelas apertadas. Ali nascera e morrera um rival de Deus, o que tivera forças para modelar naturezas humanas com o barro de sua própria lavra. Gênio que fizera almas desabrocharem, pedras gemerem, fantasmas descerem à terra, crimes ascenderem aos cimos da tragédia.

Subimos as escadas humildes e frágeis que pisaram os seus pés. Tudo feito para uma vida de pobres, tudo acanhado. Móveis e utensílios de gente de posses reduzidas. Uma moça nos vai dizendo: "Tudo isto que veem é da época. Esse jarro de couro, estes pratos de madeira, estas panelas de cobre." A mesa de comer é uma miserável mesa de madeira sem trabalho. Todos comiam com as mãos na casa de Shakespeare. A cama de dormir é uma enxerga. Não havia um quadro nas paredes nuas. Assoalho de tábuas remendadas. O maior gênio do seu século morreu numa casa sombria, sem o mínimo sinal de fartura. Embaixo, na cozinha, há uma espécie de bolandeira. Aí ficavam os meninos amarrados para aprenderem a andar. As mulheres trabalhavam em almofadas, na feitura de uma renda que dá pena, de tão primitiva. As velhas nordestinas, as negras dos engenhos, seriam, junto à mãe de Shakespeare, admiráveis artistas. Como os vaqueiros sertanejos, bebiam água em vasos de couro curtido.

Lá fora é o jardim da casa. Ameixeiras florescem no pátio. Entram turistas para castigarem as pobres tábuas de 400 anos da casa do gênio. Shakespeare em rações para americanos gordos e velhas fanhosas. O teatro novo está à beira do rio. Um monumento de bronze, com o criador e as suas criaturas. Saímos para ver a casa da mulher de Shakespeare. Havia muita gente parada à porta de uma casa, no fim da rua. Na noite anterior, havia sido estrangulada uma moça naquela habitação inocente. Caliban descera na paz de Stratford, para nos mostrar que os monstros de Shakespeare não eram somente de papel e de tinta. Numa *chaumière* cercada de árvores vivera a mulher do poeta. A mesma pobreza, as mesmas coisas humildes. Somente o campo cercava a casinha coberta de palha. Ali a mulher de Shakespeare sofrera a ausência do marido metido nos teatros de Londres. Mais abaixo corria o Avon, com as suas águas claras. Aquele rio entrara eternamente na poesia como o Arno de Dante.

O carro vai correndo pelos caminhos que vão margeando o alto Avon. No castelo de Warwick, as águas que pareciam tão mansas se despencam em cachoeira. Gritam alto as águas do rio de Shakespeare. Há pássaros negros sobre as plantações novas. Não são asas de Ariel cortando os espaços dos sonhos. Pássaros negros atrás das sementes que os homens plantaram. Vem chegando a tarde. Tratores roncavam puxando arados.

Paramos para ver o velho castelo onde Elizabeth vinha repousar das suas grandes batalhas contra os reis e contra os seus amores. A grande cama da rainha de ventre maninho, armada no meio do quarto, parecia erguida ao amor infecundo[3]. A cama de Shakespeare, miserável cama de madeira tosca, não me saía da cabeça. A grandeza de Deus não estava no leito forrado de damasco e de seda onde a rainha machona curtira os seus remorsos, mas na pungente miséria de enxovia da casinha de Stratford-upon-Avon.

---

[3] No original publicado em jornal, a frase encontra-se assim: "A grande cama da rainha de ventre maninho, armada no meio do quarto, parecia *uma essa* erguida ao amor infecundo". Trata-se certamente de uma gralha de revisão, a qual procuramos sanar na presente edição através da supressão de "uma essa". (*N. E.*)

DUAS FACES DA ITÁLIA: POMPEIA E FLORENÇA

Pompeia é uma alma de outro mundo. As escavações que vêm desde 1748 não descobriram somente os restos de uma cidade morta; revelaram a vida interior de um povo que se acabou. As cinzas estão lá, mas lá está também o espírito da época: os deuses, as artes, as preocupações morais, os costumes, tudo o que faz a eternidade, o que não morre, o que subsiste para os séculos e séculos.

Subo a porta Marina, que atravessa as muralhas ocidentais da cidade. Minerva, a deusa da sabedoria, tinha ali o seu nicho, onde uma lâmpada de ouro maciço queimava dia e noite. Vê-se, mais para baixo, o golfo esplêndido. Estamos numa praça, espécie de pórtico, com salas e jardins. Talvez que os pompeanos se reunissem naquele local, como num clube de luxo. Há pinturas murais. Imagens mitológicas de Teseu, de Dédalo, de Ícaro. Tudo isso indica que aquela casa pública fosse o Jockey Club da cidade, um grupo de salas para congressos, para ouvir música e conferências.

Anda-se pelas ruas onde tudo está indicado pela sabedoria arqueológica. O templo de Apolo, com o seu santuário de colunas ainda de pé, o relógio solar, o pórtico de mármore. Para os lados, os santos secundários, a nossa muito conhecida Vênus, o estranho *Hermaphroditus*, de cabelos frisados como de uma mulher bonita de permanente, e de corpo de Apolo com partes femininas.

Sobem-se ladeiras, entra-se no Foro, onde se discutiam as leis e se faziam negócios. Como em Roma, no Foro entrava tudo: gente que procurava os seus advogados, que pagava impostos, os que desempenhavam funções públicas e os que eram somente o povo.

Vamos andando devagar por cima das pedras das calçadas. Tudo está refeito para que se possa ter a imagem do tempo morto. Mas o que me fica de tudo aquilo não é o tempo morto, é uma vida que ainda resta em mármore, afrescos, azulejos, casas pequenas, coisas da vida cotidiana, e até no último gesto dos que morreram na calamidade. O Vesúvio olha, das alturas, as paredes arriadas, os restos mortais de sua vítima. No céu limpo, no ar delicioso e no silêncio das ruas desfeitas onde o capim rompe pelos lajedos, todos aqueles despojos de uma era de fim de civilização me aterram e desesperam. As salas de amor mostram a corrupção de costumes dos que apodreciam nas aberrações do sexo. Tudo aquilo era bem assim como descritivo dos fins de uma época, na força expressiva do tremendo Marquês de Sade. Olho mais uma vez para o Vesúvio, que não se mostra arrependido de nada. As suas cinzas de fogo disseminaram misérias, mas não mataram para sempre a alma da cidade. Lagartixas multicores, como se fossem as borboletas daquelas ruínas, nos espiam com os seus olhinhos de fogo. Brotam da terra que ainda vive da eternidade dos deuses e da fragilidade dos homens.

*

Florença, ao contrário, é uma cidade de carne e osso, uma cidade de luz acesa sobre as coisas. O Arno, as colinas, o céu azul, todas as alegrias da Toscana se concentram para comporem um quadro que é um espetáculo de humanidade feliz. Foi chamada somente de "La Bella", num resumo que diz tudo. Antiga estrada para as Gálias, ela levaria por terra, para o Ocidente, tudo o que o Mediterrâneo conduzira pelas suas águas: as grandezas da Grécia.

Em Florença, a Idade Média deu um Dante, que lavaria todos os crimes de Guelfos e Gibelinos. Brancos e Negros se matam em praça pública e a cidade trabalha as suas obras de arte. Expulsam Dante da terra amada e ele ainda mais a traz no coração pisado pelo desterro. Reis chegam a Florença e saem como os americanos nababos de hoje. Os ricos tomam conta do poder e são magníficos como o grande Lourenço, e os pobres queimam na rua o frade que se dizia o amigo íntimo de Deus. Cadáveres dos Pazzi pendem das janelas do "Palazzo Vecchio", para que os corvos comam boa carne de gente.

Todas as monstruosidades dos homens se somem no tempo. O que fica são as belezas que os homens foram deixando nas pedras, no bronze, no ouro, no papel. É aquele campanário de Giotto, os Donatello, os

Verrocchio, as portadas de bronze, as casas de pedra e cal onde nasceram os Dante, os Boccaccio, Galileu, Petrarca.

O velho em Florença não se arrasta como uma degradação da natureza. A luz da Toscana banha os palácios como se fosse ela própria uma artífice maravilhosa. Derrama-se sobre o bronze de Cellini, enche de gradações as pedras do Palazzo della Signoria e canta como um instrumento sobre as ruas, sobre as pontes. A água do Arno se enrosca pelas ruas, onde o povo mais polido do mundo faz o seu comércio de palha, de obras de arte antiga, na mais perfeita fabricação. Mas tudo ao natural, sem rancor contra os turistas, que vão deixando dólares e levando bugigangas. Florença sorri como uma mulher de dentes bonitos.

NÃO HÁ NADA DE PODRE NO REINO DA DINAMARCA

Chega-se a Copenhague e, desde logo, apesar dos cabelos louros, sente-se que se pisa outra terra e que ali vive outra gente. Os letreiros das casas comerciais se parecem com os de Estocolmo. Há letras cortadas ao meio como se fossem riscadas num erro de caderno escolar, mas não há nada que se pareça com a Suécia, de tudo conduzido por uma ordem de relógio suíço. A gravidade dos homens, no vestir, no andar na rua, no comer, nas casas públicas, no seu comportar, já não nos impõe o mesmo respeito. Copenhague é uma capital sorridente, toda preocupada com a música, com o dia de hoje, com o colorido das coisas. O seu Tivoli, espécie de mafuá gigantesco, construído para ficar para sempre, é o maior da Europa. Ali se exibem acrobatas de circo, ao mesmo tempo que há uma sala imensa para a sinfônica da terra dar uma audição de Mozart. Outras orquestras, de música ligeira, se espalham pelo parque. E há velhos, rapazes, meninos, tomando sorvete ou café, de ouvidos atentos às peças regidas por mestres de casaca. Geme a roda-gigante, com imensos balões vermelhos e azuis, na luz incandescente que se derrama pela praça enorme. E a montanha-russa, a maior do mundo, mergulha em túneis de pedra e cal, tudo feito para ficar. O Tivoli de Copenhague foi construído para não sair mais do lugar. Lá está a casa chinesa, para chá e café, verdadeiro pagode de Pequim. Mas a cidade toda se diverte. As casas noturnas de alegria se enchem dos bêbedos mais comportados. Sobem os fumos dos cigarros e a cerveja enche os copos e sobe para as cabeças louras que dão para cantar. Na Suécia, o *sko* é um convite à paz, à camaradagem, e os suecos bebem para que a vida seja tranquila, para que o calor da *acqua vita* seja um calor de coração a coração. Aqui em Copenhague se bebe para arriar o corpo no chão, para as bebedeiras de Noé. À noite, os bêbedos tomam conta de certas ruas e são os donos de tudo. E não há pancadarias e nem tiros e facadas. Tudo no ritmo nórdico. Aqui, até o vício tem a sua dignidade e não se degrada no crime, na violência, na crápula.

À luz do dia, porém, Copenhague é uma fabulosa tenda de trabalho. Trabalham homens e mulheres, num afã de mouros, fazendo todos os serviços e sorridentes, sem espécie alguma de recalques. Na Suécia, um garçom de hotel faz as suas obrigações, mas no servir não se comporta como um criado humilde. O trabalho de lavar pratos é um trabalho como qualquer outro; não deprime. Nos ofícios de todas as espécies o que existe é o homem que se sente igual ao seu semelhante, seja ele o mais rico ou o mais pobre. Aqui em Copenhague já há o serviço profissional dos que cavam a melhor gorjeta. É que a cidade é mais cosmopolita. Há 1 milhão de habitantes em Copenhague, para um país de 4 milhões. E o que nos espanta é ver este povo, que não se veste tão bem quanto os suecos, produzir nos campos cultivados, palmo a palmo, comidas que dão para mandar para a Inglaterra.

As cooperativas funcionam como máquinas que não falham. As galinhas e as vacas dinamarquesas produzem ovos e manteiga para uma grande parte da Europa. Os bêbedos que enchem as ruas, deitados pelas calçadas duras como se dormissem em leitos de rosas, quando o sino da igreja de Frederico toca as matinas, levantam-se, de boca amarga, e vão para o trabalho do dia. Na Dinamarca não há vagabundos. Porque nada há de podre no reino da Dinamarca.

CRÔNICAS SOBRE PERSONALIDADES

PICASSO

Há homens que nasceram para ser eternamente jovens de espírito. Podem envelhecer na carne, na triste condição física, nos cabelos, na pele, na força dos braços, na resistência dos músculos, na energia dos nervos. Mas continuam com eles o espírito em flor e uma primavera que não falha. Podem às vezes mergulhar na tristeza, mas emergem de lá com todos os fogos da criação acesos. Fora assim um Leonardo, um Goethe, e é assim este Picasso, que, para lá dos sessenta anos, volta a ser para a arte de seu tempo o mesmo homem tocado do gênio reformador dos começos dos séculos. O espanhol rebelado que era o Pablo Picasso de Barcelona, dos tempos das lutas contra a rotina a que atingira uma pintura que parecia ter-se esgotado com Goya, aquele que ia ser mais radical que os políticos, é o mesmo de hoje, duro às contingências da vida, inconformado com o destino do homem, sem compromissos com as fraquezas do seu tempo. O grande pintor francês que ele é, nunca deixou de ser o ibérico que não para, o homem que tem uma missão a desempenhar, e que julga que não satisfez, que precisa fazer mais, trabalhar sempre, atormentar-se pelas insuficiências, cavar, dar a própria vida pela causa.

A pintura em França chegara a uma satisfação de si mesma, que estava parecendo uma decadência. O impressionismo fora além de suas forças, e tudo se consumia em fugas desastrosas para o destino da arte. Em Picasso residiu a força nova que trazia para a pintura o que um Strawinsky trouxera para a música: a sabedoria. Fora ele, assim como Da Vinci, um sábio, aquele que teria que estabelecer leis para o caos. É curioso que seja este terrível revolucionário um homem da lei, mas da lei eterna, da que supera todas as pequenas leis deste mundo. Havia uma desordem que era mais fraqueza que pujança de vida. O espírito romântico se esgotara em descargas em seco. A arte carecia de órgãos de recepção, de gente que captasse energias. Picasso é um grande romântico porque é uma natureza que não se contenta com o que anda feito como definitivo. Ele sabe que arte é sempre um estado dinâmico. O que havia, lhe pareceu uma desvirilização da criação artística. Ele reage com uma violência de fauno em reclusão. Toma caminhos de perigo e atravessa nuvens espessas de confusão. Confundia-se força criadora com uma agitação de superfície. Nada vinha das profundezas da terra. Era um poeirame de ventania.

Em Picasso se deu a revolução verdadeira, aquela que não é uma intentona de loucos, mas uma profunda renascença da grande força que se perdera. Ele é, em todos os sentidos, o homem que tem um poder extraordinário de nos conduzir para a realidade.

Os fascistas que foram ao "Salão de Outono", de Paris, e rasgaram algumas de suas telas, sabiam que estavam ofendendo ao terrível inimigo, que os combatera até à morte.

NIEMEYER

Oscar Niemeyer é um homem pequeno, seco, de olhar brilhante, de poucas palavras, de fala sem brilho, mas com segurança firme no que diz. Esta natureza assim de represa, é na ação de sua arte e do seu ofício, de uma espontaneidade radical. Não há meios-termos para o arquiteto Niemeyer, não há compromissos com ideias feitas nem tampouco medo de atingir os seus fins. Para muita gente ele brinca com os processos; para outros abusa do seu talento. Há críticos honestos que fazem restrições aos seus arrancos para o futuro.

Os propósitos de Niemeyer são porém determinados por uma consciência profissional que lhe dão uma seriedade maciça. Vi-o na construção e nos planos do edifício do Ministério da Educação, em época de desespero reacionário, de uma vigorosa intransigência diante de ameaças de poderosos do dia. Tudo fez como adotara fazer. Um juiz de tribunal de condenações chegou a escrever que o edifício de Niemeyer nada era mais do que a figuração simbólica da bandeira da União Soviética. Por pouco não botaram abaixo o que estava feito. O ministro Capanema, com rara dignidade e com sacrifício de sua carreira política reagiu e venceu a onda fascista. Mas para Niemeyer tudo isto era somente incidentes secundários. A sua obra, continuaria ele sem vacilar. Vai a Minas e traça a Pampulha. Em Minas havia, em Ouro Preto, um relicário do século XVIII, com o seu barroco e com as soluções que um gênio nativo dera a formas de arte. Em Minas, Niemeyer avançava nas suas conquistas. Pampulha chega ao melhor Niemeyer, a uma justa conciliação do seu temperamento com o meio ambiente. A sua secura se adoça na camaradagem da paz das montanhas. E o que ele concebe como uma miniatura de cidade lacustre tem relevos e formas de poema. Niemeyer age ali poeticamente. Pampulha entra na sua vida como um canto de amor à terra e ao homem.

Somos em arte, nos diz ele, por uma liberdade total. Só acreditamos na arte espontânea, destituída de preconceitos e tabus.

O arquiteto Niemeyer caminha para a libertação real do homem, partindo de uma concepção de arte que liga o artista dramaticamente ao seu tempo, em vez de transformá-lo em espectador ou serviçal dos acontecimentos.

VAN GOGH

Saindo, outro dia, da Exposição Francesa, Mário de Andrade me dizia, com a sua maneira curiosa de falar:

— A pintura começou com os impressionistas, começou com a cor.

Pode haver exagero, pode haver um certo tom generalizador na afirmativa de Mário, mas no fundo ele tem razão. A cor, a cor como substância, como vida, como conteúdo, foi encontrar nos impressionistas verdadeiros iniciadores.

É que a pintura não se deixara minar pelo barroco, a pintura resistira mais que as outras artes à força criadora, ao surto vital do barroco.

A escultura, a arquitetura haviam se entregue de corpo e alma à aventura libertária. O próprio El Greco, que seria o mais barroco dos pintores de Espanha, era, como Miguel Ângelo, um estatuário de gênio manejando pincéis. Mas em El Greco o drama da cor não se consumara intensamente. E nem, mais tarde, em Goya. Este drama seria o dos impressionistas, seria o drama da pintura dos fins do século XVIII, e de todo o século XIX.

A pintura descobrira, assim, mais alguma coisa que o maravilhoso claro-escuro de Rembrandt, descobrira a quantidade musical de sua expressão, o poder de tirar da carne, das árvores, das flores, da água, da terra, alguma coisa que era tão viva como a sua geometria, como a sua forma; revelar cor que era como se fosse o seu sangue.

A pintura, assim, era mais uma criação de Dionísio que de Apolo, era mais uma obra do homem de carne e osso que uma ópera de anjos. A chamada palheta do Criador, do Supremo Artista, devia ser o primeiro pincel impressionista, o pincel de um romântico. Deus é o maior dos românticos porque é o maior dos criadores. Deus é um arquiteto barroco. E quando aparece um Da Vinci, é para contrariar a vontade de Deus e transformar-se num herético, num anjo rebelado.

Van Gogh foi um gênio do barroco, o primeiro grande pintor do barroco. Ele via os seus ciprestes como colunas de fogo, os seus girassóis eram discos solares, a terra que pisava parecia quente ainda das mãos de Deus. Ele dava às coisas as cores que nem todos viam nas coisas. A cor, em sua obra, é um potencial de vida, é a ação, o canto que sairia do peito do poeta na fecundação furiosa, a sonata patética. Homem algum poderia trazer, como ele trazia, seiva e humanidade que desse para ilustrar o Apocalipse.

Quando Van Gogh mandou à mulher amada a orelha cortada à navalha, realizava uma loucura. Uma loucura que continha toda a verdade de sua arte. Para ele, pintar ou amar era dar o seu corpo, a sua carne, o seu sangue, a sua alma.

Pintar, reduzir a forma a um drama, ligar-se a Deus para servi-lo como aprendiz. E como instrumento de Deus, ser mais humano que os homens. Mas criar, criar sempre. E Van Gogh criou. Criou, recriou pedaços do paraíso perdido.

A sua pintura é a de um homem, mas de um homem com força de ir até ao mais alto e até ao mais baixo da natureza humana. Foi um poeta que atingiu mais o fundo dos homens que o próprio Baudelaire. Porque ele não sabia do pecado original e não fez da razão um trapézio. Ele viveu a razão até à loucura. Foi do outro lado, atravessou o rio da vida a nado. E criou um mundo. Pode-se dizer que o seu mundo é um mundo de louco. Mas é um mundo como o Apocalipse, cheio das mais duras realidades e dos mais absurdos contos de fada, o único mundo real, o mundo dos poetas.

1940

GIDE E A VIDA

No seu *Journal* nos diz André Gide: "Todos os que desviam os homens da vida são os meus inimigos pessoais". Nesta frase simples de querer bem ou mal está toda a sua filosofia, a sua moral, a sua estética. Em Gide, desde a infância que ele sofreu como uma quase tragédia, até à velhice, sempre existiu um homem com fome e sede de viver, de sobreviver, de dominar os pavores místicos. Por isto ele procurou viver antes de julgar a vida, como Montaigne. Montaigne foi um analista, um impiedoso aparelho de ver e escutar, uma poderosa máquina de julgar. Neste sentido foi Gide mais parente de Goethe, mais íntimo da sabedoria que Goethe arrancou da sua vida. Goethe sempre contou com a sua experiência pessoal para medir os outros. Antes de julgar os outros ele se julgou, ou melhor, entregava-se aos deleites de seus sentidos. O que salvou tanto Goethe como Gide do hedonismo estéril foi que havia em ambos a vontade de criar sucessores. Foram assim criadores com a ambição de salvar o mundo, de corrigir as religiões dominantes. Havia em Gide um fervor absorvente pelo Universo, isto é, pelas belezas da Terra. Há aquele deslumbramento do personagem do *Immoraliste* que, ao contato com uma fonte que corria por entre pedras, por debaixo de árvores, sentiu a cor e o cheiro da natureza como se fossem uma graça de Deus. Os perfumes e as cores valiam para o Gide, que era um pagão, mais do que as chamadas delícias do espírito. É que ele encontrava nas *Nourritures terrestres* o que um místico encontrava no corpo de Deus: encontrava a vida dos sentidos. Aí aparece a sensualidade como um fim e não como um meio. Para ele a sensualidade seria a liberdade de encontrar razões de viver. O que era o contrário de ir procurar a vida nos princípios. Quando Paul Claudel foi atrás de Gide, para convertê-lo à graça, ao banquete eucarístico, Gide preferiu ficar com o pecado e voltou as costas ao Cristo. Não poderia ser um místico quem considerava o desejo a única vida, quem só se satisfazia com o imediato. Claudel quis ver se arrancava o amigo das alegrias cósmicas. Claudel queria um Gide filho de Deus, e Gide permaneceu um filho da Terra, da Terra que foi a sua *nourriture*, o alimento de todo o seu corpo. O poeta via o sol, a manhã, as flores, como marcas da divindade que não tinha forma, que era a suprema abstração. E Gide não amava as abstrações; Gide queria o pássaro na mão, queria apalpar a vida, queria viver, manter constantemente contatos com as realidades terrestres e carnais. Os dogmas metafísicos eram para ele folha seca, somente criados pela cabeça, sem que relação alguma mantivessem com a vida.

O GRANDE LOBATO

Há 25 anos um fazendeiro chamado José Bento, de velha família de brasão, pois era neto do visconde de Tremembé, publicava um livro de contos. Tudo isto nada seria se este homem não se transformasse em Monteiro Lobato. O Sr. José Bento, de Santa Maria, em Taubaté, de repente assumiu uma posição incômoda para um fazendeiro de terras cansadas. Passara de plantador de café a criador de vida. O cafezal minguava na terra comida pela erosão, mas havia no território humano de Lobato um mundo de gente para nascer, para sofrer, para viver. *Urupês* foi o livro de quem queria salvar a terra. Há em todo ele o gemer do homem que se sente culpado de um crime monstruoso, o de ter se consumido na solidão. O homem de Monteiro Lobato é um ser vencido pelo desespero de estar só. É aí que está a grandeza de sua obra de criador. Quando ele pretende levantar mundos imaginários, criar homens diferentes dos seus homens, não é o grande escritor dos fracassados do interior paulista. Lobato foi, no Brasil, o primeiro escritor que deu à tristeza brasileira uma verdadeira grandeza. A nossa literatura regional, tirante Simões Lopes Neto, era de fraqueza de fazer pena. Lobato, que era da terra, imprimiu ao seu mundo de ficção a realidade de que fugíamos, com medo. Ele viu o brasileiro nu, na sua miséria, no seu pungir, na vil desgraça. Já Euclides da Cunha soltara o grito épico do *Os sertões*. Em Lobato, porém, o poder da análise, a força de ver, a sensibilidade de artista, não seriam como em Euclides uma enchente de tempestade. Lobato, mais do que Euclides, era uma criatura da terra. Euclides era homem da tragédia grega; Lobato era mais do romance russo. O escritor que lera Camilo Castelo Branco vinha para a literatura com uma marca de elevação que sempre nos faltou: com senso de humor. Aí está a superioridade de Lobato sobre o mestre Euclides. É que, enquanto o profeta tem arrancos de Jeremias, o outro tem um amargo sorriso, que é mais doloroso ainda que o desespero euclidiano. O grande escritor que saíra do fazendeiro de Taubaté se alimentava de um pessimismo fecundo, o pessimismo dos que tomam as dores do mundo como carga que é preciso carregar.

Lobato não é um escritor de muito agrado para o povo, e é, no entanto, popular. Razão esta que vem da sua verdade, da sua lealdade em fixar a vida de sua gente. "Jeca Tatu" se transformou em personagem brasileira porque há um pedaço dele em qualquer um de nós. Os que quiseram atribuir o sucesso de Monteiro Lobato às referências de Rui Barbosa, hoje já devem ter mudado de opinião. Havia no rapaz que estreava aquilo que é raro neste mundo de Deus: gênio criador. A vida que ele punha em relevo de forma, a gente, a terra, a miséria, as dores, as alegrias, o ridículo e a tristeza que o escritor tomara para matéria-prima, é hoje um mundo que superou ao tempo. O "Jeca Tatu" poderá se transformar no mais feliz rotariano, todas as terras mortas poderão renascer, mas a arte e o gênio do escritor já nos deram a sua existência, a sua vida real.

Já não existem almas mortas na Rússia, mas existe Gogol, eternamente.

O HOMEM LINCOLN

O livro que Wright Stephenson escreveu sobre Lincoln e Monteiro Lobato traduziu fez-me íntimo da vida de um homem que teve maiores grandezas que imaginava. Para os meninos do Brasil Lincoln seria uma Princesa Isabel dos Estados Unidos da América. O que, porém, a nossa Redentora realizara com um decreto, ele fizera com uma guerra que durara quatro anos. Pouco sabíamos da vida de Lincoln. E no entanto, não há vida maior no seu século que a dele. Outros mais de espetáculos, mais dramáticos, de mais emoção para o mundo. A vida de Lincoln fora a de autodidata de gênio. O pai era um vagabundo, arrastando a família pelos caminhos como um cigano e a mãe, a pobre Nancy, uma mística, meio pagã, que ouvia vozes das florestas, uma natureza quase histérica, querendo o amor de Deus como um contato carnal. Eram estas duas nascentes de Lincoln. Pai aventureiro e mãe doentia. Pois bem: o homem que brotou dessa confusão de naturezas opostas foi um gigante, um S. Cristóvão que carregou sobre os ombros a União Americana. O menino sofreu os rigores de um pai despótico; surras, trabalhos pesados. Seria alugado como um escravo. O rapaz abandonava a família para ser banqueiro, caixeiro de venda. Por este tempo o feio Abraão tinha aprendido a ler na Bíblia e já lia o seu mestre Shakespeare. E sabia contar histórias como um verdadeiro rapsodo. Todos corriam para ouvi-lo contar. Histórias de bichos, velhos contos populares na boca de Lincoln criavam outra vida. E, às vezes, as histórias, eram falas de Rabelais, com todas palavras feias. Mesmo, como presidente, Lincoln contava histórias cabeludas.

Por mais de uma vez, velhos convencionais saíam bufando de raiva com as anedotas de Lincoln. Mas Lincoln tinha vivido nas estradas sem a educação puritana, ouvindo tudo, no meio do povo. Tivera dois mestres: o povo e Shakespeare.

As florestas de Kentucky ensinaram-lhe a tirar da solidão força para vencer o túmulo entre os homens. Depois de amar os tormentos de Wuther, (Lincoln teve um primeiro amor furiosamente romântico) começara as suas lutas políticas derrubando gigantes. Venceu o terrível Douglas, venceu advogados, políticos, e sobretudo, os seus ímpetos. Recitava poemas de Byron para eleitores desconfiados. E quando falava para o povo tinha a frase tersa, a imagem mais poderosa que a lógica. Falava como se estivesse contando as suas histórias de Kentucky. Quando lhe morre o filho menino cai na vertigem, foge para dentro de suas dores como ao tempo da morte da primeira namorada. É o Lincoln sombrio, o pedaço de alma da mãe Nancy que toma conta dele. Mas emerge do fundo do poço com esquisito, sem nuvens escuras. Lê a Bíblia, lê Shakespeare, volta às histórias de barqueiro. Tudo que o povo lhe deu ele dá ao povo mais rico ainda. Volta para a terra a seiva que a terra lhe deu. É o maior filho da Revolução Francesa. Na oração fúnebre a Clay ele diz que amava ao seu país mas principalmente porque era um país livre. E se apoia no povo, quer que a nação se firme no "povo comum". "Temporariamente ocupo a Casa Branca. Sou testemunha viva de que qualquer dos vossos filhos pode chegar até aqui, como o filho de meu pai chegou." Ele fica toda a vida o líder do "povo comum" como Cleon, como Jackson. Com ele a Revolução Francesa se redimira de crimes.

O homem Lincoln nunca falhou ao seu destino. Para defender o seu povo, ele que se emocionava com o cativeiro de um pássaro sustentou a guerra mais sangrenta das Américas. Bem que ele dizia em sua mensagem: "Do lado da união é uma luta para manter no mundo aquela forma e essência de governo cujo principal objeto está na elevação da condição dos homens: está em abrir caminhos para todos".

E com aquela sua ternura de gigante bom fala como num verso de Washington: "Deus deve amar a gente comum já que a pusera em tão grande número no mundo".

Deus devia amar esta gente que é a sua maior criação. Mas o homem Lincoln amará como a sua namorada, como a seu filho morto.

O POETA DA CRÔNICA

Afinal, o que quer o Rubem Braga? Sim, o Braga do Cachoeiro de Itapemirim, o filho do escrivão, o cigano de todas as terras, o poeta da crônica? Quererá o reino de Pasárgada, quererá a filha do rei, quererá "Oropa, França e Baía"? O que quer o Braga, que tanto anda, que tanto ama, que tanto bebe, que tanto sofre, que tanto pinta? E que escreve tão bem e se vai para a França, quer ir para Luanda; se vai para a Itália, quer voltar para o "Café Vermelhinho". O que quer o Braga, que tudo quer e nada quer?

Pobre do Braga que não tem sossego, pobres das terras que o Braga pisa. Não pega raízes, não pega amores, não cria alicerces. Se avista terras de Espanha, fica logo pensando em areias de Portugal. Coração de pedra mármore, como diz a cantiga do Reisado de Alagoas. Sim, este Braga é assim como um "Don Juan" de povos e cidades.

Mas não é. Tudo é aparência, tudo é visagem, tudo é mentira.

Eu sei o que o Rubem Braga quer. Ele pode enganar os críticos, aos povos, às mulheres, aos bares, aos copos de *chopp*, às marcas de *whisky*, todos os cavalos brancos, ao Moacyr Werneck de Castro, aos partidos políticos, ao rei do Congo, aos ventos do Itamaracá. A mim, não. Ao pobre do José do Rego, ao menino de engenho de 47 anos, não.

Eu te conheço, minha flor de laranjeira, eu sei o que és e o que pretendes, mestre Braga, que não és como o mestre Carlos do poema de Ascenso Ferreira, o que aprendeu sem se ensinar. Ninguém é mais ensinado do que o Braga. Ele sabe gramática, ele sabe física e química, sabe o que é a bomba atômica e sabe, do começo ao fim, o dicionário das rimas, o secretário dos amantes e alguma coisa do livro de São Cipriano. Garanto que sabe mais que o grande sabedor de tudo que é Graciliano Ramos. Mas, afinal, o que quer o Braga? É preciso dizer o que quer o Braga.

E eu o digo. O Braga não quer outra coisa senão um simples pé de milho. Tudo o que ele viu, tudo o que ele amou, tudo o que debochou com o seu sorriso mais falso que os olhos de Capitu, nada é para o Braga que eu conheço. Deem-lhe um pé de milho, ali no fundo do seu quintal, da rua de Júlio Castilhos, e o Braga se desmancha na doce poesia da crônica mais terna que um sopro de brisa. Tudo o que é do Braga se confunde com a bondade de Deus. E ele é bom, claro, sem mágoa, macio como o seu pé de milho, "um belo gesto da terra".

Tudo o mais é conversa do grande poeta que se chama Rubem Braga.

(*O Primeiro de Janeiro*, 3/11/1948)

O MESTRE GRACILIANO

O Tabelião de Mata Grande nos havia dito:

— Os senhores vão encontrar em Palmeira dos Índios o homem que sabe mais mitologia em todo o sertão.

Nós éramos dois literatos numa comitiva oficial. Que homem terrível seria este de Palmeira? Um homem com todos os deuses e deusas da mitologia para nos esmagar na conversa. Fiquei com medo do sábio sertanejo. E de fato, na tarde do mesmo dia entrávamos em contato com a fera em carne e osso. O prefeito nos apresentou:

— Este é o professor Graciliano Ramos.

— Professor de coisa nenhuma, foi nos dizendo ele.

E ficou para um canto da sala, encolhido, de olhos desconfiados, com um sorriso amargo na boca, enquanto o governador falava para os correligionários. Quis provocá-lo, e tive medo da mitologia. Mas aos poucos fui me chegando para o sertanejo quieto, de cara maliciosa. Falou-me de uns artigos que havia lido com a minha assinatura, com tanta discrição no falar, com palavras tão sóbrias que me encantaram.

O homem que sabia mitologia, também entendia de Balzac, de Zola, de Flaubert, de literatura, como se vivesse disto. Soube que era comerciante, que tinha família grande, que era ateu, que estivera no Rio, que fizera sonetos, que sabia inglês, francês, que falava italiano.

Conheci assim o mestre Graciliano Ramos. Depois o comerciante fechou as portas pagando integralmente aos credores e seria o prefeito de sua cidade, faria relatórios ao conselho municipal, em língua e humor de grande escritor.

Começou aí a carreira deste mestre. O homem que sabia mitologia sabia muito mais da natureza humana. Muito mais próximo ele estava dos homens do que dos deuses da Hélade.

Vieram os seus livros. O romance brasileiro, com ele, foi além daquilo a que tinha chegado. A amargura de Graciliano tem um patético que não há na melancolia de Machado de Assis, ou na rebeldia de Lima Barreto. No sertanejo a vida se condensa no claro-escuro mais pungente de nossas letras.

Machado de Assis falava na "voluptuosidade do nada", tinha um gozo requintado da frase, gostava de se debruçar sobre as árvores, de ver a baía, de olhar o mar, de se encher da poesia das pequenas coisas. Graciliano Ramos elimina tudo que não seja do homem, da miséria, da condição trágica, de um fatalismo cruel. O seu realismo não se detém na marcha para as descobertas terríveis. Tudo o que ele sente, ele diz. Por isto os seus romances só agradam aos que são difíceis de agradar.

Daí a sua verdadeira grandeza. Os seus personagens não procuram o mistério para se esconder. São, no entanto, instrumentos do mistério, do mais tenebroso mistério que é aquele que é o próprio homem na solidão.

Graciliano Ramos é o romancista da solidão. É o romancista que está só na profundidade de seu poço, na companhia de todos os seus eus, de todos os seus monólogos. Alguns de seus personagens falam, mantêm diálogos com sombras.

A realidade profunda, a verdade única está no fundo da alma. É o primeiro caso na literatura brasileira de um homem que não ama a natureza que o cerca. Muito amou Machado de Assis as chácaras da Tijuca, as águas da Guanabara, os arvoredos do Cosme Velho. Vibrava, o velho cético, com as acácias e as palmeiras dos jardins cariocas.

Graciliano Ramos é um retratista sem fundo. Tudo nele se concentra no que é homem, no que é a tragédia de ser homem. Os seus romances, por esta maneira, ganharam em profundidade, em análise sem piedade, em síntese desesperada. Ele criou uma galeria que é a mais dolorosa do nosso romance. Os homens e as mulheres, até os bichos que ele cria, são criaturas que carregam a vida como o maior castigo. Não há solução para aquelas almas. Mas tudo isto com uma força de quem se concentra, de quem pode manobrar suas energias como um faquir.

A língua de que ele se serve é um instrumento de fabulosa precisão. Não há nela um desgaste de peça, um parafuso frouxo. Tudo anda num ritmo perfeito. É um mestre da língua para muitos. Para mim ele é mestre de ofício mais difícil que o de manobrar bem as palavras. É um mestre como fora Stendhal, de palavras precisas, mas de paixões indomáveis.

A grandeza do mestre Graciliano está nisto, em que sendo um homem de poucas palavras, é, na solidão de sua obra, um escritor de vida eterna.

O BRUXO DE VILA RICA

O que é fundamental no Aleijadinho é a luta que ele sustentou sempre contra a morte. O mestiço que fazia medo aos meninos e nojo aos grandes teve um gênio que parecia de feitiçaria. Era como que sócio do diabo, homem que tivesse partilhado com o demônio a sua alma. E daí a crueldade, a força de sátira que há em muito santo do Aleijadinho: perfis de apóstolos como de salteadores de estrada, narizes aduncos, faces cavadas, olhos de famintos.

O mulato Lisboa, de Vila Rica, ainda não teve um biógrafo, homem que fosse mistura de psiquiatra, sociólogo, poeta, para fixar o relevo de uma sociedade que ele esmagou com o seu gênio, com os seus poderes de artista e suas iras de réprobo.

O nariz quebrado de Miguel Ângelo dera-lhe uma certa fúria de rebelde, de agente subversivo. Os seus sonetos e os seus amores explicam a maior parte das convulsões de seus mármores, de seus arrancos de pintor. Miguel Ângelo olhava sempre para o mundo como um mutilado que quisesse se vingar, criando com desespero, dando mais força e mais grandeza à natureza primária.

O Aleijadinho teve a morte como fada, musa inspiradora. O mal que lhe roía as carnes, as cartilagens, os ossos, dava-lhe fôlego para tirar da pedra-sabão estremecimentos de vida que não morre, de vida eterna. Os contemporâneos veem nele um danado, bruxo que morava em igrejas, que dava corpo e alma aos santos que esculpia. Os profetas que ele enfileirou na entrada da igreja de Congonhas são mais que reminiscências bíblicas, de leitura da História Sagrada. São como criações de um poeta que se alimentava do povo, de fontes populares. São figuras folclóricas, como de contos de Trancoso.

É assim este misterioso Aleijadinho. Ele tinha tanta riqueza interior, tanta força de rapsodo, que nem a morte pôde com ele. Caiu, aos pedaços, criando como um demiurgo.

1942

O TÚMULO DE VAN GOGH

No domingo quente de Paris, 30 graus à sombra, saímos para uma volta pelo campo todo verde, radiante de seiva depois do inverno mortal deste ano. Estradas cheias e piscinas repletas da boa classe média que não tem posses para as delícias da Côte d'Azur, para os que não podem gozar os prazeres do Mediterrâneo, onde vadiam príncipes e "estrelas" de cinema. Domingo quente, campo cheio. Desde o Bois até Villenes fomos encontrando o francês despojado de roupa escura, em idílios como se estivesse na ilha de Paulo e Virgínia. Beijos e beijos de casais garridos e até de velhos chibantes. Íamos almoçar no Éden, um ponto *chic*, espécie de Hotel Copacabana cercado de árvores e de piscina, onde nem cabia um alfinete. Os parisienses vingavam-se do calor nas águas azuis do lago de louça colorida. Não havia um lugar para o almoço e deixamos a alegria esfuziante pela paz bucólica de uma casa de pasto à beira do Sena. Corriam pelo rio barcos de todas as qualidades. De vez em quando os batelões carregados de óleos que demandavam para viagens longas, de canal a canal, rompendo a França inteira como caminhos interiores. Canoas a remo, à maneira dos índios, com a felicidade de jovens que se abraçavam a cada instante. Uma velha de cabelos vermelhos queria se mostrar na exuberância dos dentes postiços e ria-se para os ribeirinhos com a alegria de quem não sabia ainda o que era o reumatismo dos dias negros de dezembro. Podíamos comer tranquilos o peixe fresco do rio e gozar a doce viração que começava a soprar.

*

Depois começamos a nossa peregrinação ao túmulo de Van Gogh. Lá no alto estava Villenes, dominando o vale semeado de trigo. Ali tivera sua casa de campo Zola rico, depois do sucesso. A propriedade do gigante diz muito bem do seu mau gosto, tão acentuado pelo amigo Cézanne. Hoje, o que foi o solar do romancista é uma creche. Veem-se as crianças ao sol, enquanto uma enorme cabeça do romancista enche o jardim de sua presença. Lá por cima corre o trem que ele, em suas noites de vigília, ouvia apitar.

A besta humana devia rondar por aqueles ermos, e bem que o gênio conhecia os seus passos, no silêncio das noites solitárias.

*

Tínhamos que ver o túmulo de Van Gogh. Cícero Dias fazia questão de mostrar. Rodamos pelas margens do Oise. Atravessamos o leito em balsa e o vilarejo que se espalhava pelas ribeiras parecia um porto de batelões onde moravam famílias inteiras. Mulheres preparavam o jantar e outras lavavam roupas por cima das embarcações. Ainda tínhamos quinze minutos para chegar à cidade que fora das preferências dos impressionistas. E quando chegamos a Auvers-sur-Oise já o calor não existia mais. Havia na cidade apenas a coloração domingueira. Os mais belos vestidos e os mais próprios fatos de homens que ficavam à porta dos cafés no gozo estival da tarde. O cemitério estava a dois passos, montado numa colina, simples, de muros limpos, todo aberto ao campo como se fosse a sua continuidade. E lá num canto humilde, em cova rasa, apenas com pedra na cabeceira, o último refúgio do maior pintor de seu tempo: o desgraçado Vicente. Somente os números de sua vida ao lado do irmão que o acompanhou na morte um ano após. Em cima da relva, desconhecidos haviam colocado ramos de trigo. Era a única homenagem dos humanos ao que fora o maior humano de todos. Lá fora havia um imenso trigal que se perdia de vista. Era a maior homenagem que se podia prestar ao que dera a humildes coisas do campo, como São Francisco aos humildes animais, uma fala eterna, a fala da poesia. Soprava agora o vento que fazia cama na massa verde. Com pouco mais tudo estaria com as cores que somente os olhos de Van Gogh souberam revelar.

O FADO DE AMÁLIA RODRIGUES

Perguntou-me um amigo se já tinha ouvido a fadista Amália Rodrigues. E, como lhe dissesse que não, me aconselhou que não a perdesse.

Não lhe quis dizer que tinha pelo fado uma certa prevenção, igual a que sinto pelo tango argentino, e que havia momentos em que, se me dessem poderes na terra, acabaria por liquidá-los de uma vez para sempre.

Não é que me faça de requintado e despreze a música popular. Pelo contrário, adoro tudo o que é força melódica do povo. Sou, como Prudente de Morais Neto, inteiramente de certos sambas. Mas a tristeza melosa dos fados me fazia mal. Era porque eu não ouvira fados de verdade. Ouvira deformações do fado. E, para tirar a limpo as minhas prevenções, fui ouvir a Sra. Amália Rodrigues. De começo gostei da cara da lusitana morena, de olhos brilhantes, de gestos sombrios. A cara agradou e a voz me convenceu. Era bem outra coisa que aquelas latomias de velório que a moça bonita cantava com todo o seu corpo e toda a sua alma. A cantiga do povo estava na sua voz quente, doce e, em certos momentos, de pungente tristeza.

Dissera uma vez João do Rio que a flor romântica dos meridionais, o sentimento vago e impalpável, misto de tristeza, agonia, sorrisos, paixão, desabrochara no fado. Conhecera o grande João do Rio a maravilhosa Julia e, ao chegar em Lisboa, ficara preso à fadista, que muito tinha da Severa. Julia arrebatara o cronista que, num antro de vagabundos, a ouvira em grande noite. E o que cantava a mulher era "a dolorosa vida humana feita de sangue, de alegria e de chalaça, era o mistério da existência".

Amália Rodrigues canta assim, com esta segurança de quem é a própria paixão que interpreta. Não se separa da música e da letra, não estabelece distância entre ela e os êxtases de sua arte. É de carne o fado que lhe sai da boca, como se conduzisse um amor, uma história terrível, um desejo de posse violenta, uma absorvente volúpia. Cantar para ela não deve ser somente uma profissão, deve ser viver, consumir-se em paixão. Há uma quadra que diz:

Se o Padre Santo soubesse
O gosto que o fado tem
Viria de Roma aqui
Bater o fado também

Eu não sou Padre Santo, mas mísero mortal do bom Deus. Mas confesso que Amália Rodrigues me convenceu. Diria melhor, com a força da expressão do povo: me abalou.

(*O Globo*, 22 dez. 1944)

A MÚSICA BRASILEIRA E CARMEN MIRANDA

Devemos às qualidades de intérprete de Carmen Miranda grande parte do sucesso da nossa música no estrangeiro. A cantora de graça extraordinária, assim como fez Amália Rodrigues com o fado, conseguiu levar as doces melodias brasileiras às alturas da música universal. O samba de Carmen Miranda tem muita coisa que é só de sua capacidade de expressão. Quando a menina de formação carioca se iniciou na vida de artista, levou para os palcos e às câmaras de gravação qualquer coisa de novo. Havia Carmen Miranda nas marchas e sambas que ela punha em discos, valorizando, com a sua maneira de cantar e de gesticular, os menores detalhes das peças que criava. Pode-se dizer, sem exagero, que há um Ari Barroso, um Noel Rosa, um Sinhô à moda de Carmen Miranda. E esta maneira Carmen Miranda é marca de fábrica.

Nenhuma vedete chegou-lhe aos pés na brejeirice, nos gestos, na forma de dizer. E é aí onde está a sua grande originalidade. Se o texto musical não corresponde ao seu valor real, Carmen supera a fraqueza do texto e faz o sucesso, leva aos ouvintes o que é somente de sua propriedade exclusiva. Isto é o que é a verdadeira arte, é este poder de comunicação que se transmite para tomar conta dos outros. A sua ausência do Brasil deve ter-lhe custado muito. As fontes de sua originalidade não estão nas praias do Pacífico, mas aqui neste Rio de Janeiro, de calor, de luz, de cor, de morros, de malandragem camarada.

*

Se me fosse possível comparar gêneros diversos, eu diria que Carmen Miranda é assim como é o Rubem Braga na crônica. O pequeno, a fragilidade, o insignificante não existem para essas duas naturezas de poeta. Pega Carmen de uma marcha como "Mamãe eu quero" qualquer coisa de minúsculo em substância musical, e transforma num canto de bacanal carnavalesco. Pega Rubem um pobre pé de milho de quintal e transforma o arbusto tenro em madeira eterna de literatura. Volta Carmen Miranda em pleno verão carioca para uma estada de recuperação. Acredito que os ardores da terra, com o verde dos mares e as estrelas do céu terão poderes de cura sobre aquela que foi a voz que tanto soube revelar os encantos do Rio de Janeiro.

(*O Globo*, 9 dez. 1954)

INFORMAÇÕES SOBRE AS CRÔNICAS

A maior parte das crônicas desta coletânea foi publicada em livros e selecionada pelo próprio autor. É o caso da obra *Gordos e magros*, de 1942, primeira reunião de crônicas estabelecida por José Lins do Rego e da qual foram retiradas "Língua do povo", "O homem e a mulher", "Estilo e ciência", "Por que escreves?", "O dever dos homens de letras", "Walt Disney", "O Zola do cinema", "Poetas de Portugal", "Van Gogh" e "O bruxo de Vila Rica".

Da obra *Poesia e vida*, publicada em 1945 e que reúne ensaios e crônicas, tem-se "Um dicionário", "Sobre o humor", "A moda literária", "O frevo", "Aroeira do campo", "Os perigos da história", "Fôlego e classe", "Picasso", "O homem Lincoln" e "O mestre Graciliano".

Do livro *A casa e o homem*, publicado em 1954, há a maior quantidade de crônicas selecionadas: "Prefiro Montaigne", "A casa e o homem", "Leitura para rapazes", "Sobre o humanismo", "Uma história de Natal", "O homem bom e o homem mau", "Cedrinho", "O Natal de 1945", "A palavra 'povo'", "Os ossos do mundo", "O humanismo francês", "Heine salvará a Alemanha", "'Onde estão os nossos sonhos?'", "Veneza", "Viagens no Brasil", "Vi Nápoles e não morri", "A Roma que foi de César", "Duas faces da Itália: Pompeia e Florença", "Niemeyer", "Gide e a vida" e "O grande Lobato".

Roteiro de Israel, publicado pelo Centro Cultural Brasil-Israel em 1955, apresenta as crônicas que falam do país, a constar aqui: "Terra de Deus", "Roteiro de Israel – Israel (I)" e "Imagens de Jerusalém".

Da publicação *Gregos e troianos*, de 1957, foram selecionadas "Carnaval do Recife", "As africanas de meu avô", "Uma viagem sentimental", "O lírico do Jardim Botânico" e "Imagens da Alemanha".

Do oitavo e último livro de crônicas estabelecido pelo autor, *Presença do Nordeste na literatura brasileira*, foi escolhida uma crônica sobre José de Alencar, à qual se deu o nome do autor ao título por não possuir tal indicação.

De *O vulcão e a fonte*, obra de 1958 organizada por Lêdo Ivo e publicada logo após a morte do autor, foram selecionadas as crônicas "O pródigo", "Santa Sofia", "A grande atriz", "A Fazenda do Gavião", "Uma história de macaco", "Sobre o caju", "Os cangaceiros da moda e os reais", "Música carioca", "Monólogo de ônibus", "As belas palavras", "O caráter do brasileiro", "Paris" e "O túmulo de Van Gogh".

Algumas das crônicas relacionadas ao universo futebolístico e, especialmente, ao amor de José Lins do Rego pelo Flamengo, foram selecionadas a partir da obra *Flamengo é puro amor*: "A derrota", "Volta à crônica", "O bravo Biguá", "Nada de Academia", "Rachel de Queiroz e o Vasco", e "O cronista, as borboletas e os urubus"; além daquelas apenas publicadas no *Jornal dos Sports*: "O Flamengo", "As fúrias de um torcedor" e "Romance do *football*".

Lêdo Ivo organizou uma segunda coletânea de crônicas do autor intitulada *O cravo de Mozart é eterno*, da qual foram selecionadas "O rio Paraíba", "Os jangadeiros", "Natal de um menino de engenho", "Lisboa", "Sol e Grécia", "Suécia, máquina sem atritos", "Formigas e finlandeses", "Viagem à terra de Shakespeare" e "Não há nada de podre no reino da Dinamarca".

José Lins do Rego foi colaborador ativo do jornal *O Globo*, dentre outros jornais. Aqui estão reunidas as crônicas da coluna "Conversa de lotação": "Uma lata de sardinhas", "Conversas de autolotação (I)", "Conversa de autolotação (II)", "Conversas de lotação (I)", "Conversa de lotação (II)", "Conversa de lotação (III)", "Conversa de lotação (IV)", "Conversa de lotação (V)"; além das relacionadas a cinema e celebridades, algumas publicadas na coluna "O Globo nos cinemas": "Buster Keaton", "'Eu sou doutor'", "*Branca de Neve*", "Um livro sobre Chaplin", "Cinema e música brasileira", "O individualismo no cinema", "O tango argentino", "O fado de Amália Rodrigues" e "A música brasileira e Carmen Miranda". "O poeta da crônica" foi publicada no jornal português *O Primeiro de Janeiro*, em 1948. O texto "O *Menino de engenho* em quadrinhos" foi publicado n'*O Jornal*, do Rio de Janeiro, em 1955, e inserido como prefácio na obra original posteriormente.

BIOGRAFIA

> Tenho 46 anos, moreno, cabelos pretos, com meia dúzia de fios brancos, 1 metro e 74 centímetros, casado, com três filhas e um genro, 86 quilos bem pesados, muita saúde e muito medo de morrer. Não gosto de trabalhar, não fumo, durmo com muitos sonos e já escrevi onze romances. Se chove, tenho saudades do sol; se faz calor, tenho saudades da chuva. Vou a futebol e sofro como um pobre diabo. Jogo tênis, pessimamente, e daria tudo para ver meu clube campeão de tudo. Sou homem de paixões violentas. Temo os poderes de Deus, e fui devoto de Nossa Senhora da Conceição. Enfim, literato de cabeça aos pés, amigo dos meus amigos, e capaz de tudo se me pisarem os calos. Perco então a cabeça e fico ridículo. Não sou mau pagador. Se tenho, pago, e não perco o sono por isso. Afinal de contas sou um homem, como os outros. E Deus queira que assim continue.

Corria o ano de 1947 quando o escritor José Lins do Rego assim se definiu. Era uma crônica eivada de humor, como lhe era característico quando escrevia nesse gênero, elaborada para a imprensa carioca, da qual era colaborador assíduo. Mas, para além desse autorretrato bem-humorado, quem afinal foi esse autor, de quem agora selecionamos as melhores crônicas? Procuraremos, a seguir, traçar um esboço de passagens marcantes de sua trajetória e de sua personalidade.

José Lins do Rego Cavalcanti nasceu em São Miguel de Taipu, em um engenho açucareiro localizado na vila do Pilar, várzea do rio Paraíba, a 3 de junho de 1901. No alvorecer do século XX, os "aristocratas do açúcar", como a classe de proprietários detentores da cana-de-açúcar no Nordeste era chamada, ainda eram poderosos, mas a sua principal mercadoria de exportação se encontrava em decadência. O avô de José Lins do Rego foi um desses membros que, a despeito do declínio econômico, mantinha o prestígio social e político nas vastas extensões de terra sob seu domínio senhorial, acumuladas ao longo de gerações.

José Lins Cavalcanti de Albuquerque, conhecido pelo apelido familiar de Bubu, foi o avô materno de José Lins do Rego. Ele irá exercer uma influência decisiva na imaginação do neto, construída desde as primeiras experiências de infância. O falecimento precoce da mãe e a ausência do pai – João do Rego Cavalcanti deixará o filho em tenra idade, logo após a morte da mulher, Amélia Lins Cavalcanti, nove meses depois do parto – acentuaram ainda mais a importância da figura masculina do avô. Dono de seis dos nove engenhos da família – o Corredor, o Itaipu, o Itambé, o Itapuá, o Outeiro, o Gameleira, o Maravalha, o Maçangana e o São Miguel – o coronel José Lins foi, por sua vez, herdeiro de uma estrutura familiar e fundiária inaugurada por José Cavalcanti de Albuquerque Lins (1786-1870), também chamado por um abreviativo: Num. A genealogia mais ancestral remonta, no entanto, a um marinheiro náufrago, cujo nome era Cibaldo Linz. De origem alemã, ele vai fundar o tronco dos Albuquerque Lins no Pilar e o dos Ávila Lins no município de Areia, ambos na Paraíba.

Com o falecimento da mãe legítima de José Lins do Rego, Amélia, o pai, João do Rego, foi morar no engenho Itapuá, onde se casaria novamente. Após a morte da filha, Bubu havia dado ao viúvo aquele engenho, o mais fraco de sua propriedade em termos produtivos e financeiros. Com safras abaixo da média, o pai de José Lins do Rego foi então impedido de assumir o comando do Itapuá, transferiu-se para o engenho Itambé e depois para o Camará, onde viveu na pobreza.

Assim como Bubu e Num, o menino atendia em casa por um apelido diminutivo: Dedé. Curiosamente, apenas a tia Maria, mãe adotiva considerada carinhosa, chamava-o por seu nome próprio.

Enquanto a avó é definida em poucas palavras, sem parecer ocupar maior importância no imaginário do menino, as impressões de José Lins do Rego são extensas, variadas e ambíguas quando se refere ao avô. Bubu era considerado, ao mesmo tempo, duro e doce, bom e mau, poderoso e fraco. A visão acerca do avô vai se modificar ao longo do tempo. À medida que o menino cresce e toma conhecimento de outros fazendeiros e de outras ordens de grandeza, o poder do avô passa a ser relativizado. De início, no entanto, tudo é medido pela imensidão das propriedades de Bubu.

Sob a guarda de sua terceira mãe, a tia Naninha, a segunda por adoção, Dedé passou uma temporada de sua infância no engenho Maçangana. A tia encontrava-se frágil fisicamente e precisava revigorar a saúde. Desse modo, foi aconselhada a ficar um tempo na casa-grande onde morava a irmã mais velha. A nova morada permitiu a Dedé o distanciamento do antigo engenho. Distanciava-se, com efeito, também do avô: "Aqueles meses de ausência me deram a oportunidade de avaliar o que era o Corredor. Ali gritava o meu avô e a tia Naninha sabia fazer o que era necessário", diz o escritor em seu livro de memórias, *Meus verdes anos* (1956).

José Lins do Rego passou a maior parte dos primeiros oito anos de sua infância no engenho Corredor. Em 1909, foi matriculado em um colégio interno, para fazer o curso primário. O ingresso na escola foi um acontecimento de ruptura, muito marcante na sua formação. O afastamento do engenho representou um grande desafio: sair do ambiente familiar e provinciano em torno do qual vivera e estabelecer relações sociais fora do universo íntimo e doméstico. A quebra da rotina na vida rural e, por extensão, com sua tradição oral, foi então posta à prova, com a passagem difícil e dolorosa para o mundo urbano da escrita, dos livros e da "cultura letrada".

Antes de entrar no internato de Itabaiana, José Lins do Rego recebera as primeiras lições de cartilha e tabuada no engenho. O menino frequentou a escola pública do Pilar, na companhia dos criados da casa-grande, como Marta, filha de Avelina. Seu primeiro professor foi o doutor Figueiredo, um forasteiro que passara a habitar o Corredor a pedido de um político da cidade. Embora não tivesse diploma de professor, Figueiredo se dispôs a ensinar José Lins. Sem paciência, no entanto, descompensava contra a criança a cada sabatina mal respondida, usando os recursos punitivos em voga na época, como a palmatória.

Aos 11 anos de idade, o engenho ficará ainda mais distante para o rapaz, não apenas do ponto de vista sentimental. Depois de terminar o primário no instituto de Itabaiana, José Lins foi enviado à capital paraibana, a fim de ingressar em outro internato, onde dará prosseguimento à sua formação escolar. De certa maneira, o internato na Paraíba, o Diocesano Pio X, foi uma continuação do ensino que recebera no instituto de Itabaiana, pois ambas as instituições tinham em comum uma orientação com princípios religiosos.

José Lins frisou, em seu livro memorialístico, as dificuldades de aprendizagem. Mas, pouco a pouco, é possível dizer que a vivência dolorosa se transformou em prazer. Este foi associado às descobertas proporcionadas pela leitura. Além das aulas de Religião, tinha as matérias de Aritmética, História e Gramática, no internato de Itabaiana. A Geografia foi uma das disciplinas que mais despertou seu interesse. Com ela, conforme confessou ficcionalmente no romance *Doidinho*, "o mundo crescia para mim".

A familiaridade com a leitura se intensificou daí por diante nos demais estabelecimentos de ensino por onde o adolescente passou. Logo o cultivo das letras se desdobrou nos contatos iniciais com a escrita e com a redação dos primeiros textos. No colégio da capital paraibana, onde José Lins morou por mais três anos, de 1912 a 1915, o aluno assinou um precoce artigo, publicado na *Revista Pio X*.

José Lins do Rego radicou-se em Recife no ano de 1916, a fim de concluir os estudos ginasiais e secundários. Àquela altura, não se sabe se já tinha planos de continuar a estudar e ingressar na universidade. Ao chegar à capital pernambucana, referência cultural importante no Nordeste, é difícil averiguar se ele imaginava que iria passar sua mocidade durante quase uma década naquele grande centro urbano, comercial e intelectual do Nordeste.

A chegada para os estudos em Recife se deu em plena vigência da Grande Guerra, acontecimento que devastou o mundo entre 1914 e 1919. Em Recife, matriculou-se em mais três escolas. Essas também eram centros de excelência no ensino, o que não chega a ser surpresa no tratamento dispensado a um "filho da aristocracia". Foram elas: o Instituto Carneiro Leão, o Colégio Oswaldo Cruz e o Ginásio Pernambucano.

A formação escolar e o amadurecimento pessoal em Recife foram, portanto, propícios para uma nova fase na vida de José Lins. A descoberta da literatura brasileira se deu primeiro através da leitura de *O Ateneu*, de Raul Pompeia, e depois com o acesso às obras do bruxo Machado de Assis (1839-1908). Aos 16 anos, a leitura do livro *Dom Casmurro* é um impacto na vida de José Lins. O ambiente estudantil e literário leva José Lins do Rego a prosseguir nos estudos universitários. Isso será concretizado em 1919, quando ingressa na tradicional Faculdade de Direito do Recife.

José Lins do Rego começou a escrever nos periódicos da cidade antes mesmo de se matricular na Faculdade de Direito. A coluna "Ligeiros traços", de sua autoria, passa a ser assinada com certa regularidade no *Jornal do Estado da Paraíba*, nos primeiros dois meses de 1919. Com 20 anos, substituiu o jornalista Barbosa Lima Sobrinho em uma crônica semanal do *Jornal do Recife*.

Além da colaboração no jornal tradicional, José Lins, jovem jornalista e estudante de Direito, vai colaborar no *Diário do Estado*, em *Vida Moderna* e na revista quinzenal *Era Nova*. O conteúdo de suas crônicas versa sobre comentários de ordem geral acerca de fatos mundanos, de acontecimentos internacionais e já revela interesse e sensibilidade para o universo da cultura, através da valorização dos artistas da terra, como o pintor paraibano Pedro Américo, muito cultuado durante o Segundo Reinado, em função de telas oficiais encomendadas por D. Pedro II. Trata também de personalidades locais, com referência a figuras que mais tarde seriam conhecidas em nível nacional, tais como o então empresário de jornais Assis Chateaubriand.

O jornalismo político-literário, dessa forma, leva José Lins a fazer comentários sobre a vida regional, o que por sua vez acaba por conduzi-lo à oratória. O engajamento nas lutas de poder pessoal local mostra uma de suas características que se acentuariam com o tempo: o gosto pela polêmica e pelas tomadas de posição em debates públicos. No início da década de 1920, a amizade com o agitador e polemista Osório Borba resultaria, já nos tempos da Faculdade de Direito, na criação de um seminário intitulado *Dom Casmurro*. O jornal, de caráter panfletário, procurava atingir os políticos da região, mediante uma crítica sarcástica e sistemática.

Em princípios da década de 1920, com 22 anos, José Lins já era um bacharel pela Faculdade de Direito. A formação foi considerada regular no que diz respeito à dedicação aos estudos, mas se tratou, sem dúvida, de um período de descobertas e de imersão em longas e profícuas leituras. Humanista, o jovem José Lins se interessava por tudo, ou quase tudo, que versasse sobre literatura e artes em geral: a nacional e a estrangeira, a clássica e a moderna, a universal e a regional

José Lins do Rego conheceu sua companheira Filomena Masa (Naná) no ano de 1924, pouco depois de formado bacharel na Faculdade de Direito de Recife. O inesperado encontro com a conterrânea sela um destino a dois que se prolonga por 33 anos, até o falecimento do escritor.

Eles se conheceram fortuitamente em uma estação de trem a caminho de João Pessoa, onde José Lins voltaria a residir depois da formatura. A cerimônia de casamento ocorreu a 21 de setembro daquele mesmo ano, na capital do estado, na antiga igreja Nossa Senhora das Neves. José Lins e Filomena ficaram casados por mais de três décadas, ao longo das quais tiveram três filhas: Maria Elisabeth, Maria da Glória e Maria Christina.

Além do casamento, uma amizade merece ser destacada nessa época: José Lins do Rego e Gilberto Freyre se conheceram em Recife, no ano de 1923, numa tarde no Café Continental, um dos principais redutos boêmios da cidade. No tempo da *Belle Époque* pernambucana, o estabelecimento se chamava Café Cascata e ficava localizado nas imediações da fábrica de cigarros Lafaiete. Situados entre as ruas Imperador e Primeiro de Março, os bares da região eram pontos de encontros diários entre políticos, jornalistas, agentes de publicidade, homens de letras e frequentadores de concertos no Teatro de Santa Isabel.

José Lins e Gilberto iniciaram, desde então, uma amizade que se dava em caminhadas pela cidade, com visitas ao convento Santo Antônio e a igrejas em ruínas. A convivência se prolongava em passeios de barco pelo rio Capibaribe ou pelos sítios às suas margens; em passagens por Olinda, pelos cajueiros de Igarassu, por Cruz do Patrão e pelos bairros tradicionais de São José e Poço da Panela. O roteiro incluía ainda, ao meio-dia ou à noite, mercados como o Madalena, onde experimentavam os quitutes e pratos típicos.

A morte do avô materno faz José Lins retornar à terra natal e ao engenho onde crescera, a fim de cuidar dos destinos daquela propriedade. Ainda que seu retorno se deva a uma necessidade de ordem prática – cuidar da herança e dividir os espólios da família –, a volta à província de origem é acompanhada de uma nostalgia toda especial para o jovem recém-casado e recém-diplomado, que se acostumara aos livros, ao jornalismo, à política e à agitação política urbana.

Dentro de um país de cultura ainda em grande parte francófona, Gilberto vai introduzir José Lins do Rego aos grandes ensaístas europeus e aos modernos romancistas de língua inglesa. Dentre eles, *Judas, o obscuro*, de Thomas Hardy, e *Filhos e amantes*, de David Herbert Lawrence, livros de autores desconhecidos no Brasil à época. Após se conhecerem, ambos vão se dedicar à leitura conjunta da série romanesca *Em busca do tempo perdido* (1919), de Marcel Proust, um dos marcos da descoberta da subjetividade no romance psicológico moderno, escrito à luz da filosofia da matéria e da memória de Henri Bergson.

Ao lado da erudição humanística e acadêmica, Freyre transmite a José Lins do Rego seus entusiasmos com a terra brasileira a que voltava a ter contato, depois de anos de estudos nos Estados Unidos. As descobertas antropológicas e a sensibilidade artística do então jovem Gilberto fazem com que ele lance as bases na década de 1920 de um movimento de renovação das expressões culturais e de valorização das tradições regionais nordestinas. Tal movimento abarcava a literatura e a pintura, a arquitetura e o artesanato, a culinária e o folclore.

Em paralelo à ação conjunta com Gilberto, José Lins avança em sua atividade profissional. Em 1925, ingressa no Ministério Público e é nomeado promotor em Manhuaçu, o que o leva a sair do Nordeste, transferindo-se para o interior de Minas Gerais. No ano seguinte, ele se torna fiscal de consumo e volta à região de origem, radicando-se em Maceió. Na capital alagoana, iniciará uma nova fase de amizades e de amadurecimento literário, onde despontará, ao lado do cronista, a veia do romancista de *Menino de engenho* (1932).

José Lins fincou raízes em Maceió por quase uma década, entre 1926 e 1935. De acordo com vários testemunhos, ali viveu um dos períodos mais felizes e frutíferos de sua vida. Morou de início na rua Barão de São Félix. A família mudou-se em seguida para a avenida da Paz, 1228, onde morou em uma casa grande, fronteiriça ao mar.

Em Alagoas, José Lins tinha hábitos matutinos, que conservou ao longo da vida: usava robe xadrez, costumava dormir entre nove e meia e dez horas da noite e gostava de acordar bem cedo, entre seis e sete da manhã. Tão logo acordava, chupava duas laranjas, tomava mate torrado e escrevia as suas crônicas para os jornais. Cuidadoso com as filhas, passeava em companhia das babás das crianças – a Maricota e a Damiana – e da esposa Naná. Um dos passeios preferidos era a praia Formosa. Por essa época também conheceu o bairro litorâneo de Riacho Doce, cenário para o romance homônimo, que seria lançado em 1939.

Os anos passados naquela cidade foram marcados por um bom ambiente de convívio social. Expansivo, gostava de receber os amigos em casa para jogar pôquer. Em Maceió ainda, descobre aquele que seria um de seus *hobbys* preferidos pelo resto da vida: a prática de jogar tênis. Naná e o marido costumavam recepcionar casais de amigos, como o sociólogo Gilberto Freyre e Madalena, quando vinham de Recife, o escritor Luiz Jardim e Alice, além do pintor Cícero Dias e Raimunda, íntimos da casa.

Apreciador de dança, José Lins do Rego também frequentava os clubes recreativos e carnavalescos da cidade. Naquela época, o carnaval alagoano se dividia em dois cordões, o Vermelho e o Azul. A cidade era rica em tradições populares, como a Folia de Reis, a Lapinha e as Pastorinhas dos autos de Natal.

O jornalismo continuou a ser uma de suas atividades cotidianas. José Lins participava com crônicas regulares na imprensa da cidade. Colaborava no *Jornal de Alagoas*, um dos mais prestigiados, onde tinha uma coluna dominical; escrevia também para a revista semanal *Novidade*, dirigida por Alberto Passos Guimarães (1908-1993) e Valdemar Cavalcanti (1912--1982); e atuava ainda como correspondente alagoano de *A Província*, periódico dirigido por Gilberto Freyre em Recife. Assim como em Recife, lhe aprazíam os bares e cafés do centro de Maceió, pontos de encontro e sociabilidade. No caso da capital alagoana, os literatos locais reuniam-se no Bar do Cupertino, também chamado Bar Central, situado em frente ao Relógio Oficial.

A transferência, afinal feita para Maceió, por indicação do Ministério Público, permitiu-lhe trabalhar como fiscal de selos adesivos, entre 1926 e 1931, e como fiscal da Inspetoria Geral de Bancos do Estado de Alagoas, entre 1931 e 1935. Mais interessado em literatura do que na incumbência de fiscalizar tributos, torna-se assinante da *Nouvelle Revue Française*, a famosa revista editada em Paris, com as novidades do mundo literário.

Embora possuísse apenas 25 anos, o crítico paraibano já gozava de prestígio entre os novatos escritores da localidade, que se reuniam em círculos como a Academia dos Dez Unidos, a Festa da Arte Nova e o Grêmio

Literário Guimarães Passos. Em paródia sarcástica à Academia Alagoana de Letras, estes grupos aglutinavam jornalistas, poetas, professores e romancistas. A maioria desses moços seguiria a carreira literária e, alguns deles, alcançaram projeção nas letras e nas artes nacionais. Dentre eles, é possível citar: o filólogo Aurélio Buarque de Holanda, o poeta Jorge de Lima, o antropólogo Manuel Diégues Júnior, o cenógrafo Tomás Santa Rosa e o militante José Auto, sendo que este último vinha a ser casado com a romancista cearense Rachel de Queiroz, de quem José Lins se torna amigo também em Maceió.

Aqueles princípios dos anos 1930 reservam, no entanto, uma surpresa. Assiste-se à súbita aparição de José Lins no terreno da ficção. A nos fiarmos em seu testemunho, o acontecimento foi inesperado. Há algum tempo o crítico planejava, entre suas intenções literárias, escrever a biografia do avô e publicá-la sob a forma de livro. O título inicial previsto seria "Memórias de um menino de engenho".

No decorrer da escrita, no entanto, o que era biografia virou autobiografia e o que era memória, ficção. Quarenta pequenos capítulos compõem o enredo – há mais descrição e justaposição do que trama – e narram a vida de Carlinhos, menino órfão aos 4 anos de idade, evidente alter ego do autor. Quando a mãe morre e o pai é afastado de seu convívio, Carlos de Melo é enviado ao engenho do avô, o coronel José Paulino, outra clara alusão familiar, no caso ao próprio avô, José Lins Cavalcanti de Albuquerque. O Santa Rosa, engenho onde passa a viver, é mais uma referência explícita ao Engenho Corredor, no qual crescera o escritor.

A narrativa se estende até os 12 anos, quando uma nova ruptura é operada na vida do menino. Ele é então mandado para o internato escolar na cidade vizinha de Itabaiana. Sob a forma de quadros breves, o livro descreve as experiências de descoberta do menino num ambiente autárquico: um engenho da zona canavieira.

Nele, a dominação familiar, masculina e senhorial é exercida sem pudores. Mas se intercala também com a sua contraparte social: personagens populares e pitorescos, como o moleque Ricardo, a velha Totônia e o cangaceiro Antônio Silvino. Com os nomes alterados ou não, todos são figuras de inspiração diretas da realidade, porquanto são retratados personagens de que José Lins se lembrava da sua própria infância.

Em 1932, a recepção ao livro *Menino de engenho* vai ser surpreendente. Tendo em vista a dimensão modesta da editora – a Adersen Editora, que no mesmo ano publicou *Urucungo*, de Raul Bopp – e o fato de a publicação ter sido custeada pelo próprio autor, causa certo espanto a repercussão e o sucesso de vendas. Em apenas três semanas, 2 mil exemplares são vendidos no Rio de Janeiro.

O êxito obtido com *Menino de engenho* no eixo Rio-São Paulo encorajou José Lins a se aventurar em mais um romance no ano seguinte. Curiosamente, o novo livro dava continuidade à história anterior e iniciava a narrativa no momento preciso em que a anterior terminara: com a entrada do menino Carlos no colégio interno.

Nota-se em *Doidinho* (1933) um maior domínio na técnica romanesca. Ainda que permaneça presa à temática confessional, a nova obra explora menos o lado pitoresco da paisagem, bem acentuado em *Menino de engenho*, e se aprofunda na sondagem psicológica do personagem, agora um adolescente que tem de se desgarrar do seio familiar e se adaptar a um mundo hostil, com as tiranias de um professor autoritário e as crueldades dos colegas ginasiais.

Do ponto de vista comercial e editorial, o número de vendas continua alto, agora estimulado pelo fato de *Doidinho* ser publicado por outra editora, a Ariel, cujo nome aludia ao anjo de Shakespeare. Com sede no Rio, a Editora Ariel tinha como proprietários Agripino Grieco (1888-1973) e Gastão Cruls (1888-1959), outro que viria a se tornar amigo de José Lins e, ele próprio, médico do escritor, conhecido por ser hipocondríaco. Ambos os editores criam ainda o *Boletim de Ariel*, revista literária que existiu entre 1931 e 1938, em que José Lins também publica alguns artigos.

Na sequência de sucesso, o ano seguinte vê surgir da pena de José Lins mais uma obra, *Banguê* (1934). Em relação às duas anteriores, essa narrativa se mostra menos espontânea e mais bem acabada, com uma estrutura que a divide em três grandes partes. Os três romances, vistos em conjunto, compunham em verdade uma trilogia, a contar as etapas de construção humana de uma personalidade, dos 4 aos 24 anos de idade, período em que se constrói o seu caráter e a sua visão de mundo, à maneira do romance burguês europeu.

O terceiro dos livros publicados por José Lins apresenta uma novidade editorial que será decisiva para a carreira do escritor. Enquanto os dois primeiros romances haviam sido publicados por editoras de pequeno e médio porte, *Banguê* aparece no mercado de livros sob a chancela de uma nova, porém promissora casa editorial, comandada pelo comerciante paulista José Olympio (1902-1990). A aposta no êxito de vendas do romancista recém-revelado resulta na proposta de publicação de *Banguê*.

Fenômenos de vendas, os romances de José Lins se tornaram alguns dos carros-chefes da editora José Olympio. Esta inaugura em 1934 uma livraria na rua do Ouvidor, área comercial de distinção e de sociabilidade literária carioca desde os tempos da *Belle Époque*, ou seja, antes da Primeira Guerra Mundial. Em 1935, na esteira de seu êxito de vendagens, José Lins lança mais um romance, intitulado *O moleque Ricardo*, primeiro livro com temática urbana, ambientado na cidade de Recife. A presença do autor no Distrito Federal, e também em São Paulo, onde começa a fazer palestras e colaborações esporádicas na imprensa, é cada vez mais requisitada.

A força de atração da capital sobre os novos valores das letras nacionais – em especial os do Nordeste – se mostra pouco a pouco irresistível também para José Lins. Graças à projeção granjeada com rapidez, sua transferência para o Rio começa a ser especulada. Através de um trâmite legal, José Lins consegue a nomeação para um posto de trabalho no Rio de Janeiro, a fim de exercer o cargo de fiscal de consumo.

Nesses primeiros anos em que se estabelece no Rio de Janeiro, a veia literária se apresenta fértil como nunca. Seguindo a sugestão de José Olympio – "Você, José Lins, pode fazer um romance em cada ano" – o escritor publica em 1935 o citado *O moleque Ricardo*. A série continua no ano seguinte, com *Usina* (1936); em 1937 aparece *Pureza*; um ano depois, *Pedra Bonita* (1938); e, em 1939, *Riacho Doce*.

No mesmo ano em que *Riacho Doce* (1939) vem a lume, José Lins é deslocado de suas funções burocráticas na capital carioca e indicado a habitar no interior do Rio de Janeiro. O escritor vai para a Região dos Lagos, com a obrigação de continuar a exercer as suas funções de fiscal de consumo, mais precisamente na cidade de Cabo Frio. Assim como no bairro litorâneo de Riacho Doce, a vivência na região praiana das salinas de Cabo Frio e das lagoas de Araruama serve de inspiração para José Lins escrever um romance que será publicado em 1941: *Água-mãe*.

A estada de José Lins em Cabo Frio é breve. Já no início da década de 1940, o escritor está de volta à capital. Passa a morar na rua General Garzon, número 10, no bairro do Jardim Botânico, nas proximidades do Leblon e da Lagoa Rodrigo de Freitas. José Lins joga tênis com as filhas no clube Piraquê e gosta de ir ao cinema com toda a família. Quando ia ao Centro, pegava um lotação, meio de transporte coletivo da época, no ponto do Jockey Club. Da conversa com os passageiros, extraía a matéria-prima para as suas crônicas do dia seguinte.

Em fevereiro de 1943, José Lins publica aquela que vem a ser a sua obra-prima, *Fogo morto*, com prefácio do escritor de origem austríaca Otto Maria Carpeaux. A ficção cristaliza o poder de sua criação ambientada no universo canavieiro em que crescera. A construção narrativa da obra entusiasma, entre outros, o escritor Mário de Andrade, que então residia no Rio, e o jovem crítico literário Antonio Candido, que disseca a obra exemplar e publica um estudo logo depois, em 1945, no volume *Brigada ligeira*.

Ao lado da consagração na literatura, os amigos e todos que conviveram com José Lins do Rego testemunham um fato prosaico no Rio de Janeiro: o escritor foi um adorador de futebol e um fanático torcedor do Flamengo. José Lins passava mal ao assistir às partidas do seu clube: "Voltei ontem a ter a boca amarga, pulso 120, e angústia fria no coração. Voltei a ver o Flamengo em partida de futebol". O futebol motiva-o de corpo e alma, desde a Copa do Mundo de 1938, quando se encantou com a performance do atacante Leônidas da Silva, que atuará no Flamengo até 1942. O ídolo vai passar, mas a flama pelo clube, do qual se torna sócio e dirigente, perdurará até o fim da vida.

Assim, junto à roda literária da Livraria José Olympio, passava boa parte do tempo com outro grupo de amigos, aqueles do meio esportivo, conversando sobre o time, os jogadores e os lances das partidas. Os rubro-negros tinham o hábito de reunir-se para almoçar na tradicional Confeitaria Colombo, situada na rua Gonçalves Dias, transversal à rua do Ouvidor, no Centro do Rio.

Na imprensa, José Lins colaborou com regularidade em dois jornais da cidade: *O Globo*, de propriedade de seu amigo Roberto Marinho, onde assinava a coluna "Conversa de lotação"; e *O Jornal*, de propriedade de seu conterrâneo Assis Chateaubriand, onde escrevia na coluna "Homens, seres e coisas". Além disso, chegou a ler suas crônicas nas estações de rádio da cidade, hábito frequente entre os literatos da época. A parceria entre Mário Filho e José Lins do Rego será frutífera não só nos estádios, mas na crônica esportiva, com a coluna "Esporte e vida", que assinava no *Jornal dos Sports*.

Além de cronista e torcedor, José Lins exerceu também cargos de direção nas principais entidades esportivas do país. Depois de ser dirigente do Flamengo, entre 1939 e 1944, ocupou o posto de secretário-geral da Confederação Brasileira de Desportos (CBD) e chegou a ser presidente interino da entidade. Entre 1944 e 1946, foi indicado ainda para ocupar cargos no Conselho Nacional de Desportos (CND), órgão atrelado ao Ministério da Educação e Saúde (MES). Por intermédio de Carlos Drummond de Andrade, José Lins conheceu o ministro Gustavo Capanema, que o designou à condição de chefe da delegação da Seleção Brasileira no Campeonato Sul-Americano de 1953 em Lima, no Peru.

Nesse mesmo ano, ocorre a publicação de *Cangaceiros*, décimo segundo romance do escritor, sobre o banditismo na caatinga e no semiárido nordestino. Seis anos depois de *Eurídice* (1947), que se passa no Rio de Janeiro, *Cangaceiros* revisita a temática sertaneja e marca o encerramento de sua carreira na ficção. A obra foi ilustrada por Portinari, pintor de telas pungentes sobre a realidade do sertão nordestino, tais como *Enterro na rede, Retirantes, Os despejados* e *Menino morto*.

Um dado biográfico importante a mencionar são as viagens ao exterior, cujo início se dá já na década de 1940. Em 1943, José Lins começa a viajar pela América do Sul. Em missão oficial, a convite do Itamaraty, o escritor visita dois países vizinhos: a Argentina e o Uruguai. No primeiro, profere conferências sobre o romance brasileiro em uma instituição importante, o Colégio Livre de Estudos Superiores, situado em Buenos Aires e fundado em 1930, com inspiração no tradicional Colégio de França e no Colégio do México. Poucos anos depois, extrai daquela viagem o volume

Conferências no Prata (1946), publicação que contém suas palestras sobre os romancistas brasileiros, notadamente Machado de Assis e Raul Pompeia.

Em 1950, faz sua primeira viagem com destino à Europa e dá início a uma série de peregrinações pelo continente. A convite do consulado francês, visita Paris, cidade recomposta após a Segunda Guerra e o descalabro da ocupação nazista na cidade. Da capital francesa, envia crônicas ao Brasil, remetidas por cartas pela principal viação aérea brasileira da época, a Panair. Nas crônicas, conta as suas primeiras impressões da "cidade luz" e do Velho Mundo.

As matérias são publicadas no jornal *O Globo*, do diretor Roberto Marinho, a quem dedica o livro *Homens, seres e coisas* (1952). Elas relatam seus encontros com o pintor nordestino Cícero Dias, radicado na capital francesa. Dentre os fatos pitorescos e marcantes, conta que o amigo Cícero o levou à casa do pintor espanhol Pablo Picasso, situada na rue des Grands--Augustins, no coração de Paris. Narra também a sua ida à sede da Embaixada brasileira na França, onde se encontrou com os diplomatas Souza Dantas, Carlos de Ouro Preto e Guimarães Rosa. De trem, ainda naquele mês de maio de 1950, conhece cidades do sul da França.

Em sua viagem pelas províncias francesas, descreve castelos, vinhos, paisagens e histórias de várias cidades, como Menton, Antibes, Nimes, Camargue, Angers e Avignon. Reunidas em livro, as crônicas seriam publicadas em 1951, sob o título *Bota de sete léguas*, nome alusivo a uma clássica história infantil, *O Pequeno Polegar*, personagem folclórico que, para fugir de um ogro, vale-se dos calçados mágicos, cujas botas permitem-lhe escapar do monstro perseguidor com rapidez, podendo assim partir mundo afora. O livro de viagens colige também descrições dos traslados à Escandinávia e a Portugal no ano seguinte, em 1951.

Depois do convite feito pelo governo francês, outra viagem de cunho diplomático ocorre em meados dos anos 1950. O destino desta vez era o Oriente Médio e se deu por intermédio do consulado de Israel no Brasil. A razão para o convite se deve ao fato de que, durante a Segunda Guerra, José Lins havia publicado na imprensa vários textos em solidariedade ao povo judeu, posicionando-se contra o genocídio e contra a implacável perseguição antissemita no mundo.

Recém-formado o Estado de Israel, entre fins de 1947 e princípios de 1948, José Lins é convidado pelo Centro Cultural Brasil-Israel para conhecer o país no segundo semestre de 1955. Entre agosto e setembro daquele ano, o escritor visita várias cidades, dentre elas Tel-Aviv, a capital israelense, e Jerusalém, famosa por suas terras sagradas e milenares. Durante o périplo, tem ainda a oportunidade de conhecer a realidade de um *kibutz*, comunidade coletiva de produção agrícola do interior do país.

A visita também é acompanhada de diversas impressões escritas para jornais brasileiros. Por iniciativa dos amigos, no mesmo ano, onze crônicas são selecionadas e publicadas em livro bilíngue, sob o título *Roteiro de Israel*. Na obra, em tom de admiração, destaca as virtudes de um Estado, então com menos de uma década, e as qualidades de uma nação, que contava milênios de existência. A beleza dos textos é realçada através de imagens desérticas e marinhas, evocadas pela paisagem do Oriente Médio.

As viagens turísticas também foram intensas no decorrer dos anos 1950. José Lins se deparou com praias e ilhas, museus e templos históricos. Em 1952, visita a Itália e descobre as diversas faces de suas cidades: Veneza, Florença, Pompeia, Capri, Gênova, Siena, Roma. Em 1954, conhece a Grã-Bretanha, a Alemanha e a Suíça, e faz um grande périplo pela Europa, em lugares como Lisboa, Porto, Córsega, Paris, Londres e Roma. Em pleno mar atlântico, visita a Ilha da Madeira, possessão portuguesa. Tudo é registrado em suas crônicas.

As viagens de José Lins não devem ser chamadas propriamente de turísticas. Uma das principais razões para viajar era o fato de sua filha caçula, Maria Christina, ser casada com o diplomata Carlos dos Santos Veras. Ao longo daquela década, ela residiu em países tão diferentes quanto os Estados Unidos, a Finlândia, a Grécia, o Quênia e a Romênia. Sempre que podia, José Lins conseguia uma brecha para visitá-la. Passou duas temporadas maiores em Helsinque, capital finlandesa, e em Atenas, capital grega.

Foi duas vezes à Grécia. A primeira vez em 1955 e a segunda em 1956, ocasião em que ficou três meses, logo depois do nascimento do neto José, a quem dedicou o livro de memórias *Meus verdes anos*, sua "lição de vida". Além do contato com a família, pôde aproveitar para conhecer as ilhas que pontilham a bacia do mar Egeu. Fez expedições a Delfos, descreveu a luminosidade marítima do país, sentiu o halo do passado e tratou de meditar sobre as belas páginas de história da arte, mitologia e civilização que ali se desenrolaram.

Em suas viagens de visita familiar, a exceção ocorreu em princípios de 1954, quando não conseguiu se encontrar com a filha nos EUA, devido a um mero entrave burocrático do governo norte-americano. Em processo lento e demorado, José Lins não obteve autorização para o visto no passaporte, uma vez que seu nome foi encarado com certa suspeição pela Embaixada dos Estados Unidos. A suspeita se devia ao fato de ser um escritor com vários amigos simpáticos ao Comunismo. Vivia-se em plena Guerra Fria e os EUA cultivavam a paranoia do Macarthismo. O incidente causou indignação ao romancista Erico Verissimo, que então lecionava na Califórnia e resolveu escrever uma carta em desagravo ao veto recebido pelo amigo.

José Lins do Rego tornou-se conhecido ao longo da vida por sua personalidade irreverente. Surpreendia aqueles que se deixavam levar pelos estereótipos e pelos clichês. Ao contrário de um intelectual convencional, a cultivar ares doutos e graves, eventualmente com um *pincenez* no rosto, o comportamento do autor de *Doidinho* em tudo diferia dos hábitos, das poses supostamente superiores e dos tiques livrescos mais comuns.

Um dos episódios mais emblemáticos dessa postura de irreverência frente às convenções artístico-literárias aconteceu por ocasião de sua posse na Academia Brasileira de Letras. A cerimônia ocorreu no dia 15 de dezembro de 1956. Naquela noite solene, o discurso de José Lins na sede da Academia surpreendeu a maioria dos convidados presentes e gerou um grande "bafafá" em torno da leitura.

A polêmica dizia respeito menos à forma pela qual leu o discurso e mais ao conteúdo que vinha dito nele. Ao assumir a vacância da cadeira de número 25, cujo patrono era o poeta Junqueira Freire (1832-1855) e cujo ocupante anterior era o magistrado Ataulfo de Paiva (1867-1955) – o terceiro a ocupar aquele assento na história da ABL –, José Lins, na condição de sucessor, esquivou-se de seguir uma tradição cara à Casa.

A expectativa geral era a de que o orador saudasse formalmente a figura de Ataulfo de Paiva. Esperava-se que fizesse ao menos referência cortês ao imortal que o antecedera. A fala de José Lins, no entanto, preferiu não esconder suas opiniões negativas sobre a figura que sucedia. Movido pela franqueza, afirmava que se manteria fiel à autenticidade das suas convicções. Além de não homenagear Ataulfo de Paiva, José Lins ainda arrolou críticas ácidas ao personagem que então substituía.

José Lins não chegou a ver seu discurso de posse publicado em livro. Preparado para a publicação pela editora José Olympio, o escritor foi internado em julho de 1957, mês previsto para o lançamento do discurso, editado juntamente com o texto de recepção de Austregésilo de Athayde. Uma vez hospitalizado, padeceria por três meses no IPASE (Instituto de Previdência e Aposentadoria dos Servidores do Estado), aos cuidados dos familiares e dos amigos mais próximos, como o jovem poeta amazonense Thiago de Mello.

Mesmo enfermo, publicava suas crônicas nos jornais. À medida que aumentavam as dificuldades para falar, passava a escrever e a deixar bilhetinhos, como lembra a filha primogênita, Betinha. Segundo ela, poucos dias antes de morrer, pediu-lhe lápis e papel e escreveu, em referência à casa da família no Jardim Botânico: "Viva o Garzon 10!".

Um dos últimos textos, quando não tinha mais condições de escrever, foi uma crônica esportiva, que chegou a ser ditada em voz alta e anotada por um amigo, sendo publicada no dia seguinte no *Jornal dos Sports*. Recebia visitas frequentes de pessoas importantes, como o Presidente da República, Juscelino Kubitschek. Anônimos que admiravam sua literatura também o visitavam, sem contar, é claro, os "irmãos", como chamava efusivamente os desconhecidos torcedores do Flamengo.

Mesmo com todo o carinho da família e o apoio caloroso dos amigos, José Lins faleceu no dia 12 de setembro de 1957, aos 56 anos de idade. Foi vítima de hepatopatia, resultado de uma esquistossomose contraída quando criança, em razão dos banhos de rio no Nordeste, em águas infestadas de caramujos.

BIBLIOGRAFIA

Ficção

Menino de engenho. Rio de Janeiro: Ed. do Autor, distribuído por Adersen, editor, 1932.
Doidinho. Rio de Janeiro: Ariel, 1933.
Banguê. Rio de Janeiro: José Olympio, 1934.
O moleque Ricardo. Rio de Janeiro: José Olympio, 1935.
Usina. Rio de Janeiro: José Olympio, 1936.
Histórias da velha Totônia. Rio de Janeiro: José Olympio, 1936.
Pureza. Rio de Janeiro: José Olympio, 1937.
Pedra Bonita. Rio de Janeiro: José Olympio, 1938.
Riacho Doce. Rio de Janeiro: José Olympio, 1939.
Água-mãe. Rio de Janeiro: José Olympio, 1941.
Fogo morto. Rio de Janeiro: José Olympio, 1943.
Eurídice. Rio de Janeiro: José Olympio, 1947.
Cangaceiros. Rio de Janeiro: José Olympio, 1953.

Memórias

Meus verdes anos. Rio de Janeiro: José Olympio, 1956.

Ensaios, conferências, críticas, crônicas e tradução

A vida de Eleonora Duse. RHEINHARDT, E. A. Rio de Janeiro: José Olympio, 1940.
Gordos e magros. Rio de Janeiro: Casa do Estudante do Brasil, 1942.

Pedro Américo. Rio de Janeiro: Casa do Estudante do Brasil, 1943.

Poesia e vida. Rio de Janeiro: Universal, 1945.

Conferências no Prata. Rio de Janeiro: Casa do Estudante do Brasil, 1946.

Bota de sete léguas. Rio de Janeiro: A Noite, 1951.

Homens, seres e coisas. Rio de Janeiro: Serviço de Documentação do Ministério da Educação e Saúde, 1952.

A casa e o homem. Rio de Janeiro: Organização Simões, 1954.

Roteiro de Israel. Rio de Janeiro: Centro Cultural Brasil-Israel, 1955.

Gregos e troianos. Rio de Janeiro: Bloch, 1957.

Presença do Nordeste na literatura brasileira. Rio de Janeiro: Serviço de Documentação do Ministério da Educação e Saúde, 1957.

Discurso de recepção e posse na Academia Brasileira de Letras: José Lins do Rego e Austregésilo de Athayde. Rio de Janeiro: José Olympio, 1957.

Antologias de crônicas e ensaios

O vulcão e a fonte. IVO, Lêdo (org.). Rio de Janeiro: O Cruzeiro, 1958.

Dias idos e vividos. JUNQUEIRA, Ivan (org.). Rio de Janeiro: Nova Fronteira, 1981.

Flamengo é puro amor. CASTRO, Marcos de (org.). Rio de Janeiro: José Olympio, 2002.

O cravo de Mozart é eterno. IVO, Lêdo (org.). Rio de Janeiro: José Olympio, 2004.

Ligeiros traços: escritos de juventude. BRAGA-PINTO, César (org.). Rio de Janeiro: José Olympio, 2007.

Prefácios do autor e colaboração em livros

ACCIOLY, Breno. *João Urso*. Prefácio de José Lins do Rego. Rio de Janeiro: Civilização Brasileira, 1995.

ALMEIDA, Fialho de. *Os gatos*. Prefácio de José Lins do Rego. Rio de Janeiro: Edições Livro de Portugal, 1942.

BELLO, Júlio. *Memórias de um senhor de engenho*. Prefácios de Gilberto Freyre e José Lins do Rego. Rio de Janeiro: José Olympio, 1938.

FREYRE, Gilberto. *Ingleses no Brasil*. Prefácio de José Lins do Rego. Rio de Janeiro: Editora Topbooks, 2000.

FREYRE, Gilberto. *Região e tradição*. Prefácio de José Lins do Rego. Rio de Janeiro: José Olympio, 1941.

REGO, José Lins do et al. *Brandão entre o mar e o amor*. Rio de Janeiro: Record, 1981.

REGO, José Lins do. Cidade que vai surgindo. *In:* NOGUEIRA, Armando et al. *O melhor da crônica brasileira*. 1. ed. Rio de Janeiro: José Olympio, 1980.

RODRIGUES FILHO, Mário. *Copa Rio Branco, 32*. Prefácio de José Lins do Rego. Rio de Janeiro: Edições Pongetti, 1943.

Filmografia

O dia é nosso. Direção de Milton Rodrigues; roteiro de José Lins do Rego, 1941. Longa-metragem.

O engenho de José Lins do Rego. Direção de Vladimir Carvalho, 2007. Documentário.

Fogo morto. Direção de Marcos Frias, 1976. Longa-metragem.

José Lins do Rego. Direção de Walter Lima Jr., 1975. Curta-metragem.

Menino de engenho. Direção de Walter Lima Jr., 1965. Longa-metragem.

Pureza. Direção de Chianca de Garcia, 1940. Longa-metragem.

Bibliografia sobre o autor

AJALA, Flora. *De menino de engenho a l'enfant de la plantation*: os caminhos das traduções francesas da obra de José Lins do Rego. 2016. Dissertação (Mestrado em Letras) – UFPB, João Pessoa, 2016.

BENÍTEZ, Maria Elvira Díaz. O Moleque Ricardo como crônica de vida de famílias negras urbanas na época da decadência do patriarcalismo. *Revista de Ciências Sociais*, Fortaleza, v. 38, n. 2, p. 46-65, 2007.

BRAGA-PINTO, César. De Pureza (1937) a Pureza (1940): José Lins do Rego e o cinema de Chianca Garcia. *Revista do Instituto de Estudos Brasileiros*, São Paulo, n. 70, p. 249-269, maio/ago. 2018.

CARVALHO, Lívia Marques. *Expansão da indústria editorial a partir da década de 1930 e a transformação estética dos livros*: análise de ilustrações na obra de José Lins do Rego. 1993. Dissertação (Mestrado em Ciências da Informação) – UFPB, João Pessoa, 1993.

CHAGURI, Mariana. *O romancista e o engenho*: José Lins do Rego e o regionalismo nordestino dos anos 1920 e 1930. São Paulo: Aderaldo & Rothschild; Anpocs, 2009.

COUTINHO, Eduardo F.; CASTRO, Ângela Bezerra de (org.). *José Lins do Rego*: fortuna crítica. Rio de Janeiro: Civilização Brasileira, 1991.

FARIA, Gentil Luiz de. *Influências inglesas em José Lins do Rego*: Thomas Hardy e D.H. Lawrence. 1989. Tese (Livre-docência em Letras) – Unesp, São José do Rio Preto, 1989.

FERNANDES, Marcos Aurélio. *A relação cidade-campo no romance*: O moleque Ricardo de José Lins do Rego. 2012. Dissertação (Mestrado em Geografia) – UFPB, João Pessoa, 2012.

FIGUEIREDO JR., Nestor Pinto de. *Pela mão de Gilberto Freyre ao Menino de engenho*: cartas. João Pessoa: Edições FUNESC/Ideia, 2000.

FREIRE, Diego José Fernandes. Jogos de espaços: produção de alteridade e identidades espaciais no discurso literário de José Lins do Rego. *Escritas:* Revista do Colegiado de História Câmpus de Araguaína, Tocantins, v. 5, n. 2, p. 25-42, 2013.

HOLLANDA, Bernardo Borges Buarque de. *ABC de José Lins do Rego*. Rio de Janeiro: José Olympio Editora, 2012.

HOLLANDA, Bernardo Borges Buarque de. *O descobrimento do futebol*: modernismo, regionalismo e paixão esportiva em José Lins do Rego. Rio de Janeiro: Edições Biblioteca Nacional, 2004.

LIMA, Sônia Maria van Dijck et al. *José Lins do Rego*: Catálogos – documento do arquivo. João Pessoa: Ideia, 2016.

LIMA, Sônia Maria van Dijck et al. *Meu caro Lins*: cartas de Olívio Montenegro. João Pessoa: Edições FUNESC, 1994.

LIMA, Sônia Maria van Dijck et al. *Retalhos de amizade*: correspondência passiva de José Lins do Rego. João Pessoa: Edições FUNESC, 1995.

LOPES, José Sérgio Leite. Relações de parentesco e de propriedade nos romances do "Ciclo da Cana" de José Lins do Rego. *In*: VELHO, Gilberto. (org.). *Arte e sociedade*: ensaios de sociologia da arte. Rio de Janeiro: Zahar Editores, 1977.

MATOS, Regiane. *O provinciano cosmopolita*: redes internacionais de sociabilidade literária e as crônicas de viagem de José Lins do Rego nos anos 1940 e 1950. 2020. Tese (Doutorado em História) – FGV-CPDOC, Rio de Janeiro, 2020.

MELO, Marilene Carlos do Vale. *Da história editorial e das variantes do texto de Menino de engenho*. 2007. Tese (Doutorado em Letras) – UFPB, João Pessoa, 2007.

MOTA, Ariana Timbó. *O primeiro filme de um cineasta*: "Menino de engenho", de Walter Lima Júnior. 1999. Dissertação (Mestrado em Sociologia e Antropologia) – UFRJ, Rio de Janeiro, 2000.

NASCENTES, Zama Caixeta. *Magia, religião e ciências em Corpo de Baile*: sua unidade e sua relação com os romances de Jorge Amado e José Lins do Rego. 2013. Tese (Doutorado em Letras) – UFPR, Curitiba, 2013.

RECHTENTHAL, Isabella Unterrichter. *Água-mãe na produção romanesca de José Lins do Rego*. 2014. Dissertação (Mestrado em Estudos Literários) – Unesp, Araraquara, 2014.

RUSSOTO, Márgara. *Arcaísmo e modernidade em José Lins do Rego*: formação do narrador em Doidinho. 1987. Tese (Doutorado em Letras) – USP, São Paulo, 1987.

SALLES, Clice Pereira. *Ritos de passagem entre o humano e a natureza*: Sean O'Faolain (Irlanda) e José Lins do Rego (Brasil). 2014. Dissertação (Mestrado em Literatura) – PUC-SP, São Paulo, 2014.

SANTOS, Heder Júnior dos. *Sertão, literatura e cinema*: um diálogo entre José Lins do Rego e Glauber Rocha. 2012. Dissertação (Mestrado em Letras) – Unesp, Assis, 2012.

SELVATICI, Vera Lucia Carvalho Grade. *An analysis of the English translation of José Lins do Rego's Menino de engenho*. 1976. Dissertação (Mestrado em Inglês) – University of Florida, Flórida, 1976.

SOUTO, Geane de Luna. *Arquivo literário José Lins do Rego*: lugar de memória e de informação. 2010. Dissertação (Mestrado em Ciência da Informação) – UFPB, João Pessoa, 2010.

TRIGO, Luciano. *Engenho e memória*: o Nordeste do açúcar na ficção de José Lins do Rego. Rio de Janeiro: Academia Brasileira de Letras; Topbooks, 2002.

Conheça outros títulos de José Lins do Rego publicados pela Global Editora

Primeiro romance de José Lins do Rego, *Menino de engenho* traz uma narrativa cativante composta pelas aventuras e desventuras da meninice de Carlos, garoto nascido num engenho de açúcar. No livro, o leitor se envolverá com as alegrias, inquietações e angústias do garoto diante de sensações e situações por ele vivenciadas pela primeira vez.

Este box do Ciclo da Cana-de-açúcar é o retrato de um período da história brasileira, o dos engenhos açucareiros do Nordeste. Os livros que o compõem revelam os bastidores do universo rural, embora apresentem um caráter universal. *Menino de engenho, Doidinho, Banguê, Usina* e *Fogo morto* nasceram do anseio do autor de "escrever umas memórias (...) de todos os meninos criados (...) nos engenhos nordestinos", mas movido por uma força maior ele transcendeu o impulso inicial para criar uma "realidade mais profunda".

Num vilarejo ribeirinho, desenrola-se um encontro inusitado entre um pescador e uma mulher nórdica. O autor traça de forma genial a questão da mestiçagem em uma história arrebatadora, repleta de mistério, traição e paixões. A edição apresenta um texto de Mário de Andrade em seu posfácio, no qual ele observa que o autor conserva "as mesmas belezas das outras obras".